PORNOFANTASMA

Santiago Nazarian

Pornofantasma

EDITORA RECORD
RIO DE JANEIRO • SÃO PAULO
2011

CIP-BRASIL. CATALOGAÇÃO-NA-FONTE
SINDICATO NACIONAL DOS EDITORES DE LIVROS, RJ

N248p
Nazarian, Santiago, 1977-
    Pornofantasma / Santiago Nazarian. - Rio de Janeiro: Record, 2011.

ISBN 978-85-01-09258-8

1. Conto brasileiro. I. Título.

11-1359.
CDD: 869.93
CDU: 821.134.3(81)-3

Copyright © 2011 by Santiago Nazarian

Capa: Santiago Nazarian & Alexandre Matos
Imagem de capa: Martin Harvey/AfriPics.com. Todos os direitos reservados.
Editoração eletrônica: Abreu's System

Texto revisado segundo o novo Acordo Ortográfico da Língua Portuguesa.

EDITORA AFILIADA

Direitos exclusivos desta edição reservados pela
EDITORA RECORD LTDA
Rua Argentina 171, Rio de Janeiro, RJ – 20921-380 – Tel.: 2585-2000

Impresso no Brasil

ISBN 978-85-01-09258-8

Seja um leitor preferencial Record.
Cadastre-se e receba informações sobre nossos
lançamentos e nossas promoções.

Atendimento e venda direta ao leitor:
mdireto@record.com.br ou (21) 2585-2002.

Paulo Fábio Polido

Sumário

Catorze anos de fome — 9
Conto de lobisomem — 25
Apocalipse silencioso — 35
Eu sou a menina deste navio — 57
As vidas de Max — 73
Natrix natrix — 103
Marshmallow queimado — 117
Piranhitas — 145
O velho e o mato — 151
Trepadeira — 171
Você é meu Cristo Redentor — 205
Pornô fantasma — 215
A mulher barbada — 257
"Todas as cabeças no chão, menos a minha!" — 283

Notas e agradecimentos — 313

Catorze anos de Fome

O apartamento estava vazio há quase seis meses. Ninguém entrava e ninguém saía, ao menos. As janelas sempre fechadas. A luz sempre apagada. Nenhum barulho, apenas ruídos, ruídos que não garantiam certeza de haver realmente alguém por lá. Se era uma barata solitária ou os canos dilatando por duchas e descargas alheias. Ninguém poderia reclamar. Ninguém poderia reclamar da falta de barulho, da falta de movimento, da economia de energia elétrica, daquele vazio que poderiam chamar de vizinho. Mesmo porque o aluguel continuava sendo pago em dia. Não havia motivos oficiais para queixas. Mas todos suspeitavam...

O inquilino sempre fora um sujeito estranho. Estranho de uma forma previsível, é verdade. Talvez um pouco gótico. Talvez um pouco delicado. Nada que assustaria eu e você. Mas esse proprietário... Ele tinha um nome estranho, Sebastian Salto, um rosto levemente maquiado. E nunca recebera ninguém em seu apartamento; jamais nutrira visitas. Só saía altas horas da noite. Acenava timidamente para os porteiros. Nunca conversara realmente com eles. Então, quando desapareceu do prédio, ninguém teve certeza se nunca mais voltara ou nunca mais saíra de seu apartamento. Alguns achavam que ainda estava lá dentro. Alguns achavam que viajara. O porteiro da noite jurava que o tinha visto saindo com malas, mas o porteiro do dia achava que já o tinha visto voltar. O zelador disse que chegou a tocar a campainha, uma ou duas vezes, duas ou três vezes, mas ninguém nunca atendeu, nem na quarta. Talvez ele continuasse saindo de noite, na troca de turnos, quando o porteiro estava no banheiro, quando o porteiro estava cochilando, ninguém poderia dizer com certeza que ele não entrava e saía. Mas ninguém mais o via. Ninguém via Sebastian Salto. E as janelas continuavam fechadas. As luzes ainda apagadas. O aluguel pago em dia. Nada a reclamar.

Em pouco tempo, começaram os rumores. Os vizinhos sempre procurariam algo para comentar. Não fosse pelos lábios de Sebastian Salto, não fosse pelo seu ar *noir*, seria pela sua ausência, estranheza, as janelas fechadas, pelas quais ninguém de fora poderia espreitar...

As crianças que brincavam na rua foram as primeiras a perceber. Olhavam para as janelas fechadas daquele apartamento do segundo andar, sentiam que havia algo por lá. Atrás das venezianas, nas frestas da madeira encardida, olhos escuros e famintos, famintos a observar. Logo surgiu a lenda do monstro do segundo andar.

Mas não era só a lenda que fazia o monstro. Era o clima estranho que havia por lá. Talvez fosse o encardido da veneziana. Talvez o silêncio das janelas. Quem caminhava pela rua podia sentir. De madrugada, com o silêncio do bairro e a ausência dos carros, com as possibilidades de assalto e as balas perdidas, quem descia solitário pela rua era atingido por um arrepio difícil de identificar. Olhava para trás. Olhava para os lados. Certificava-se de que ninguém o seguia, que não era assalto, que não havia ninguém com quem se preocupar. Então percebia que era exatamente isso. O silêncio. A ausência. Aquela falta de algo que deveria estar lá. E, ao perceber isso, o pedestre logo era atraído para cima, para as janelas fechadas daquele prédio, no segundo andar. E percebia que naquela rua, naquela madrugada, naquele silêncio, se havia alguém a observá-lo, estava lá...

O prédio tinha cinco apartamentos por andar. O apartamento de Sebastian Salto era o quarto de seu andar. As janelas dos outros nem sempre estavam abertas, claro, nem sempre estavam fechadas. Então causou certa confusão quando, uma manhã, um morador do sétimo comentou com o porteiro: "Ontem de noite a janela do quarto *daquele* apartamento estava aberta".

Devia ser engano. Ele olhara a janela errada. Talvez do apartamento 23, talvez do terceiro andar. O morador do sétimo também sempre chegava tarde, bêbado, turvo, nem sabia para onde olhava. Podia ter visto as janelas duplicadas, a visão embriagada. Assim que ouviu o comentário, o porteiro saiu para a rua e constatou: estava fechada.

Mas logo surgiram outros comentários. Um dizia que, ontem de madrugada, a janela estava totalmente aberta. Outro que só uma fresta, ou que vira a veneziana sendo fechada. Cada vez mais comentava-se do movimento da janela, de modo que todos passaram a ter certeza de que havia alguém lá. Havia alguém lá. Isso era certeza.

O zelador já ligara para a administradora para confirmar. Para confirmar, havia alguém lá? Perguntara se o apartamento estava abandonado, se estava tudo nos conformes, se estava à venda, ou para alugar. Responderam que estava tudo certo, o inquilino estava em seu pleno direito. Podia ficar em silêncio. Não precisava socializar. Por favor, que não o incomodassem. Mas o morador incomodava a todos no prédio. Aquele silêncio. Aquela ausência. Aquelas janelas fechadas; ele não ventilava?

Outros moradores do segundo andar, de vez em quando, se aproximavam da porta. Um deles chegou até a encostar o ouvido. Queria identificar algum ruído. Mas os ecos que ouvia podiam vir de qualquer apartamento, do prédio inteiro, um choro de criança, um copo quebrado, um corpo de cupim rastejando no oco lá de dentro...

Precisavam de um rosto para o monstro. Não lhes satisfazia o que lembravam. Sebastian Salto era bonito demais. Sebastian Salto era estranho, mas bonito, diziam as meninas. Sebastian Salto me instiga, diriam os rapazes — rapazes ainda mais delicados do que Sebastian Salto, que também moravam no prédio, mas cultivavam os bíceps e cortavam os cabelos — fechavam a boca — para ninguém notar. Ninguém notava. Ninguém notava. O que incomodava eram as janelas sempre fechadas.

Então, fosse por sorte, fosse por imaginação, uma criança certo dia trouxe um retrato falado do monstro do segundo andar.

Maikel, brincando na rua, no final do dia. Seus coleguinhas foram chamados para dentro de casa, para tomar banho, para a hora da janta, para estudar. Ele continuou lá fora, com a irmãzinha caçula, Sheyla, batendo bola em chinelos de dedo; Sheyla brincava na sarjeta, com baldinho e pá. O pai de Maikel chegava tarde. A mãe de Maikel, grávida, cochilava em casa. Ninguém se importava se ele continuasse brincando lá fora até tarde. Ninguém se importava se ele prosseguisse se perdendo. Ninguém se importava com o que a rua oferecia.

E ainda era claro. Ainda escurecia. O estranho silêncio do final da tarde, com todos os ruídos trancados, de pratos e televisores dentro das casas. Na rua, só Sheyla cantarolava, a bola quicava, nenhum carro passava. Uma falta de algo que faria qualquer um olhar para cima, para o segundo andar...

A veneziana estava aberta, não era tão fácil de ver. Com o reflexo do sol no vidro, não era tão fácil de ver que havia alguém por lá. Havia alguém lá, por trás do pôr do sol, por trás do vidro, a veneziana aberta, e um rosto a espreitar... Um rosto horrível. Apenas um segundo. Apenas um segundo e Maikel puxou Sheyla pelo braço, deixando pá e balde na calçada, entrando correndo no prédio. Maikel morava no primeiro andar.

Ninguém o levou a sério. Ao menos, não oficialmente. Mas o relato daquela visão moldou a imaginação da vizinhança. Maikel nem saiu gritando aos quatro ventos. Maikel não entrou exasperado em casa. Maikel guardou o horror para si e teve cautela na hora de revelá-lo, na hora do jantar. Ele sabia que seus pais não o levariam a sério. Seus pais nunca o levavam a sério, nem mesmo o levavam na brincadeira. Deixavam-no, apenas, por si só. Então, remexendo o feijão, tarde da noite, de cabeça baixa, Maikel teve de desabafar: "Eu vi quem mora no segundo andar..."

O pai, num gole de cerveja especialmente divertido, sentiu-se disposto a ouvi-lo e ouviu. Sorriu. Secretamente se arrepiou. E mudou logo de assunto com a mulher.

A vizinhança era pobre, talvez, para mim e você. Para você, a vizinhança era de uma pobreza só. Ou uma classe média decaída, uma classe pobre emergente. Um bairro de classe média com prédios condizentes, outros nem tanto. Algumas casas sobreviventes. Apartamentos razoáveis de um quarto, para quem mora sozinho. Apartamentos pequenos para quem se fragmenta em famílias. Não sei. Um apartamento apertado para a família de Maikel. Um amplo apartamento vazio para o nobre Sebastian Salto...

E quem era Sebastian Salto? Um burguês decaído, um pobre afetado? O que fazia, de onde viera, para onde ia? Ninguém sabia. Os traços e os rastros indicavam que era moço fino, de família (Addams?). Alguns diziam que era escritor. Mas o que escrevia? Ninguém sabia. Ninguém lia. Ninguém nunca sabe do que vive um escritor. Sebastian Salto agora era apenas um fantasma, a última encarnação de um apartamento sem rosto. Um apartamento sem bons-dias nem amanhãs — oh! Abandonado, para o que quisessem falar.

Os horrores estavam por todos os lados. Os horrores estavam por todo o bairro, para quem quisesse provar. Os traficantes da rua de baixo. As prostitutas do prédio ao lado. Os sem-teto que invadiram um cortiço, as mulheres, os maridos, os gritos de quem não tem hora para se calar. Todos tinham algo a dizer, todos tinham algo a mostrar, mas o horror maior estava no que não podiam ver, naquilo que nem podiam imaginar, ou que não queriam admitir, que não queriam aceitar. O apartamento vazio. Uma casa sem lar.

Thadeu tinha o seu. E esse era o seu problema. Thadeu tinha casa, a mãe solteira, irmã mais velha que já se casara, e catorze anos para lamentar. Lamentava sua puberdade até derramar. Depois se arrependia. Todos os dias. Exercitava-se. Não é essa energia que se sente doer? Do terceiro andar. Do seu apartamento, nem tão apertado, mas que quando sua mãe voltava do trabalho se infestava daquilo que ele não podia mais aguentar. O cheiro da fritura. Do uniforme da mãe. Das batatas fritas, na cozinha. Do almoço na sala, janelas abertas, para ventilar. "Já comi na rua."

A rua toda mastigava com ele. Cuspia no chão. Em patas equinas, de uma juventude que ainda precisa se reafirmar. Thadeu ia e voltava, não tinha para onde ir. Voltava e cuspia, mastigava e exercitava-se, até derramar. Assim se moldava. Assim adolescia. Com uma fome por não saber o que comer. Todas as janelas abertas, a luz do sol entrando, para ele nunca conseguir descansar.

E, assim como todos os outros, ele ouvia. Como todos da sua idade, ele nem comentava, mas ouvia sobre o segundo andar, o apartamento fechado, Sebastian Salto, onde estava? Quem era mesmo? Quem era aquela figura maquiada de quem — na dúvida — era melhor tirar sarro?

Talvez tenha cruzado uma vez com ele, no elevador. Talvez tenham se cruzado pelas escadas. Olhares quirquizes, estranhos, dissimulados. Thadeu fingiria que nem olhava; conhecia tipos como aquele, o bairro estava cheio deles. Sujeitos delicados. Só quando se fechavam era motivo para estranhar.

Mas Thadeu se fechava. Era adolescência. Conhecia todos no bairro e ninguém o conhecia realmente. Ou todos achavam que o conheciam, desde a infância, mas ele não se interessava em conhecer ninguém. Queria ir mais longe, além, dos buracos das fechaduras, das janelas, abertas ou fechadas. Catorze anos de idade, com tantos outros para destruir. Para destruir todos que ficassem na frente, e todos que o tentassem impedir.

E quem sabe aquela janela fechada não tentasse? Nisso Thadeu pensava, numa noite em que se acabara a beber. Catorze anos de sede, parecia que o bar iria secar. No canto da esquina, na rua de cima, numa curva perdida, Thadeu bebeu o que seus amigos convidaram e o que seu Agenor, dono do bar, não recusaria jamais, para quem pagasse. Cerveja. Fermentando. Destilando. Aquecendo e amaciando o que uma madrugada transformaria em manhã. Começando. Thadeu saiu do bar pronto para a guerra. E seus amigos só podiam rir.

"Não estou tão mal assim."

Seus amigos continuavam rindo por trás, por alto, bebendo até cair. Ele seguia o rumo de casa, com as chaves tilintando nas mãos, apartamento 34, era só deitar e dormir. Naquela noite sua mãe trabalhava. Naquela noite, ninguém se importava. Naquela altura, não havia mais nada a discutir, apenas se deitar. E ele subiu.

Os três andares do prédio — que talvez tenham sido dois, que talvez tenham sido muitos, quem estava contando? Seria muita mesquinharia calcular. Ele subiu pelas escadas, já que o elevador estava no décimo andar. Vamos ao quarto, terceiro, segundo. Vamos voltar para casa.

Thadeu virou a maçaneta e entrou no apartamento. Entrou apenas para perceber que estava lá dentro. Um cheiro estranho, um vulto vazio. Um cenário esquisito, de algo a que ele não estava acostumado. Thadeu estava no segundo andar.

Sim, ele estava lá. No apartamento de Sebastian Salto, porta aberta, entrara, sem saber, sem perceber, por engano, ou sem querer notar. Era o lugar do qual todos falavam, do qual falaram para ele, comentaram, o retrato falado, do monstro, das janelas fechadas. Porta aberta. Ele estava lá.

E era algo estranho, sim, não eram apenas comentários. Era algo estranho, que ele não poderia dizer ao certo. Não era nem o ar rarefeito — já que ele estava no segundo andar. Não era totalmente escuro. Pelas fendas da veneziana, entrava a luz da rua, uma luz indecisa, imprecisa, inconsequente; ao menos ele podia se situar. Percebia que estava numa sala vazia, sem móveis nem barreiras visíveis, a luz da janela vindo até ele, sem nada no meio do caminho, além do cheiro...

Não era como frituras, não era como cadáveres. Não era nada insuportável, nem nada delicioso. Um pouco. Um pouco gostoso. Um pouco doce, talvez como tortas e bolos jogados no lixo. Sentiu em seu pé. Sentiu em seus pés e procurou a parede. Procurou a parede e o interruptor. Alcançou. Ligou. Surpreendentemente, acendeu. Viu que o que sentia em seu pé era uma barata, como outra meia dúzia que circulava por ali. Insetos...

Uma sala, de fato. Apenas uma cadeira e um sofá. Nenhum monstro, nenhum vampiro. Nada do cadáver de Sebastian Salto. Nada a suspeitar. Será? Bem, ainda havia o banheiro, a cozinha, o quarto... Thadeu, bêbado, pensou em ir embora. E Thadeu, bêbado, pensou em explorar. Estava lá, no apartamento sobre o qual todos cochichavam. Estava lá dentro, e só ele poderia dizer. Poderia acabar com a curiosidade que alimentava seus catorze anos. Podia descobrir que não havia nada de mais, não havia nada lá.

Então se lembrou do retrato falado... Os olhos vermelhos, a boca salivando...

O medo associou-se à curiosidade, enquanto ele caminhava lentamente até a cozinha, o zumbido de moscas, o cheiro mais forte... Espalhados pela pia havia restos de alguma comida, talvez doces, repletos de moscas, algumas baratas, copos, pratos e talheres sujos. No chão, fezes secas não muito identificáveis. Talvez de cachorro. Talvez não. Nojo. Thadeu virou o rosto e olhou para o banheiro.

Também estava imundo, também estava vazio. O vaso cheio, os azulejos manchados. Nenhum box ou cortina separando o chuveiro. Com certeza não havia mais ninguém morando naquele apartamento. Quem poderia morar numa imundície daquelas? Há muito que não se dava descarga, há muito que não entravam na cozinha. O apartamento foi deixado para apodrecer... mas por quê? Por que foi deixado?

Se estava vazio — e estava — seu morador saíra apressado. Não se deu nem ao trabalho de jogar fora os restos de comida.

Não teve nem tempo de dar descarga. Mas levou os móveis, levou seus pertences. Não fazia sentido...

E se o apartamento tivesse sido invadido? O morador realmente partira, mas desde então o apartamento veio recebendo visitas. E os visitantes não jogaram fora a comida. Os invasores não se preocuparam com higiene. Para terem entrado naquele apartamento, passado pelos porteiros, só podiam ser moradores do próprio prédio. Ou invasores alados, armados, morcegos...

Ou então... quem sabe... Sebastian Salto ainda estivesse lá. Sebastian ainda estivesse no apartamento, não vivendo, estivesse morto, no quarto. Ainda faltava o quarto para olhar...

Thadeu sabia que lá estaria a resposta. Aquilo que ele procurava, ou nada. O último cômodo, com a janela da qual tanto se ouvia falar... Era da janela do quarto que se comentava, venezianas abertas e fechadas, o retrato falado... Monstro, morto ou abandono, estaria lá. Coragem, meu jovem, coragem, vamos olhar.

A porta estava fechada. Thadeu pegou a maçaneta. Virou. Não estava trancada. A porta se abriu com o ranger previsível do medo, mas perfeitamente aceitável num apartamento desocupado. Ajustou os olhos para ver se havia algo a ver...

Um colchão. Um colchão nu no chão, manchado. Um armário embutido. As venezianas fechadas. A iluminação tênue que vinha da rua. Nenhum móvel. Thadeu buscou o interruptor. Nada. A lâmpada estava queimada. Logo abaixo da janela, um enorme saco manchado. Talvez o corpo lá dentro? Talvez Sebastian esquartejado. Havia também o armário, o armário fechado. O que poderia guardar? Um corpo, um monstro, um homem se escondendo? Thadeu achou que devia, poderia, a única coisa que podia fazer era abrir. Vamos, aproxime-se do armário. Abra. E veja.

O rapaz estava ofegante de medo, não pela certeza de encontrar algo, mas pela possibilidade de encontrar. Agora era a última chance de descobrir. Se houvesse algo terrível, algo horrível, algo além, estaria dentro do armário. Se fosse para ele se surpreender e se assustar, seria agora. Dentro do armário, fechado, o corpo, o monstro, o que restou de Sebastian Salto?

Puxou suavemente a maçaneta e mais um rangido foi acompanhado da escuridão torpe que havia lá dentro. Será que ele poderia ver? Será que ele conseguiria? Será que, mesmo com a lanterna mais potente, a luz mais intensa, o sol entrando pela janela, ele seria capaz de olhar o horror mais terrível que se encontrava dentro do armário? Será que seu cérebro jamais o reconheceria? Será que seu coração aguentaria? Ele poderia mesmo se esforçar para olhar lá dentro, se houvesse algo a ver?

Aquela tensão máxima de segundos diluiu o álcool em seu sangue, espalhou os hormônios em sua circulação e Thadeu sentiu de vez consagrar-se sua puberdade. Poderíamos até notar uma espinha brotando em seu queixo, se a iluminação fosse mais adequada. Mas Thadeu forçava os olhos para conseguir ver algo no escuro do armário. Não ousaria tatear. E enquanto se esforçava, sentiu algo mexendo-se bem atrás.

Não lá dentro, não no armário, mas embaixo da janela, onde estava o enorme saco. Algo se movia atrás dele. Thadeu se virou apressado. E sentiu seu grito abafado.

O saco se movia. Não, não era um saco. O saco se desenformava, tomava forma, se abria para revelar que era apenas uma figura curvada. Uma figura enorme, gorda, como um saco. Um homem ou um bicho? Um cachorro? Um gorila? Um velho em posição fetal? Era um ser grande e gordo, que se levantava.

Tinha tufos de pelos nas costas pálidas, estava pelado. Seu corpo era disforme como se tivesse gordura demais, pele demais, um verme gigante que se contorcia. Quando levantou o rosto, Thadeu pôde ver, era o monstro do retrato falado. Mesmo no escuro, podia-se ver que era deformado. Deformado não, horrível. Horrível, e espumava. Olhava para ele. E ao ver os olhos do monstro, Thadeu confirmou tudo o que os rumores, os medos, as lendas da vizinhança haviam criado a partir do relato de Maikel:

"Um homem careca, de olhos esbugalhados, olhos tingidos de vermelho, de doenças, de ódio. Olheiras profundas, narinas dilatadas. Mas o que mais impressiona é sua boca, sua mandíbula proeminente, na arcada inferior, uma longa fileira de dentes afiados. Saliva, espuma. Olha para os meninos como quem pede socorro, como quem pede desculpas, como quem não pode se conter e não pode mais suportar. Como se quisesse engolir até o último dedo dos jovens, sugá-los, como um fio de espaguete, como se só assim pudesse sobreviver."

Thadeu olhou para ele e viu tudo isso. Um olhou para o outro e percebeu. Thadeu então entendeu por que as mães diziam para os filhos não brincarem na rua até tarde. Thadeu entendeu o verdadeiro motivo para se ter medo do segundo andar. Thadeu olhou, entendeu e... deixou de ser. Só o olhar de fome, de desejo do monstro podia sugar toda sua vida, para nunca mais. E ele não pôde fazer nada. Não pôde fazer mais nada, paralisado, a não ser se entregar.

Isso é o que comentam — ok? — sobre a noite em que o adolescente do terceiro andar desapareceu. Ninguém esteve lá para confirmar. Ninguém nunca viu nada, nem eu. Mas o porteiro da noite jura que viu Sebastian Salto naquela noite. Desceu pelas escadas, de madrugada, como antigamente, jovem, delicado e maquiado. Estava até particularmente bem-humorado. Despediu-se do porteiro:

"Ufa, mudança longa, mas agora terminei. Estou entregando o apartamento."

Poucas semanas depois, já havia outra família morando lá. Alheia aos falatórios e maus agouros do apartamento, logo o transformaram num lar, como os outros. E, como os outros, não foram felizes. O marido batia na mulher. E a filha se prostituía para sustentar seus vícios.

Conto de lobisomem

Você está voltando para casa com uma cabeça de lobisomem na sacola.

Você voltou trinta anos depois.

Você voltou com trinta anos, amadurecido, mas não tão envelhecido quanto se sentia um mês atrás, um mês antes de completar trinta anos, quando sentia seu corpo cansado, seu corpo ligeiramente apodrecido, um vegetal levemente amolecido, mas que agora você descobriu que ainda pode cozinhar e comer. Você pode cozinhar e comer vegetais, como um homem amadurecido, e não mais se sentar numa lanchonete barata de esquina, bebendo conhaque e petiscando salgadinhos. Ela merece isso. Ela ainda é quase uma criança e merece ser tratada mais como uma dama pelo homem que, agora, você se tornou. Você tem o interesse e agora pode pagar. Pode arcar com uma vida mais confortável para vocês dois. É exatamente por isso que você foi viajar, às vésperas dos seus trinta anos, para voltar já homem, formado, e voltar para ela. Agora você pode pagar.

Às vésperas dos seus trinta anos você olhou no mapa, encontrou um lugar exótico e comprou numa agência de shopping a passagem para o Deserto. A atendente não sabia onde ficava. A atendente não tinha hotéis disponíveis. Mas ela consultou seus guias e prometeu que a agência cuidaria de tudo. "Pode nos trazer umas fotos do lugar quando voltar?", ela pediu. Nenhum cliente daquela agência jamais tinha ido para lá. Você disse que traria, claro, mas não vai se importar de passar novamente na agência para mostrar. Você nem prometeu.

Apesar de pequenas falhas com o translado, a agência cumpriu o prometido. Você pegou o voo saindo e chegando nas capitais, e voos menores até o X marcado no mapa. Uma van percorreu com você horas de deserto vão e, enfim, entregou você no seu destino final. Você chegou ao hotel. O hotel era razoável. E seu quarto estava devidamente reservado. Você olhou a cidade em ruínas, as casas todas num só tom de cinza, e achou que não aguentaria ficar lá. Você não conseguia respirar. Você se perguntava se suas roupas *trendy* compradas às margens dos trinta anos resistiriam ao frio e ao calor e à areia das tempestades da insanidade do Deserto. Você não estava muito certo. Deitou na cama do hotel e se acalmou um pouco pensando que, na pior das hipóteses, poderia apenas ficar o tempo todo lá, dormindo. E você não conseguiu dormir muito bem.

Mas no dia seguinte, acordou mais disposto. Resgatou a graça e o interesse de ter o Deserto para desbravar. Pensou que não se perdoaria se desperdiçasse a viagem e o dinheiro, deitado num quarto de hotel. Recordou suas próprias censuras, imaginou se estava com depressão, e censurou a si próprio por se permitir uma fraqueza psicológica que muitos tomavam como enfermidade. Os fracos, você pensava. Você não se deixaria fraquejar. Saiu do hotel pelas ruas empoeiradas. Entrou numa das muitas portas que ofereciam serviços de guia. Agendou, pagou e se preparou para um cronograma de passeios intensos que durariam toda a sua estadia. (Toda sua vida...) Depois, foi numa das muitas lojas para turistas e comprou casacos e óculos e botas para o Deserto; substituíram as roupas *trendy* que você havia trazido.

Daí você teve certeza de que seria intensamente feliz.

Você andava miserável. Desde o fim do namoro. Desde que entrara no último ano antes dos seus trinta anos. Você andava mancando. Bebia demais, todas as noites, e saía com mulheres e acordava com prostitutas. Faltava dinheiro na sua carteira. Mas logo aparecia mais. Você gastava dinheiro demais, mas, pela primeira vez, sempre aparecia mais e mais dinheiro. Você percebia que estava ganhando mais do que conseguia gastar. Você só gastava com bobagens. E então pensou que a melhor coisa que poderia fazer era viajar, viajar, fugir para o Deserto, antes que completasse trinta anos.

Quando decidiu isso, você decidiu maneirar.

Você jantou com ela num restaurante chique, poucos dias antes do voo. Apesar de separados, ela queria comemorar seu aniversário. Você pagou pelo jantar como se fosse aniversário dela, com vinho e sobremesa, como se fosse por amor. Você pensava em todo o dinheiro que estava gastando com putas, e nunca pôde gastar com ela. Você pensava nas lanchonetes de esquina que frequentaram durante todo o tempo que namoravam (os dedos engordurados...). Em como ela alcançou a maioridade em seus braços, rapidamente, a partir dos dezesseis, e que você nunca pôde agir como um adulto sobre a adolescente que ela já fora. Ela fizera dezessete, dezoito, dezenove. E você pensava que era justo levá-la a um restaurante de classe, agora que você podia pagar. Mesmo que não estivessem juntos.

Mesmo que o aniversário fosse seu. Mesmo que não pudesse levá-la para casa depois, naquela mesma noite, mesmo que a noite tivesse de terminar.

Você saltou do táxi antes, perto de sua casa. Deixou uma nota de cinquenta para ela continuar.

"Posso ficar na sua casa?", ela perguntou, triste.

E você disse que não.

Ela ainda insistiu. "Tem certeza? Não posso ficar na sua casa?" Não provocativa, não insinuante, apenas carente. Ainda criança. E você disse que não.

Entre seus pelos mais íntimos, caranguejos minúsculos sugavam seu sangue: *Pthirus pubis*. E você simplesmente não queria que chegassem até ela. "Ainda estou em tratamento", você não poderia dizer...

Agora você volta com os bichos mortos e uma cabeça empalhada de lobisomem dentro da sacola. Você se sente mais limpo.

É o efeito purificador do Deserto. Poucas pragas sobrevivem ali. A aridez e a altitude e o cronograma estafante de passeios para lugares distantes ressecam e matam tudo o que você adquiriu nos trópicos, nesses trinta anos. Você se sente mais maduro e mais confiante. Você se sente pleno homem, em seus trinta anos.

E ninguém sabe que é seu aniversário. Ninguém sabe que você está entre amigos. Ninguém sabe que você já está comemorando, com eles. Os turistas do seu grupo — holandeses, espanhóis, italianos — não sabem que eles são seus melhores amigos e que vocês olham crateras e gêiseres e salares extensos, comemorando seu aniversário. Você não diz nada a ninguém, porque já está comemorando. Você nem se importa de estarem quase todos em grupos, em casais, e você estar sozinho. Você está com todos eles, e são todos seus amigos.

Mas você troca olhares e conversa especialmente com uma italiana, que também está sozinha.

De noite, jantam todos num dos restaurantes cinza da cidade em ruínas. Brindam ao seu aniversário (ninguém sabe). Sentam-se em casais e você se senta ao lado da italiana, porque ela também está sozinha. Ela é um pouco mais velha do que você, plena mulher, e você fica feliz em poder pensar numa mulher como ela com um homem como você, principalmente porque você está pagando o jantar. Você passou o cartão de crédito discretamente para o garçom e disse para acertar a conta sem que ninguém saiba, e sem que ninguém possa protestar. É um jantar para seis pessoas. Você pode pagar.

Quando o pagamento é anunciado, logicamente todos protestam.

É sua última noite no Deserto e você acompanha a italiana até o hotel, até a pousada, até o quarto dela. É um hotel simples, mais barato do que o seu, apesar de ela ser mais velha, e você fica feliz em pensar nisso.

Você se pergunta o que ela espera de você lá. Você se pergunta se seus caranguejos estão mesmo todos mortos. Você a percebe com um olhar ligeiramente apaixonado, talvez apenas porque vocês dois estejam perdidos no Deserto. Ela é uma mulher decente, você sabe, e sabe que nunca transaria com uma mulher como ela no dia a dia, na sua cidade, na sua falta de rotina. Mas você gosta de se ver assim, ao lado de uma mulher mais velha, e dentro dela. Você se sente mais maduro quando percebe que o sexo de vocês é de total comum acordo, expectativas comuns, nada mais esperado além daquela noite. Um ponto turístico. Ela sabe que você vai embora.

Você vai embora no dia seguinte, mas, antes, vaga pela cidade. Anda pelas lojinhas, procura algo para comprar. Quer levar um souvenir para ela, ela, sua menina, não para a italiana.

Vê a cabeça de lobisomem e pensa quem seria capaz de comprá-la. Vê a cabeça de lobisomem e vê o absurdo, e o humor, pensa que seria um presente engraçado. Você decide comprar a cabeça, mas fica em dúvida sobre o mau gosto do presente. Definitivamente, você vai levar aquela coisa absurda, mas pensa que é bom comprar também outra coisa. Você leva a cabeça e um xale com estampas de lhama.

Sua menina agora é mais sua. É mais menina agora, que você é mais homem. Agora você pode valorizar que ela tem dezenove, você tem trinta, e os três anos que se passaram, que passaram juntos. Você quer compensar o tempo perdido. Você quer ser homem de verdade. Percebe que não é mais tempo de acompanhá-la em lanchonetes de esquina, você está velho para isso. É preciso arcar com que ela esteja ao seu lado, e seja sua mulher.

Ela não sabe que você está voltando do Deserto. Nem sabe que está voltando para ela. Vocês não fizeram planos, não prometeram nada. Vocês não combinaram de se reencontrar, de reatar, de tentar novamente quando você voltasse de viagem. Você nem deu uma data. Mas sabe que ela aceitará você de volta quando você acenar. É um pouco triste pensar nisso. E você pensa, ligeiramente, na italiana.

Ainda há uma cabeça de lobisomem na sua sacola.

Desfazendo as malas, você coloca a cabeça na estante da sala e tem certeza de que é de mau gosto. Você tem certeza de que não dará para ela, mas não está certo nem se ela vai deixar a cabeça ficar lá. Imagina a cabeça sendo jogada no lixo. Imagina aquele monstro empalhado recheado de traças, larvas, cupins. A cabeça realmente não cheira muito bem. Você se pergunta, enfim, afinal, o que é aquilo? Que bicho é aquele que você trouxe consigo? Que direito que você tinha, afinal, de financiar o assassinato daquele animal? Um lobisomem, perdido no Deserto...

Você se lembra de quando seus pelos nasceram, na adolescência, você não estava pronto. E pensa se eles tivessem se proliferado pelas costas; o que teria acontecido se tivesse nascido um focinho? Pensa se retornaria de viagem se seus problemas fossem insolúveis, se suas pragas fossem eternas, se vivesse uma maldição imortal. Você vagaria para sempre perdido no Deserto, sem nem pensar. Você iria para aquele lugar remoto, aquele mesmo lugar remoto, aquele exato ponto do mapa, e ficaria por lá. Você teria fugido da sua cidade para se isolar distante num cenário tão extenso, onde ninguém pudesse encontrá-lo. Onde você não pudesse encontrar ninguém, e ninguém pudesse se ferir.

Talvez você morasse serenamente naquela cidade cinza. Talvez o povo de lá te respeitasse e te deixasse em paz. E apenas nas noites de lua cheia você sairia para o meio do nada, para se perder a quilômetros e quilômetros, onde não pudesse fazer mal a ninguém e onde ninguém pudesse te achar.

Então, um dia, um turista traria sua cabeça na sacola e se perguntaria quem a tirou dos salares, quem a colheu entre os gêiseres, por que decapitaram um lobisomem que vivia perdido no Deserto, por que tirá-lo de lá?

Você não tem a resposta. Então prefere pensar que é apenas um artesanato de mau gosto.

Apocalipse Silencioso

Eu deveria tentar dormir. Deveria guardar minhas energias, poupar minha parca reserva de vodca, de água, para dias (ainda) mais difíceis e noites ainda mais compridas, nas quais eu (ainda) estarei acordado. Eu deveria tentar sobreviver. Em vez disso, estou ouvindo discos do Scott Walker enquanto meu som ainda tem pilhas; bebendo vodca pura, enquanto ainda há vodca; ignorando a situação do país, a crise em geral e os milhares de livros que forram essas prateleiras, que eu nunca li, nunca lerei e provavelmente logo estarão perdidos para sempre, sem herdeiros ou mesmo um sebo que os resgate, leitores que os justifiquem. Está tudo acabando e eu desperdiço as últimas gotas quando deveria conter o suor do rosto para um possível novo dia de sol. Quem sabe, um novo dia de amanhã — talvez até amanhã mesmo? Eu deveria estar dormindo apenas para poder ficar feliz em acordar novamente; em vez disso, estico a noite, desperdiço meus recursos, me satisfaço com a simples mágica de esquecer. Embriagar. Nada vai mudar. E amanhã, o dia vai estar ainda pior. Amanhã, a crise ainda vai estar lá, com a despensa mais vazia, e a cabeça latejando...

Veja só o que é a bebida (e a solidão): relendo meus próprios pensamentos, soa como nada mais do que lamentos de um desempregado alcoólatra; parece que o drama é ela ter ido embora, e minha vida profissional não me sustentar em pé. Mas na verdade o drama é outro: é um drama existencialista com zumbis.

A cidade foi tomada. Eles estão por todos os cantos. Eu estou trancado aqui no apartamento — quem sabe como quantos? — tentando passar mais uma noite, me isolando do mundo contaminado lá fora. De onde veio a praga? Já não importa. Não há para quem perguntar. Só o que posso fazer agora é deixar o tempo escorrer. Sem pressa nem compromisso.

Passei os últimos dias assim. Dormi horrores. Estiquei minhas noites para manhãs que viravam tardes, eu só levantava para ir ao banheiro. Depois me cansei. Passei horas jogando no computador, visitando sites pornôs, driblando as notícias, os acontecimentos, as atualizações do que acontecia lá fora. Uma hora, a luz acabou. O apartamento perdeu possibilidades. Tornou-se mais difícil gastar o tempo, e eu permaneci esparramado.

Quando penso que não há nada a fazer, que só me resta sentar, beber e ouvir Scott Walker, chaves estalam na porta. Levanto a cabeça como um cão percebendo a volta do dono. A última coisa que eu esperava a essa hora eram visitas. É verdade que visitas não chegariam à minha casa com suas próprias chaves, por isso mesmo me alarmo um pouco — como um cão percebendo a volta do dono — e já realizo instantaneamente quem chega. "Beatriz..." Ela entra de volta, exausta, pela porta.

"Poderia ao menos ter me ligado", ela diz, "atendido suas ligações, se nem procurou por mim".

Eu abaixo a cabeça de volta à vodca. Envergonhado? Não, abaixo a cabeça de volta a mim mesmo. "O telefone não está funcionando. E achei que a última coisa que você queria era me ver..."

Beatriz tranca cuidadosamente a porta, caminha até mim e senta-se à minha frente. "Não seja bobo, Bernardo, mesmo que fosse a última coisa, já vi todas as anteriores."

Eu sorrio. Estendo a vodca. Veja só, compartilho. Nem há o suficiente para mim mesmo. Nem há o suficiente para eu me matar — coma alcoólico — e eu ainda divido meu coma com Beatriz. O copo nas mãos dela. Me levanto para pegar um novo para mim. Um novo copo para mim, e a metade final da garrafa de vodca. Metade é pouco, se a gente não sabe quando (e se) a noite vai acabar. Eu poderia tragar esse resto numa virada só. Costumávamos virar uma inteira, em dias comuns — um pouco mais quando o desespero chamava. E agora, com certeza o desespero chama, com certeza o desespero chama. Há muito desespero para o pouco que sobrou de vodca. "Se quiser misturar com coca, vou ter de ir à loja de conveniência..."

Beatriz sorri com o copo em mãos. Não é um sorriso irônico, nem amargo, nem mesmo de quem achou graça. É um sorriso cansado, de quem entendeu a piada, acharia graça, mas já não tem muita energia para retribuir. "Está tudo bem com você?", eu acho por bem perguntar.

Ela balança a cabeça para os lados, como para dizer nem que sim, nem que não, um balanço ponderado, que basta como resposta. "Há quase uma semana que não vou pra casa. Nem sei como está por lá. Pulei de apartamento em apartamento — amigos, primos, até minha tia Jussara. Não voltei mais pra casa. Não consegui. Não foi só pelo risco... meu medo maior era ver como estavam as coisas por lá. Todo mundo dizia para eu não sair. Mas casa após casa acabou tendo de ser desabrigada. E eu cansei de correr. Eu cansei de fugir. Eu estava aqui perto e só podia vir pra cá. Ainda tinha as chaves... desculpe."

Eu me inclino e apoio as mãos nos joelhos dela. "Ei, que é isso... Ei... besteira, fiquei feliz que veio pra cá."

Ela sorri.

Eu sorrio.

Mas esse sorriso dela é um pouco amargo, como se não tivesse alternativa. Como quem não quer sorrir, nem ser feliz ao meu lado. Tenho de completar: "A última coisa a se ver não é tão ruim assim, vai?"

Dessa vez dá certo. O sorriso dela é mais sincero.

Dividimos então os goles de vodca. Cada um no seu copo. "Desculpe, não tem gelo", eu digo. Só assim Beatriz parece reparar no que toca. "Scott Walker?" Ela pergunta. Eu assinto. Ela retruca: "Como seu aparelho de som está funcionando?"

O meu sorriso então é de engenhosidade: "Pilhas. Tinha algumas guardadas", depois completo o gole amargo da vodca, "mas não vão durar muito tempo...".

Beatriz franze a testa, séria. "A gente devia tentar ouvir alguma rádio. Saber o que está acontecendo", depois desfranze num gole, como se mudasse de ideia, como se fosse só uma sugestão, e como se não fosse uma boa ideia.

Eu não respondo, porque como sugestão está certa. Podíamos tentar ouvir alguma rádio e ter notícias da vida lá fora. A morte. Mas continuamos a ouvir Scott Walker, a beber nossa vodca, quente, tentando secretamente captar as ondas que vêm da rua. A vida lá fora, onde está?

"A rua está bem silenciosa...", eu digo.

Ela assente. "Foi tranquilo vir pra cá. A região estava sossegada. Você sabe, essas ruas vazias que me davam tanto medo à noite agora são dos lugares mais seguros da cidade. O perigo mesmo está nas aglomerações — eu não vi muito, não passei muito aperto..." Beatriz então para de falar e balança a cabeça na forma dramática de não querer lembrar. Negação. Não viu muito, mas o que viu foi o bastante. E eu, que tudo que vi foi pela televisão... Ah, sim, também vi o pouco que foi suficiente, mas nem me esforcei. Nem saí desta casa. Me tranquei aqui e bebi gole após gole, esvaziei restos de garrafas e travessas de frango, fui emagrecendo minha geladeira, porque logo iria acabar a energia elétrica, de qualquer forma. Esperei pacientemente para o drama do mundo lá fora se exaurir. Mas há limites. Há limites para o que resta na minha despensa. Há limites para o que eu posso conter. Há limites até para a parcimônia, e hoje eu quero mais é que tudo se esgote. Hoje vou beber até a última gota, decidi.

"Irônico tudo acabar aqui", diz Beatriz, sorrindo. Irônico, de fato, dessa vez é seu sorriso, sarcástico, um pouco debochado, depressivo. "Nada acabou", eu digo.

Ela engole assentindo. "Acabou sim, não percebe? É como com os dinossauros. Seja isso praga, doença, maldição, não vai sobrar mais ninguém. E anos depois vão encontrar só os ossinhos, de todos nós, espalhados pelas ruas, fossilizados, e ninguém vai saber o que aconteceu, ninguém vai saber o que acabou com a raça humana."

"Se vão encontrar nossos ossos, nada terá acabado. Haverá esses, que encontrarão nossos ossos. Talvez nós dois mesmos possamos gerar aqui uma nova geração, o elo perdido..."

Desta vez nós dois rimos da minha engenhosidade.

Mas é só para ela desmontar a risada numa expressao ainda mais séria.

"Não seria má ideia, sabia? Eu acho... Eu acho que não seria má ideia...", ela sorri amarga. "Eu, que nunca quis ter filhos, nunca achei que a gente poderia criar uma criança, e agora... justo agora, que seria a pior hora do mundo, acho que poderia ser uma solução, talvez a única saída, talvez você esteja brincando, mas talvez fosse uma saída. Uma criança nascida hoje, no fim de tudo, no fim do mundo, poderia ser a única coisa desta nossa civilização que estaria viva daqui a vinte, trinta anos... Nosso filho."

"Que nome a gente daria?", eu a estimulo.

Beatriz então balança a cabeça, voltando à realidade, ou voltando ao pesadelo, não querendo encarar a mais corriqueira impossibilidade de realização. Ela bufa. "Não adianta, Bernardo, não leva a nada a gente seguir nesse papo. Ele não vai nascer. A gente não vai ter filho. Nada do que a gente fizer nesta noite vai levar a lugar algum. Muito menos a nove meses. Esse é um tempo que a gente não tem. Essa é uma realidade que a gente não viveu e que — talvez eu estivesse certa, talvez você estivesse — não leva a nada. A gente está junto aqui, neste apartamento, SEU apartamento, porque não há mais lugar algum aonde ir. Mas se todo mundo não estivesse morrendo; se o mundo não estivesse acabando; se eu tivesse qualquer outra opção de vida, eu estaria longe, você sabe, sabe que eu estaria, e você estaria EXATAMENTE aqui."

Eu preciso levantar, a vodca fazendo efeito...

"Vai simplesmente sair andando agora? Não tem pra onde fugir!"

"Beatriz, estou só indo ao banheiro. Preciso mijar."

Eu vou e volto. Voltamos ao silêncio, um de frente para o outro, na sala. A vodca está fazendo efeito e até Scott Walker parece embargado. Lá fora, nada se ouve. Onde estão os zumbis? Diabos, onde está nosso drama? Não é possível que o apocalipse seja assim, tão silencioso. Costumávamos ouvir rojões na avenida Paulista. O mundo comemorando, torcidas e foliões festejando, e nós achando que eles estavam apenas tudo implodindo. Como uma partida da Copa do Mundo pode gerar mais ruído do que o Armagedom?

"O fim é silencioso. Eu sabia", ela diz.

Eu fico quieto.

"O fim é silencioso. Essa coisa de pânico, explosões, gente correndo, é só no começo. Quando a gente tem certeza de que vai acabar, se tranca em casa e fica assim, quietinho, não fala nada. Só espera a morte. É por isso esse silêncio. Acha que alguém vai pegar o carro e sair atropelando por aí? Acha que alguém ainda acredita em saque, em estupro, em orgia? Fica todo mundo quietinho, preso nos vícios mais básicos, na última coisa que quer manter. No seu caso, é a vodca."

Isso me acorda. Eu levanto a cabeça. Me inflamo. "Pelo amor de Deus, Beatriz, que vodca? Não estamos bebendo juntos? Você não está bebendo também? Qual é o problema agora — hoje — de eu beber?"

"Essa é sua fuga. É tudo o que importa agora."

"Ah!" Isso é demais. "Se é tudo o que importa, eu devia te mandar pra fora a pontapés e ficar com a garrafa só pra mim!"

Ela ri.

O problema é que eu acho que a vodca já fez efeito suficiente. E pode fazer efeito além do desejado, mas nunca voltará ao efeito primário. Nada jamais voltará ao efeito primário; tudo, o pouco, nada poderá ser usufruído como primário; é o gole final do copo, o último quadrado do chocolate, a raspa do tacho.

Mas a garrafa ainda tem umas doses...

"Se quiser, te compro um Saint Remy na loja de conveniência", ela brinca, eu acho. Como será que está a loja de conveniência? Se arriscássemos sair de casa, haveria uma porção de lugares a que poderíamos arriscar... bater em lojas, portas, pisar nos cadáveres de balconistas para repor nossas vodcas. Aquelas balas de goma em formato de minhoca. Aquilo deve durar para sempre, jamais perecerá; poderíamos criar uma criança só com base naquilo. Na loja de conveniência ali na esquina, tão perto, poderíamos encontrar combustível para mais noites e noites viradas. Quem sabe... Eu deveria sair de casa.

"Era o que eu sempre dizia, Bernardo, você deveria sair mais de casa", Beatriz coloca como se lesse aspas nos meus pensamentos. "Agora não temos mais alternativas, só nos resta esperar. Eu até arriscaria ir lá fora novamente, se essa morte não fosse tão terrível. Prefiro morrer de fome a me transformar num zumbi."

Talvez eles sejam apenas isso, mortos de fome. Talvez os zumbis que circulam agora pela cidade sejam apenas fruto de uma proliferação da miséria, da ganância, da imbecilidade. Eu sempre achei que o povo lá fora estava condenado, arrastando-se nas ruas a caminho do trabalho, em congestionamentos, em filas de bufês na hora do almoço. Agora querem o quê, comer meu cérebro? Talvez seja um vírus, uma mutação, coisa que a gente pega em ambientes aglomerados, ônibus lotados, salas de cinema de shopping numa tarde de sábado.

Scott Walker silencia.

Eu me levanto para inspecionar o som. "Merda, acabou a pilha?", me pergunta Beatriz. É o que parece. Aperto os botões. "Talvez esta seja a hora mesmo de ir à loja de conveniência..."

Nos sentamos desejando que ao menos os copos tilintassem. Falta gelo. A noite se torna mais profunda e o medo é verdadeiro. Ainda há o silêncio, mas por baixo dele, atrás, bem tênue, há o ruído estático da morte. Talvez um murmúrio, um gemido alto proferido ao longe. Talvez dezenas de milhares de gemidos baixos, somados, criando uma interferência de lamentações em nossa noite. De alguma forma, nós podemos ouvir os zumbis.

"Posso sentir o cheiro; não consegue?" Beatriz pergunta farejando. "Não sente um cheiro estranho no ar?"

"Como morte?"

"Como morte... Não, não como morte... Mas há algo podre, sem dúvida."

"...no Reino da Dinamarca."

"Tem algo de podre no ar, mas não é como morte, é mais doce, como bolos jogados no lixo. Acho que é isso, lixo, apenas o cheiro de lixo."

De fato, é o cheiro do lixo. Tenho de confessar: "É da cozinha. Não tiro o lixo há alguns dias. Não dá para levar para fora... e lixeiro nenhum viria buscar, de qualquer forma."

"Ah..." Beatriz mergulha os olhos de volta na vodca e tenta sublimar o cheiro que vem da minha própria cozinha. Me levanto novamente. "Acho que posso colocar os sacos do lado de fora da porta."

"Não, não, tudo bem, Bernardo, não precisa."

"Você está certa, isso aqui está com cheiro de lixo, não dá pra ficar assim."

"Deixa, Bernardo, não vai abrir essa porta, deixa o lixo."

"É só abrir rapidinho..."

Ouvimos então o gemido, alto, distante, mas certamente de dentro do prédio. Um zumbi.

Eu volto a me sentar.

"Deixa", diz ela. "Como eu disse, não é igual ao cheiro de morte. É só lixo. Doce."

Cheiro doce de restos de comida fermentando. Cascas de cebola, pão mofado. Quanto tempo vai levar para estarmos revirando esse lixo fermentado? Guerreiros do chorume. Logo não vamos mais sentir o cheiro. Logo vamos fazer parte dele. É esse o cheiro que ficará no mundo dos vivos, um cheiro doce, não como os mortos. Porque os mortos ainda circulam. Os mortos arejam por aí. São os vivos que estão trancados, apodrecendo, como o lixo. O lixo que não consigo colocar para fora e que já faz quase parte de mim.

Quem diria que a gente viveria esse pesadelo. Não é tão ruim, agora que é verdade. Agora que é verdade, é ainda pior. Como não é mais pesadelo, não é mais filme B, o horror faz mais sentido, mas não é tão intenso. Não é motivo de pânico, de mulheres desesperadas gritando seminuas, mas interfere em nossa rotina, em nossa cozinha, destrói realmente nossas vidas, como filme de horror nenhum faria. Não é tão ruim quanto nos filmes, mas é pior.

"Que fim teve aquela Lorena?"

"Virou zumbi."

Beatriz ri. Foi mesmo uma piada. Não sei que fim teve a Lorena, que poderia ter sido minha namorada seguinte, depois que Beatriz se foi. Saímos algumas vezes. Beatriz ficou sabendo. Mas não a vejo há tempos e nem sei que fim teve. Provavelmente zumbi, como todos os outros. Sem eletricidade e comunicação, sem internet e telefonia, estamos todos ilhados, perdidos. Podemos ser milhões de sobreviventes, mas estamos distantes, isolados uns dos outros. Sem nem uma rádio...

Ouvimos uma leve batida na porta.

"Não abra, pode ser um zumbi!", grita Beatriz.

"Pode ser a Lorena", eu digo provocativo.

"Dá na mesma!", retruca ela com ironia.

Logo, a porta silencia. Não é surpresa. Deve ser um defunto perdido a vagar pelo prédio. Ele que não venha tocar na minha vodca! A minha vodca... Minha vodca já está no final.

Silêncio. Quem estava lá fora já se foi. Esses zumbis não tão têm lá muito empenho, não se pode exigir isso deles. Para quem já está morto, já é um grande feito caminhar. Caminhar... A noite decanta calma novamente.

Silêncio.

"O que você vai fazer quando a vodca acabar?", me pergunta Beatriz.

Eu balanço a cabeça com o copo nas mãos. Nem para dizer que sim, nem para dizer que não, para pensar, ponderar. "Vou dormir."

"Quero dizer, o que você vai fazer quando acabar a vodca, a água, a comida. Não pode ficar para sempre aqui..."

"Por que não pergunta 'o que VAMOS fazer'? Eu não estou sozinho. Só vou ficar se você se dispuser a sair. Para se afastar de mim, também vai ter de enfrentar o que há lá fora. Meus dilemas são tanto meus quanto seus. Podemos decidir juntos o que devemos fazer..."

Beatriz dá seu último gole, e olha pra mim. "Você sabe que eu não queria voltar aqui."

"Eu era a última coisa que você queria ver..."

"A última coisa que eu queria ver."

Silêncio.

Ela continua: "Mas além da última, há o final. E não quero chegar lá. Se é pra terminar, prefiro ficar com você — a última coisa — prefiro ficar aqui. Só quero saber se é essa a única alternativa. É essa a última opção? Vamos ficar aqui, mortos de fome, até tudo terminar?"

Eu balanço a cabeça. Acho realmente que não. Poderíamos viver para sempre, viver para sempre, seria só o tédio que nos empurraria ao fim. Poderíamos abrir esta porta e saltar para a seguinte. Abrir a porta deste apartamento e arrombar o vizinho. Ir saqueando pouco a pouco o que sobrou em todos esses domicílios. Quanto tempo levaria até não ter mais nada a se consumir? Arroz, feijão, macarrão, balas de minhoca, bens não perecíveis, em quanto tempo perecerão? Podemos nos alimentar de gatos. Podemos nos alimentar de ratos. Podemos cultivar tomates em vasos, brotos de feijão em algodão, fungos entre os dedos dos pés. Mas ninguém vive só para sobreviver. Ninguém vive só para insistir. Se ainda houvesse razão, e não houvesse ração, para onde poderíamos ir?

"Preciso mijar."

Eu me levanto e Beatriz vai atrás de mim. "O que você tem aí?", ela pergunta.

"Aqui?", pergunto a ela apontando com a cabeça para o membro em minhas mãos.

"Pfffff", caçoa ela. "Farinha, ovos, pergunto; o que você ainda tem para cozinhar?"

Eu estalo em gotas na privada. "Farinha, uns dois ovos, por que quer saber?"

"Queria cozinhar... Tem gás, né?"

Tenho. Meu gás dura meses. Nunca vai acabar. Nunca vai acabar.

"Posso cozinhar?"

Eu saio do banheiro. "Pode. Mas por que — o quê — quer cozinhar a essa hora?"

Beatriz checa os mantimentos. "Não importa, bolo, biscoito, só colocar algo pra assar, servir algo fresco pra gente comer. Cozinhar. Tem essência de baunilha?"

Eu assinto com veemência. "De baunilha e de amêndoa!"

Beatriz se maravilha com a essência em minhas mãos. "Uau, amêndoa? Para que comprou isso?"

"Para quando o mundo acabasse", eu brinco.

E foi mesmo.

"Então acabemos com o mundo com essência de amêndoa."

Acabemos.

Beatriz é novamente minha mulher, revirando minha cozinha. Abre os armários, checa os ingredientes. "Acho que com isso dá para fazer biscoito." Beatriz calcula mentalmente.

"É só farinha, clara, açúcar... Sabe que aprendi a fazer biscoito da sorte? Fiz para o chá de bebê da Letícia."

"E o que colocou de mensagem?"

Beatriz dá de ombros. "Tiramos frases de um livro. Livro de frases feitas, citações, de Gaspareto a Oscar Wilde. Você sabe que nunca fui boa para inventar essas coisas. Isso é com você."

Eu me encosto no batente da cozinha. "Se quiser, penso em boas frases para a nossa sorte."

Beatriz tira a assadeira guardada no forno e olha para mim, eu, seu oráculo de farinha. "Vamos ficar só com os biscoitos..."

Está certo. Acho que a sorte do momento só poderia ser escrita por Nostradamus.

Vejo Beatriz pegando os ingredientes, medindo a quantidade de farinha, de açúcar, e tenho de dizer novamente: "Estou feliz que tenha vindo para cá."

E dessa vez ela tem de admitir. "Tive de vir, precisava saber como você estava..." Então a doçura se esvai. "Mas fico até com raiva de ver você aqui, ainda aqui, que nem mesmo uma tragédia dessas tira você desse seu mundo, do seu apartamento, continua tudo como sempre esteve. Olha essa cozinha, olha essa bagunça, esse lixo..."

"Eu disse que não dá para colocar para fora..."

"Não é esse o caso, Bernardo. Você nem ao menos me procurou. Você nem quis saber como eu estava. Eu tive de vir aqui, para não morrer sem saber... E quando chego na sua casa, com o mundo desmoronando lá fora, continua tudo igual. Você continua anestesiado, aí, você nem percebe que há muito, muito tempo já virou um zumbi!"

Opa, pegou pesado...

Beatriz então, apesar de tudo, começa a quebrar os ovos numa tigela. A misturar a farinha, o açúcar...

"Vai fazer biscoito da sorte?", pergunto.

"Vou fazer biscoito", ponto.

Fico parado na porta da cozinha sem saber o que fazer. Como ajudar essa mulher, como ajudar uma mulher a cozinhar? "A gente deveria ter arrumado o *NOSSO* apartamento há muito tempo", ela diz.

Eu suspiro. "Que diferença faz agora, Beatriz?"

Ela mistura a massa. Está mais calma. "Não faz mesmo diferença", diz. Dá de ombros. "Seria só um caixão mais confortável..."

"A gente ainda não está morto."

"E a gente não tem a nossa casa."

"A gente ainda não está morto", repito.

Ela olha para mim, séria. "A gente um dia vai ter a NOSSA casa?"

Eu a olho de volta. O que ela quer que eu diga?

"Responde, Bernardo, um dia a gente vai ter a nossa casa?"

Agora eu é quem dou de ombros. "Como eu vou saber, Beatriz? Olha só o mundo, as coisas como é que estão..."

Ela volta os olhos à massa, decepcionada. "Está certo, eu sabia."

"O quê?"

"Eu te falo, tive de vir aqui só para morrer na *SUA* casa, com você. Era o único jeito."

Aquilo começa a me irritar. "O que é isso, *mi casa su casa*, que é isso?" Quero me aproximar, por trás, abraçá-la, mas tenho receio de uma mulher que acaba de quebrar ovos. Por que tudo isso ainda importa? Meus defeitos, seus defeitos, nossas limitações. Não é tudo tão pequeno, agora que não dá nem para colocar o lixo para fora? Não dá nem para colocar o lixo para fora, Beatriz, como você pode esperar que eu mude?

Eu recuo novamente até o batente da porta e sorrio. "Fiquei bem feliz de você ter vindo."

Beatriz está contendo um sorriso, eu sinto.

Desta vez, ouvem-se batidas mais altas na porta.

Sobressalto.

Nós nos olhamos. Ela diz: "São eles..."

Acho que eu também aparento medo. Tento disfarçar. "Não se preocupe. Estão mortos. Não podem entrar aqui. Eles só batem e vão embora. Não podem entrar. Não podem entrar. Eles nem existem."

Novas batidas. Altas.

Beatriz tem de abaixar a cabeça e caminhar até mim. Eu a abraço. "Como a gente pôde terminar assim?", ela diz.

"Não terminamos", eu digo.

Ela balança a cabeça. Começa a chorar. "Nós, a raça humana."

"Já estivemos piores", eu digo.

Ela se afasta, rindo. "Tá certo. Concordo." Volta o olho para a massa. Na porta, faz-se de novo o silêncio. Me pergunto se não seria mesmo uma Lorena-zumbi.

Nos sentamos na sala. Deixamos pouco a pouco o cheiro da massa assada, da essência de baunilha, de amêndoa, preencher o apartamento, sufocar nossos pensamentos e o cheiro de lixo que há pouco imperava. Foi uma boa ideia. Uma boa ideia assar biscoitos. "Foi uma boa ideia", digo a ela.

Beatriz se levanta para tirar a assadeira do forno. Foi rápido. Vai até a cozinha, desprende os biscoitinhos e os coloca numa tigela. Leva à sala. Começamos a comer um a um, sem cerimônia nem economia. Que os biscoitos acabem.

Me lembro da história de meu avô. Meu avô foi cozinheiro num navio que veio da Alemanha. Conta que foram bombardeados durante a Segunda Guerra. O navio lentamente começou a naufragar. Eles sabiam que não teriam mais muito tempo de vida, então meu avô foi até a cozinha, pegou os melhores suprimentos, aqueles guardados com afinco para momentos difíceis, quem sabe para momentos especiais, e começou a cozinhar. Pôs-se a fazer bolos, assados, molhos, cozinhar como se estivesse cozinhando para uma amante, para um amor, para minha avó. A tripulação toda não entendia. Estavam afundando e a última coisa que tinham era apetite. Mas meu avô não se importou. Também não estava interessado em comer, só queria cozinhar. Nunca tinha oportunidade de fazer aquelas coisas, dava um sentimento, uma celebração, ao menos uma preparação consciente para o fim, como se fosse uma escolha. No final, eles acabaram sendo resgatados bem a tempo, e sua enorme ceia foi intocada para o fundo do mar.

É uma bela história, que eu já contei para Beatriz. Tenho certeza de que ela se lembra. Só não tenho certeza se ela sabe que é mentira. É mentira. Eu que inventei. Agora que ela come o último biscoito, acho que pensa que perdemos a chance de ser resgatados, e o biscoito ir para o fundo do oceano. Quem come o último não casa, deve pensar. Eu mesmo me seguro para não soltar essa frase. Quem come o último não casa.

Ouvimos algo arrastando no apartamento de cima. A mastigação de Beatriz trava por um segundo. Então prossegue. Engole. Seco.

"Acho que devemos acabar com isso", diz ela.

Com isso? Os biscoitos? Já acabamos...

"Você sabe que vim aqui para morrer."

Pego a tigela vazia dos biscoitos e levo para a cozinha. Penso em lavar. Melhor lavar. Ainda temos água, e não quero aumentar o cheiro doce, de lixo, de algo apodrecido na cozinha. Beatriz me segue. "Você me ouviu, Bernardo? Está me ouvindo? Prestou atenção em alguma coisa que eu disse desde que cheguei? Em alguma coisa nesses últimos quatro anos?"

Lavo a tigela.

"Responde, Bernardo!"

Não há o que responder. "O que você quer que eu diga?"

A forma de Beatriz entregar sua explosão contida é mais explosiva do que se ela liberasse toda sua pólvora e caísse em pedaços sobre mim, eu posso sentir. Ela se despeja em estilhaços e eu permaneço de costas, lavando a tigela, para não ferir meus olhos.

"Queria que você tivesse esperança, que ao menos essa catástrofe servisse para você dar valor... que pudesse pensar, esperar, desejar uma nova vida depois disso. Uma nova vida comigo, mesmo que ela nunca aconteça. Eu vim para cá porque era só isso que me importava. Mas se você não alimenta nem mais essa possibilidade, não sei por que insiste em ficar vivo! Se a humanidade toda se salvar, você será o único que continuará perdido, vagando, vago, como um zumbi!"

Eu me viro para ela. Aquilo me irrita. "O que quer que eu diga?"

"O que eu quero que diga? O que eu quero que diga?" Beatriz ecoa. "Não quero nada! Quero que você TENHA o que dizer. Que seja homem. Nem que seja para se matar!"

Idiotice. Eu me viro novamente para a pia. Vou lavar a louça. Vamos aproveitar enquanto ainda há água. Será que os reservatórios podem funcionar sozinhos? Me pergunto se os reservatórios continuam funcionando sozinhos. Se sem os técnicos, sem manutenção, a água pode continuar chegando até minha casa?

"Bernardo, estou falando com você."

Será que essa praga de zumbis não se prolifera pela água? Pode até se proliferar pelo ar. De repente é uma doença vené rea, incubada, de repente eu até já estou contaminado, Deus sabe por onde passei. Ou então é tudo um delírio, delírio, não há nada lá fora, não há nada...

"Bernardo, olhe pra mim. Seja homem uma vez e tome uma atitude!"

Aquilo me cansa. E eu me viro novamente para ela. "Beatriz, o que você quer? Você vem para a MINHA casa para me cobrar, dizer para eu me matar? E acha que isso faz sentido? Acha que sou eu que sou o zumbi? Você vem até aqui para quê, para um pacto de suicídio? Para me infernizar? Para acabar com o pouco de conforto e de vodca que resta?"

Beatriz balança a cabeça. Agora não há mais vodca. Digo, não há mais volta. Eu sei. Ela sabe.

"Você é quem quis sair da minha vida. E eu não pedi que voltasse aqui", eu digo.

Beatriz então me atravessa com o olhar. E eu percebo que aquela, provavelmente, agora, inevitavelmente, será a última vez.

Ela diz: "Boa noite."

E vira as costas. Eu, parado na cozinha, logo escuto o barulho da porta. Abrindo. Fechando. Batida. O apartamento está em silêncio novamente. Beatriz se foi?

Caminho até a sala. Beatriz se foi. Ela vai voltar. Me sento no sofá. É só o primeiro zumbi aparecer. É só ela rever a situação lá fora. É só ela sentir o mundo desmoronar, e perceber que não vou correr atrás dela, que ela vai voltar. Ela vai voltar.

Me lembro da verdadeira história do meu avô, na guerra. Ele morava numa pequena aldeia, recusou-se a lutar. Ficou trancado no seu chalé, sobrevivendo das provisões do inverno, esperando pela minha avó, que havia fugido do país com a família. Quando ela voltou, ele ainda estava lá, no celeiro, sua casa havia sido bombardeada. Ele perdeu parte da perna esquerda, e acredito que minha avó tenha casado com ele por pena.

Ao menos, foi isso o que ela me contou...

Sentado na sala, pego meu aparelho de som. As pilhas. Examino. Talvez trocando de lugar. Mexendo na posição das pilhas. Mais um pouco. Só mais uma música. Troco as pilhas de lugar.

Funcionou.

Eu Sou A menina
deste Navio

No centro do convés, o menino...

Sebastião há muito não pisava num navio. Tentou calibrar os olhos, calibrar os pés, sentir o mar movimentando-se lá embaixo e deter a oscilação de seu próprio corpo ancorado. Mareado. O velho pescador subiu no navio e avistou sua casa tão pequena, sua ilha tão perdida. Seus sonhos à deriva e, no centro do convés, o menino.

Miranda Poente há muito estava encalhada na mancha negra do mar. Sem peixes nem possibilidades. O barquinho pesqueiro de Sebastião atracado a cracas. Sua barraca à vista de vista nenhuma. Ele e a esposa vendendo cerveja, vendendo torresmo, vivendo de um bar pequeno quase sem clientes, praticamente sem peixes, sem camarões consistentes nem iscas de mariscos para servir aos turistas. Sem temporadas. A riqueza do petróleo, as promessas de outrora se dispersaram numa mancha oleosa por toda a baía. Ninguém entrava, ninguém saía.

Até a visita de um navio-fantasma.

Sebastião acordou com o mastro roçando sua porta. No princípio da manhã, inclinando-se sobre sua casa, um enorme veleiro acenava num sorriso torto, numa língua estrangeira. Como esse navio viera parar ali? Sebastião olhou ao redor, olhou para as galinhas, olhou para a esposa, ainda dormindo, e olhou para o navio novamente, em meio às rochas de seu quintal. Ao lado de seu pequeno barquinho, quase o engolindo. Sebastião acordou a esposa e os filhos; mandou chamar o Chefe Alonso.

Sebastião há muito não pousava os pés num navio. Há muito que ele não zarpava. Aproximou-se do veleiro com a incerteza de quem nunca foi marinheiro, de quem nunca soube pescar. Curioso, nostálgico, intrigado, como se não fosse capaz. Quase se esquecendo — quase se lembrando — quase achando que ainda poderia passar semanas e semanas no mar.

Semanas e semanas...

Como o navio viera parar lá? Sebastião examinou o casco, gasto. Sebastião examinou as tábuas. Parecia que passara anos e anos naufragado, perdido, passara anos e anos no fundo do mar. Já tinha ouvido alguma coisa desse tipo? Já. Sabia que, raramente, dependendo das correntes, com a mudança das marés, a movimentação da Terra e o deslizamento de lendas, navios naufragados podem voltar. Trazidos até as pedras. Puxados de volta à vida. É possível acontecer. Navios-fantasma podem ser frutos de correntes intensas, bolsões de ar, um longo mergulho que, numa atemporalidade histórica, volta a respirar. Sim. Sebastião já ouvira sobre isso...

Mas quem era o menino?

Sebastião, ainda em terra firme, observava o navio-fantasma e esperava pelo Chefe Alonso. À sua porta, aquele monstro. Aquele navio encalhado. Miranda Poente não estava preparada para aquilo. Ele não estava acostumado com aqueles acontecimentos em Miranda Poente. Uma ilha infrutífera em lendas e frutos do mar. Uma mancha negra que contaminava seus filhos, corroía suas peles com micoses, queimaduras e impetigo.

Mas e quanto àquele menino?

Sebastião, há muito atracado, subiu ao convés. Impaciente, resolveu inspecionar. Um navio daquele porte. Um veleiro de impacto tamanho. Aqueles mastros gastos... precisaria ser investigado. Onde estava o Chefe Alonso?

Sebastião subiu ao navio e sentiu o corpo cambalear, os pés vacilarem, os olhos descalibrados. Há tanto que não cruzava aquele vazio onde se estendia o mar... O horizonte lá longe. O sol ainda a nascer. Sebastião achava tolo tentar convencer até a si mesmo de que ainda era marinheiro, ainda era um pescador. Sua vara quebrada estava encostada sem iscas há meses e anos. Sua rede era morada de baratinhas, ligias oceânicas, uma aranha solitária.

"Bastião. Chefe Alonso está vindo. Venha tomar café."

Sebastião foi até a amurada e viu sua esposa lá embaixo, chamando por ele. Ela levantou o olhar, vendo-o lá em cima. Ela o olhou com certa estranheza e ele soube, soube que seu lugar não era mais lá. Humilhado, soube que seu lugar agora era em terra firme e que ninguém mais o reconhecia como o pescador-marinheiro-navegante que outrora fora. "O que está fazendo aí?" Agora o lugar dele era lá embaixo. Só poderia entrar num navio para ser levado, naufragado, estaria perdido como um navio-fantasma. Bobagem.

Foi nessa hora que ele viu o menino.

Uma fisgada reflexiva e Sebastião captou o menino. Olhou para a esposa. Voltou a procurar o menino. Ele estava lá. De fato, estava. No centro do convés. Não era só uma visão fugidia. Enquanto a esposa o chamava, encalhada na ilha, o menino permanecia no centro do convés do navio-fantasma, parado, encarando-o.

"Já desço."

Sebastião afastou o olhar da esposa e voltou o olhar ao menino. O que aquele menino estava fazendo lá? No centro do convés. Achado enquanto perdido. Sebastião o encarou com cuidado — branco, pés descalços, pré-pós-púbere, cabelos compridos, olhos negros e grandes como pires — nunca vira aquele menino por ali. Aquele menino não era de Miranda Poente, até onde Sebastião sabia. Cidade tão pequena. Como aquele menino viera parar ali?

É claro que o menino (não) poderia ter vindo com o navio...

Sebastião deu alguns passos preparando-se para perguntar. Aquele menino viera com o navio? Viera com a maré? O que estava fazendo ali? Poderia ter visto o navio atracado e subira nele como qualquer menino subiria, mas quem era? O que estava fazendo ali? Como Sebastião nunca o vira antes, nem sabia quem era, na porta de sua casa, no convés daquele navio? Miranda Poente não dava mais flores nem frutos, e certamente não dava meninos como aquele que estava à sua frente. Sebastião não viu sentido em perguntar.

Olhou para o lado. Olhou para o chão. Olhou para as velas rasgadas, a proa-popa-deque, o navio como um todo e para o menino, para ver se ele pertencia ali. Era um menino bonito. Um menino como já não se faz... Algo de feminino. Cachos que seus filhos jamais poderiam cultivar. E um colar de corais no pescoço — o que era aquilo? — um adereço estranho entre suas roupas desbotadas — camiseta e calça — roupas que passaram uma eternidade no fundo do mar.

"Você está morto?"

Pergunta estúpida. Para que perguntar? Se o menino estivesse morto, para que perguntar? Melhor não saber. Se estivesse vivo: remédios, comida, cuidados, telefonemas, a chegada de uma mãe saudosa chorando. Mas se ele estivesse morto... para que perguntar? O que o menino estava fazendo lá? No centro do convés, o menino. O resto do navio estava aparentemente vazio.

"Há mais alguém aqui com você?"

Aquela era uma boa pergunta. Fosse uma resposta-fantasma, imprecisa, ou se o menino não quisesse responder. Importante saber se o menino era único, se era o único fantasma, e se haveria outros como ele, alguma pista, quando ele desaparecesse em pleno ar; o que diria ao Chefe Alonso?

O menino parado persistia.

Sebastião pensou que deveria sair de lá. Sebastião pensou se deveria sair de lá. Talvez caminhar lentamente, passos em ré, afastar-se do menino e pisar novamente na solidão de sua terra. Na areia. Mas não poderia tirar os olhos do menino, precisava vigiá-lo até o Chefe Alonso chegar. Se o perdesse de vista, ele sabia, sabia que o menino se perderia. O menino não seria encontrado no convés, no passadiço, nas cabines. O Chefe Alonso riria da cara dele, bateria em suas costas, pediria uma cerveja e ele jamais saberia o que aquele menino fazia, de onde viera, para onde ia.

E se pegasse o menino pela mão? Puxasse-o gentilmente para fora do navio. Pulassem nas pedras. Trouxesse-o para sua terra, para casa, para a mesa do café. Tirasse suas roupas gastas, esfregasse sua pele ferida e lhe desse uma cama para descansar?

Não... Sebastião já tinha filhos, bocas demais para alimentar. Não iria passar agora a alimentar fantasmas. Se pegasse em sua mão... E se pegasse em sua mão e ele se esfacelasse como fantasma, como o esqueleto que era? A casca tênue se desfazendo, pele se desprendendo do corpo, de ossos ao pó, poeira soprada ao vento. Havia algum jeito de preservar aquele menino assim, parado, para sempre, ou ao menos até o Chefe Alonso chegar?

Diabos, onde está o Chefe Alonso?

Sebastião sentiu uma tábua rangendo aos seus pés. E se o navio todo se esfacelasse? Derretesse em sonhos — pesadelos — fosse carregado pela maré. Voltasse de onde viera levando Sebastião consigo, levando o menino, afastando-o para sempre da segurança de uma vida fixa, vacilando à beira mar. Aquele navio estava trazendo pensamentos estranhos a Sebastião. Ele costumava ser mais objetivo.

O velho pescador ficou imóvel, como o menino. Olhando-o fundo nos olhos, imaginando todas as possibilidades. Desistiu de perguntar, não estava lá para aquilo. Interrogar o menino era função do Chefe Alonso. Sebastião poderia apenas guardá-lo. Frente a frente no convés, atracados, Sebastião imaginou todas as histórias pelas quais aquele menino poderia ter navegado...

Deixaram um porto distante a caminho das Índias. Deixaram uma cidade assolada pela praga. Partiram em busca de uma flor perdida, a Flor das Antilhas, o pólen sagrado que iria salvar como remédio uma princesa que morria. Partiram apenas por comércio — negócios. Buscando novas oportunidades de vida numa terra nova, no "X" do mapa. Toda uma tripulação. O Capitão e seu filho. O cozinheiro e seu filho, o último menino, o único que sobrara entre os homens daquela ilha para ajudar na cozinha, fugir da praga, buscar o "X" do mapa indicando o caminho das Índias. A nova geração.

Dominique, era o nome dele, filho do cozinheiro ou filho do Capitão. Trancado na cozinha, a descascar batatas. Trancado na cozinha, para não pegar no pesado. Privado do contato com os outros marinheiros, para não correr riscos. "Ele pode dormir comigo", dizia o Capitão. Dominique dormia em sua cabine. Filho do cozinheiro, filho do Capitão, usava suas mãos pequenas para descascar batatas, e dormia na cabine espaçosa, na cama do Capitão.

Era só um menino...

O menino do Capitão. Os outros marinheiros cochichavam. A tripulação se perguntava. Puxavam de lado o cozinheiro, "me diz aí, afinal, este menino é seu filho?", e ouviam: "É o menino do Capitão." O menino do Capitão. Talvez fosse seu filho. Talvez tivesse sido vendido. Talvez pagasse com o sangue a viagem, o resgate, a salvação da praga. Talvez fosse apenas filho do Capitão. O menino do Capitão. E todos os marinheiros continuavam a cochichar.

Não é muito saudável manter segredos em alto-mar. Ao menos, não é muito saudável manter segredos por meses e meses, quando é preciso seguir em frente, quando é possível se perder. Perguntas são levantadas. O Capitão é questionado. Ordens não são obedecidas e perde-se o "X" do mapa. Perde-se a rota. Esquece-se e procura-se o "X" da questão. O Capitão teria certos problemas em manter a autoridade...

Sebastião desviou os olhos do menino e pousou os olhos novamente na terra firme, porto seguro. A ilha ainda estava lá. Ele estava lá, atracado com o menino. Não iriam sair do lugar. Não iria sair enquanto o Chefe Alonso não chegasse. Então voltou os olhos ao menino e voltou a imaginar...

Aquelas mãos delicadas descascando batatas. Uma lasca, polegar perfurado, uma gota de vermelho na sopa do jantar. O Capitão entra na cozinha, pega a mão de Dominique, coloca o dedo em sua boca, sugando a ferida, contendo o sangue. O menino não chora nem sorri, como hoje. Como hoje, observa em grandes olhos negros o Capitão. O cozinheiro entra no recinto. O Capitão larga a mão de Dominique. "Precisamos de carne, Gonzalo", ele diz. "Precisamos de substância! Os homens estão morrendo sem sangue por causa dessa sopa rala!"

O cozinheiro Gonzalo o encara como se dissesse "isso é problema seu". Encara-o como se dissesse "isso é com você". O cozinheiro cozinha com o que tem para cozinhar. Por que o capitão não está lá cobrando a pesca dos peixes? Por que o capitão não está conduzindo o veleiro às Índias, à terra firme, aos braços da carne? "Eu cozinho com o que tenho para cozinhar", o cozinheiro responde. O Capitão parte mordendo os próprios lábios. Não é à toa que os marinheiros daquele navio têm o que cochichar.

E os marinheiros daquele navio têm do que se alimentar. Não são apenas gotas de sangue e batatas. Não são apenas músculos cansados e peixes-espada. Os tendões distendidos encontram na calada da noite, na sombra da tempestade, histórias para entreter uns aos outros. E vez ou outra encontram Dominique — como hoje — parado com olhos negros no centro do convés.

"Psiu, olha lá. O menino do Capitão."

E longe do Capitão, longe do cozinheiro, longe de comentários eles se aproximam e puxam conversa. "Como é seu nome?" "Quem é seu pai?" "O que faz aqui, além de descascar batatas?" Dominique não responde. Nunca responde. Sebastião imagina que o menino nunca responda a nada que lhe é perguntado. Então os marinheiros se perguntam se ele próprio não é a praga, uma índia, a princesa moribunda. O Pólen da Flor das Antilhas, que eles estão levando para um doente do outro lado do mapa. A cura sempre esteve conosco. Nós só precisávamos isolá-la.

Talvez alguém alertasse para não puxar conversa com o menino do Capitão. O segundo imediato dissesse que eles deviam manter os olhos no norte. Mas como, se o próprio Capitão não mais sabia para onde ir? Preocupava-se mais com o que se cozinhava e o que havia para comer. O menino estava lá no convés. E o Capitão? Capaz que estivesse na cozinha, a descascar batatas...

Sebastião observou a escada que seguia para os deques. Pensou em descer. De repente, ainda encontraria cascas. Encontraria o esqueleto do Capitão, agarrado a uma faca. Permaneceram todos perdidos em seus postos, e Dominique permanecera lá, em seu posto de menino. Perdido; parado no centro do convés. Sebastião olhou as mãos macias de Dominique e imaginou que há muito, muito que ele não devia nem ter descascado batatas.

Por que o menino o fazia imaginar tudo aquilo?

O mar era negro, como é agora. Mas era pelas nuvens pesadas no céu, por tantas vontades. O veleiro seguia em sua trajetória, sem rumo, perdido ao norte de sabe-se lá o quê. O Capitão descascando batatas. O cozinheiro cortando a garganta... Não! O cozinheiro amarrando-se ao leme. Dominique escrevendo em seu diário... Sebastião gostaria de colocar o menino escrevendo em seu diário, mas sabia que o menino nem deveria ter sido alfabetizado. Fugira da praga. Eles iam a caminho das Índias, da Flor das Antilhas, do peixe-espada.

Na ponte de comando bebia o contramestre, cuspindo a boreste, comandando a contragosto. Perguntava-se para onde estavam indo. Pensava em sua linda-loira-gorda esposa, e nos filhos que tiveram e teriam. Aquilo era uma maldição; comandados pelo piscar de olhos de pires de um menino. À deriva pelos sonhos de um pescador ancorado e sem isca. Sebastião achou que estava visualizando tudo de forma muito negativa...

De repente, fora uma aventura muito mais virtuosa e viril.

Os marinheiros morriam. Os marinheiros vomitavam. Os marinheiros reencontravam batatas e suas cascas, na bile negra que desaguava para o mar. A Tempestade, suas consequências e implicações implícitas. E o Capitão, onde estava?

"Para onde estamos indo, Gonzalo?", perguntava o Capitão na cozinha. O cozinheiro dava de ombros. Não era ele quem ditava o rumo. "Onde está o menino?", insistia. O cozinheiro apontava para o convés e o Capitão emergia lá em cima. Os ventos fortes. O mar bravo. O menino parado no centro do convés — como agora — a chuva caindo.

"Dominique, venha. Está muito frio. Você vai se resfriar. Já é tarde, hora de ir para a cama." O Capitão olhava ao redor e via todos os seus homens vomitando. Voltava os olhos ao menino. "Dominique, venha. Já é hora de dormir. Deixe que o navio siga seu curso. Amanhã, quando você acordar, já estará em terra firme."

Aquilo não era uma promessa...

Sebastião olhou para a terra firme e pensou onde estavam as gaivotas. Sebastião olhou para sua terra e pensou onde estava a civilização. Naquela ilha abandonada, nem as gaivotas reconheciam um ninho. Miranda Poente era, afinal, uma ilha-fantasma. Não era de espantar que aquele navio por lá tivesse atracado. Não era de espantar que fosse o destino final do navio. O navio, como era mesmo seu nome?

Juno Próspero, ou Junho Próximo? Nome de batismo ou uma promessa? Em suas velas gastas, o nome apagando-se do casco... Sebastião procurou a bombordo, olhou para o menino, procurou a boreste, olhou para o menino. Pensou em perguntar: "Qual é o nome deste navio? Juno Próspero ou Junho Próximo? Juno é nome de batismo? É nome de mulher? Este navio não tem nome de menina?"

Mas Dominique era a menina daquele navio. Enquanto passassem meses e meses, dias e dias, horas e horas perdidos, sem peixes-espada nem gaivotas para cobiçar. Perdidos no mar com Dominique. Um bando de homens, e Dominique. Todos enfermos, e Dominique. Dominique levando a sopa. Dominique levando o jantar. Até as cabines, o casario, calado, à proa, à popa, até junho próximo.

"Sabe, acho que Dominique não tem de se preocupar com esses marujos. Não tem de se preocupar com os enfermos nem com os moribundos. Não acho que seja trabalho dele cuidar desses homens, lhes levar o que comer. Ele é seu ajudante aqui na cozinha. Preocupe-se com ele aqui. Ocupe-se com ele aqui. Os outros não têm o que ver com ele. Deixe que eu me ocupo disso", o Capitão dizia ao cozinheiro. O cozinheiro assentia em descrédito. "Sim, eles são ocupação sua; e onde estão suas mãos? Com quem está o timão? Quem comanda o leme? O que faz aqui na cozinha?" O Capitão engoliu em seco e consultou a própria bússola, para ver se ainda indicava o norte.

"Deixe que eu cuido disso", disse o Capitão minutos depois, tirando o imediato do comando. Assumiu seu posto no leme, mas foi apenas um surto, porque ele não era mais feito para isso.

Ele fora feito para se perder...

O navio mergulhava no olho da tempestade. Aqueles homens faziam o que podiam e faziam a história acontecer. Bebiam e vomitavam. Viajavam sem destino. Perguntavam-se qual era o propósito de tudo aquilo; para onde mesmo estavam indo? Juno Próspero. Como crianças ansiosas numa viagem, eles se perguntavam uns aos outros o quanto faltava para chegar.

Era onde Sebastião estava. Aquele dia. O navio parado à sua porta, finalmente chegara. Não sobrara nenhum marinheiro para contar história, mas o menino persistia. Persistia parado no convés, para Sebastião imaginar.

Os marinheiros morrendo pouco a pouco. Os marinheiros morrendo todos juntos. Os marinheiros envenenados, enlouquecendo, jogando-se ao mar. Por meses e meses perdidos, com aquele menino. Dominique a única mulher e maldição; a praga da Flor das Antilhas.

"Meus homens estão morrendo; o que você tem com isso?", perguntava o Capitão. O cozinheiro Gonzalo dava de ombros. O que ele tinha com isso? "Há algo nessa comida, nessa água, algo que você está servindo para eles não está fazendo bem", disse o Capitão. O cozinheiro quase riu. Toda aquela tempestade; toda aquela falta de rumo e propósito, e o Capitão vinha culpar as suas batatas?

Mas os marinheiros continuaram morrendo. Os marinheiros morreram todos de uma vez. Envenenados, enlouquecendo, jogando-se nos braços uns dos outros e para longe de Dominique.

"É o menino, Capitão, o menino. É ele quem está matando todos nós", dizia um jovem marinheiro moribundo, que envelhecia nos braços de seu Capitão. O Capitão ria. "O que está dizendo, homem? Ele é uma alma inocente. A Flor das Antilhas. Como uma criatura daquelas poderia ter qualquer instinto assassino?" E antecipava com os dedos a morte do marinheiro, fechando seus olhos.

Assim se foram, um a um. Assim se foram, todos ao mesmo tempo. Os marinheiros morreram instantaneamente e logo sobraram apenas o menino, o cozinheiro, o Capitão... quase ninguém.

O Capitão segurava firme no leme, tentando domar o vento, tentando domar as ondas. Tentava domar seus próprios desejos e as suspeitas, suspeitas e desejos que o levaram aonde estava. Perdido, tentando seguir em frente, chegou à conclusão:

"Gonzalo... O cozinheiro... É o cozinheiro. Gonzalo envenenou meus homens, envenenou-os contra mim. Nos fez perder o rumo, rumo à morte, para ficar só com o menino. Foi esse seu plano insano. Preciso dar um jeito nisso."

Um gole longo de rum. Uma cuspida no olho da tempestade. Largando seu timão ao vento, o Capitão soltou o navio à sua sorte e desceu até a cozinha com a pistola em mãos.

O cozinheiro já esperava por aquilo...

"Gonzalo, meu velho, o que você fez? Que veneno tomou seu coração para que matasse meus homens, nossos homens, seus companheiros? Não sabe que esse seria seu próprio fim? Agora que sobramos só eu e você, o que poderá fazer?"

O cozinheiro lançou um sorriso cínico. "Ainda sobrou o menino..."

O Capitão deu um gole no rum com uma das mãos, levantou a pistola com a outra. Apontou para o cozinheiro. "Gonzalo, ah, meu velho Gonzalo, era isso que você queria? Perder-se com Dominique? Esse navio à deriva, todas as nossas almas mortas, longe de nossas famílias?"

O cozinheiro avançou rápido. Arrancou a garrafa de rum das mãos do Capitão. Deu um gole. "É você quem está louco. Dominique é minha família."

O Capitão insistiu. "Gonzalo, meu velho e decrépito Gonzalo, você queria ficar só com ele, com meu menino? Era apenas isso? Você queria tirá-lo de mim?"

Irritado, o cozinheiro repetiu: "Dominique é minha única família," e passou de volta a garrafa ao Capitão.

"Gonzalo, ah, Gonzalo..." O Capitão deu mais um gole — "que fatalidade!" — e atirou.

Então olhou ao redor. Onde está o menino? Cadê você, Dominique, minha princesa, meu filho? Minha tempestade, minha praga, a Flor das minhas Antilhas. O Capitão procurou e se lembrou: o menino só poderia estar dormindo. Lá, em sua cama, em sua cabine, quente e protegido. Só restavam os dois, à deriva. O Capitão iria acordá-lo e reconfortá-lo, iria protegê-lo. Nada iria acontecer, eles seriam salvos.

Acordariam em junho próximo, atracados. O Capitão e seu menino.

Entrando na cabine, o capitão viu o menino na cama, dormindo. Como era lindo. Os olhos fechados. Um sorriso no rosto. Um sorriso tão branco, em lábios vermelhos. O Capitão se aproximou para ver o menino dormindo. E se aproximou para ver como poderia ser assim, tão vermelho, aquele sorriso...

Era um novo sorriso, uma fenda aberta, um corte na garganta. Dominique deitava-se lá, com a garganta cortada.

"O que mais eu poderia fazer neste navio-fantasma? O que eu poderia fazer, além de me entregar ao mar? Saltar deste monstro, Juno Próspero; beijei o corpo do menino e abandonei o barco."

Esse foi o parágrafo do Capitão Alonso. Sebastião ouviu-o e virou-se, para ver o chefe de polícia atrás de si.

"Acontece que já estávamos aqui, Bastião. Por acaso, Juno Próspero chegara até esta ilha. Eu saltei ao mar para acordar na sua praia, há toda uma vida. Uma vida nova; achei que havia deixado para trás a Flor das Antilhas."

Sebastião olhou para o menino, o colar de corais escondendo a garganta. Voltou o olhar para o Capitão Alonso e viu-o levantando sua arma.

"Mas afinal, Bastião, meu velho, o que *você* está fazendo a bordo? O que está querendo você também com o meu menino?"

As Vidas de Max

Rui Selim & Martel

No meu aniversário de catorze anos, fui jogado ao mar. Faltou-me chão, cambaleei das pernas, deslizei pelo convés de uma vida — tão breve, que eu chamava de "a vida inteira" — e acabei a bordo de um pequeno barco, frente a frente com um guepardo.

Minha irmã batia na porta do banheiro. "Mãe, o que se passa com esse moleque?" Elas ainda não estavam acostumadas. Nem eu. Olhava a clara rala como membrana entre meus dedos e me perguntava se era realmente aquilo. Era realmente aquilo? Eu chegara lá. Às vésperas do meu aniversário de catorze anos, em alto-mar.

Um cruzeiro transatlântico, no fim de ano. Meu aniversário de catorze anos. O aniversário de casamento dos meus pais. As férias e as festas, tudo ao mesmo tempo, meu aniversário ficava em segundo plano; eu não tinha direito de opinar.

"Você vai e pronto. Não lhe foi dada a opção. Réveillon se passa em família, e é aniversário do meu casamento com seu pai. Toda a família vai. Além disso, é seu aniversário."

"Exato, é meu aniversário. E eu não quero ir."

"Douglas...", minha mãe suspirava com a mão na lombar, como se eu fosse sempre o motivo a lhe provocar dor nas costas. "Deus! Por que tudo tem de ser tão difícil com você? Sabe quanta gente morreria para passar o réveillon num transatlântico?"

Minha mãe sempre chegava naquilo. Aparentemente, havia muita gente morrendo, havia muita gente matando por tudo aquilo de que eu queria fugir. Férias no Caribe. Carpaccio de pupunha. Colégio britânico. Minha franja crescia para eu não ver o desfile de corpos apodrecendo diante de minha adolescência. "*Whateeeeeeeeeeever...*"

"Douglas, você vai. A passagem já está comprada. E é um transatlântico enorme, imenso e cheio de atrações. Certeza de que você vai gostar."

Os pais não sabem. Minha mãe não sabia: nenhum transatlântico, por mais extenso que seja, poderia conter atrações suficientes para entreter um adolescente. Não há metro quadrado o bastante para desatolar essa latência insatisfeita. Adolescência. Mesmo com shows de mágica e bingo. Até com números circenses e entradas sub-reptícias no cassino. E eu não gostava de sol, não queria piscina... Nosso navio tinha tudo — e mais — que prometia. Ainda assim, me vi trancado no banheiro, enjoado. Despejando ora em vômito, ora em algo novo e igualmente gelatinoso, todo aquele *excitement* que eu não poderia conter.

"Douglas, o que há de errado com você?"

Era toda uma inclinação nova na minha vida. Novas inclinações, naqueles corredores desnivelados, naquela lentidão que não parava no lugar. Nada para fazer. Minha mãe no cabeleireiro. Minha mãe no bingo. Meu pai no cassino. E minha irmã com amigas, amigas novas, as meninas mais velhas, gente com quem, de alguma forma, ela sempre se identificava instantaneamente; amigas imediatas para sempre. Aquela família que sempre tão facilmente se integrava; o que restava a mim? Caminhar por corredores desnivelados. Parar vacilante na amurada. Olhar para o mar e imaginar os peixes-espada, peixes-voadores, os golfinhos... Uma vida intensa no fundo do mar, que não vista, só podia ser imaginada, não podia nem ser percebida com o ruído intenso dos motores, dos cassinos, do rolar dos dados. As pessoas se esqueciam tanto em seus divertimentos vazios que nem imaginavam a vida marinha que acontecia abaixo de suas camas.

Ninguém imaginava o que se passava comigo.

Ou talvez fosse um mar estéril. Futuro dedetizado. Talvez não houvesse nada por baixo, flutuássemos mesmo nesse carpete aquático asséptico do qual peixe-voador nenhum jamais iria irromper. Eu estava pedindo demais. Sabe como é, adolescência. Eu estava pedindo demais que um peixe-voador irrompesse do caviar de nossa inconsistência. Tapetes vermelhos que se estendiam até o horizonte.

"Você não vai ver tubarão nenhum aí", me dizia, quando me virei, um sujeito de rosto marcado, ao meu lado, encostado na amurada. Ele sorriu e vi algo como um dente de ouro, de prata, um dente metálico barato, que eu não achava exatamente simpático. "Os animais não se aproximam daqui. Somos um animal grande. Este transatlântico. Somos um animal grande e intimidador para eles. Nenhum animal marinho pode ser visto a quilômetros."

Volto meus olhos à água e penso: "Esse sujeito vai achar que sou antipático." Levanto o queixo e digo: "Mas e as baleias? E as matanças? Não há animais morrendo, querendo chegar perto desses barcos?"

O marinheiro franze a testa. O sol lhe fez mal. Talvez ele tivesse a mesma idade que tenho hoje. O sol lhe fez mal. E provavelmente não entendia nada de baleias. Nada de tubarões. Provavelmente não entendia nada da vida selvagem que se debatia ao redor, só cuidasse da segurança e constância a bordo, para que nenhuma espinha de peixe travasse em nossas gargantas.

"As baleias se aproximam de barcos menores ou do tamanho delas, elas não se arriscam. Ninguém se arriscaria próximo a um barco desses..."

Exato. Ninguém se arriscaria próximo a um barco desses. Não era o que eu dissera? *What the hell* eu estava fazendo aqui?

Eu poderia dizer que o marinheiro dos dentes de ouro me levou para um salão fechado ao lazer dos marinheiros, minha versão neoadolescente de *Titanic*. Um salão onde os funcionários jogavam e bebiam, comiam, conversavam e se deixavam ser... Marinheiros bebendo. Marinheiros jogando. Marinheiros falando alto e sendo intensamente felizes. Mas isso não me interessava. E eles eram cientes de suas funções, alertados para manter distância. O marinheiro de dentes de ouro se afastou antes que alguém pudesse pensar que conversávamos. Permaneci olhando a espuma branca, o sal em minhas papilas, um mar em que nada germinaria.

"Estrogonofe."

"Douglas, estrogonofe?", perguntava minha mãe à mesa de jantar.

"Estrogonofe", repetia eu.

Minha mãe suspirava. "Estamos em alto-mar. Com ostras, salmões, camarões, caranguejos, mas você vai pedir novamente estrogonofe..."

Meu pai, que pouco falava, interrompeu. "O garoto pede o que ele quiser; eu gosto de estrogonofe, talvez eu peça estrogonofe também", deu um tapa forte no meu ombro. Eu me recolhi.

"Eu vou querer só uma salada", disse minha irmã. Ao que minha mãe não protestou. "Rubens, vai querer estrogonofe mesmo?", ela perguntou ao meu pai.

"Pato!", proferiu meu pai com um olhar de contentamento.

Todos fecharam os cardápios e o maître veio tirar os pedidos.

Eu queria ser engolido por uma baleia.

O dia seguinte era meu aniversário. Catorze anos, dentro de um barco. Um navio, transatlântico, que seja, eu estava ilhado. Não sabia para onde ir, o que fazer, já estava metido em tal espírito de celebração e naquela eterna comemoração de 29 de dezembro — princípio de algum fim — o que restava para mim? Minha mãe prometia que teríamos um jantar especial. Mas eu só podia imaginar velinhas faiscantes sobre um bolo *pre-fab* que seria servido a qualquer outro embarcado que tivesse qualquer coisa a comemorar. Meu aniversário caía entre Natal, Ano-novo, aniversário de casamento dos meus pais, festa de família, tudo a me apendiciar. Não sobrava migalha para mim.

"Será o melhor aniversário da sua vida. E você pode escolher um presente bem bonito lá na loja", dizia minha mãe na mesa, esfregando meu rosto com um guardanapo, limpando alguma baba ou maquiagem que não era minha. Me esfregava esperando extrair de mim um gênio de lâmpada mágica que fosse me extinguir de mim mesmo. Bem, eu ainda estava lá. Ainda a escutar. E o jantar não acabava. O jantar nunca acabava. O jantar se estendia em garfadas e conversas e drinques para o meu pai. Um copo baixo com gelo.

"Quero experimentar", eu disse já avançando a mão para o copo.

Minha mãe afastou o copo para longe. "Douglas, pare de besteira."

"Só um gole. É meu aniversário."

"Seu aniversário é amanhã. E catorze anos não é idade para começar a beber."

Meu pai me olhou curioso, como se repentinamente consciente de minha adolescência. Eu não era mais criança.

"Um gole, Edith. Ele não é mais criança."

"Rubens!", minha mãe simulava ultraje. "Isso é uísque!"

"Uísque não, Jack Daniels..."

Antes que minha mãe pudesse dizer *whatever*, peguei o copo das mãos do meu pai e virei num gole. Quase não consegui. O líquido desceu queimando e ameaçou voltar pela boca e pelas narinas. Tapei a boca com a mão.

"Hahaha", zombava minha irmã. "Quis dar uma de *macho man*..."

"Rubens, eu avisei..."

Meu pai bateu nas minhas costas com um sorriso, enquanto eu engolia e tentava segurar ao máximo o engasgo. "Faz parte. Isso é forte, guri. Agora você está batizado."

Foi quando eu vi o guepardo.

Passando na porta do restaurante, puxado por um domador. Sendo levado a algum palco para nosso entretenimento, ou de volta à jaula. Eu pousei os olhos nele e ele pousou aqueles olhos de pires em mim. Deteve-se por um instante. Um animal a bordo. Animal selvagem. Então, com um leve puxão de seu dono, afastou-se com os olhos ainda em mim.

Naquele instante, eu estava náufrago.

Queria ser levado por ele. Queria ver a vida selvagem — felina ou marítima — queria alguma vida a se debater entre mordidas. Eu era como ele, levado na coleira. Um abrir e fechar de olhos e eu me encontrava com um igual.

E num abrir e fechar de olhos, eu ainda jantava com minha família.

Olhei ao redor. Ninguém reparara no que acontecera. Continuavam a discutir sobre o uísque, sobre a mesa, sobre programas e planejamentos para o dia seguinte — tão inúteis, se ninguém podia se perder por lá. Eu estava perdido. E sozinho. Ninguém percebera o que acontecera comigo. E num abrir e fechar de olhos, num piscar de olhos de pires, eu estava jantando com minha família no salão oficial da minha vida.

Aconteceu na noite seguinte, em meio à tormenta. O barco balançando mais do que de costume. Ou talvez fosse uma dose a mais de uísque. Jack Daniels. Meu pai sentado comigo no bar. O barman fazendo vista grossa. Um papo entre homens, tarde da noite, depois do jantar e dos parabéns. Ficamos eu e meu pai num dos bares do navio. Ele achava que isso era comemorar.

"Vá devagar no JD, Douglas, você vai acabar passando mal e sua mãe vai me matar."

Eu estava no segundo copo. Meu pai já estava no quarto. E firme. Mas me incomodava que minha língua ficasse cada vez mais frouxa e eu não tivesse nada o que dizer...

"Sei que não era essa a sua ideia de aniversário, filho. Mas você sabe como essas datas são importantes para sua mãe. Daqui a pouco você já vai poder viajar sozinho, com seus amigos, com suas gatinhas. Eu mesmo preferia algo bem mais sossegado. Ficar em casa, sabe? De pijama. Ouvindo Liszt. Mas faz parte; para sua mãe é importante..."

Senti pena do meu pai. Pena por seu deslocamento ser tão resignado e tão previsível. E pena por ele não ter ideia do que se passava comigo.

Meu navio avançava em submarino.

Dando o último gole, meu pai bateu novamente em meu ombro. "Estou indo dormir, guri. Você fique aí. Aproveite. Quer mais um JD? Só mais um?"

Achava melhor não. Mas fiz que sim. Meu pai fez sinal para o barman.

"Então aproveite seu aniversário. Vá lá na boate, no karaokê. Faça o que quiser, não se preocupe com o horário, ok?"

E mais um tapa no ombro. Meu pai se levantava. Algo também cambaleante. Vi-o se afastando — um pouco patético, um tanto triste. Dei um gole no meu novo copo de uísque e percebi que não podia mais.

Me levantei. Meus pés vacilaram.

Levei os olhos à frente e vi copos e garrafas no bar chacoalhando. Não era só eu. O navio todo adernava.

"Está tudo bem aí?", me perguntou o barman.

Achei que eu precisava me deitar. Achava que eu só precisava disso. Segui reto para as escadas, mas o desnível foi me levando para a parede, para a parede, para o ralo. Descendo em direção ao meu quarto, fui descendo mais e mais, e mais, e errei de piso.

WTF? Onde eu estava?

Tentei me lembrar exatamente de onde minha cabine ficava. Aqueles corredores todos iguais. Aquelas paredes que mudavam de lugar. Um lance acima, um lance abaixo. Cruzei uma porta e cheguei a um lugar onde eu acho que não deveria estar, acho que estava num piso de funcionários.

Diante de mim, estava o guepardo.

"Está perdido?", me perguntava. Seus olhos nos meus olhos. Olhos de pires, pintados. Algo cínico e algo circense. Algo sincero e triste. Desviei meus olhos dos seus e encontrei os do domador, que repetia: "Está perdido?"

Movimentei a cabeça para assentir. Cambaleei. Estiquei a mão direita para me apoiar na parede. O navio todo adernava.

"Você bebeu, não?", continuava o domador. Diabos, que tanto ele perguntava? O felino não se compadecia. Continuava me encarando com identificação e curiosidade. Eu tentava fazer o mesmo, mas meus olhos estavam turvos.

"Não se preocupe, ele não morde..."

Eu não estava preocupado.

"Já está na hora de ele dormir. E de você também, não?"

Eu apenas assenti.

Um pequeno tremor e desengasguei de mim mesmo. "É macho ou fêmea?", finalmente perguntei.

"Macho", o domador me disse com obviedade.

"Como é o nome dele?"

"Max", me respondeu. "Veio de uma história de naufrágio." (Não sei se ele se referia ao nome ou ao próprio guepardo, Max.)

Então uma sacudidela mais vigorosa. Agora era certeza. Não era eu. O mundo todo era redondo, e girava. As ondas se agitavam com isso. Levavam junto o navio. O navio sacudia, me revirava. Não era apenas uísque e adolescência. Não eram apenas inclinações curiosas. Havia mesmo algo de errado...

Até Max sentiu. E deu um passo atrás, firmando-se nas quatro patas.

O domador firmou-se em seu posto. "Acho melhor você ir para sua cabine. Estamos passando por uma tormenta."

Eu quis assentir, fazer que sim, mas me vi novamente oscilando para trás e me escorando com a mão na parede.

Um dia, vamos todos morrer...

Quisera nossa futilidade fosse ártica e eu poderia dizer que colidimos com um iceberg. Naquela morosidade tropical, talvez tenhamos dado de encontro a formações rochosas. Corais. Uma baleia curiosa. Um monstro maior do que o navio. Uma serpente marítima, Godzilla. O canto das sereias ou a Flor das Antilhas, desviando marinheiros à morte. Só sei que minha vida se agitou em caldas e caudas e eu me vi entornado em muito mais do que o barman poderia servir. A embriaguez me levou enfim ao chão. Max escorregava comigo. Era mais do que uma tormenta, tempestade, um dilúvio. O navio inteiro naufragava comigo, em tsunamis, incoerências, redemoinhos. Nos primeiros segundos minha mente ainda queria se convencer de que aquele arrebatamento só acontecia comigo, mas então veio a água, as ondas, o sal ardendo em todas as minhas juntas. Meus tendões alongando-se muito além dos meus catorze anos.

"Precisamos sair daqui", me disse Max, ou o domador.

A água vinha como uma represa que arrebentava em mim mesmo. Arrebentava meu peito. Salgava minha pele. Preenchia espaços que eu nem notara que existiam, na minha virilha, entre minhas axilas. É isso o que chamam de puberdade?

O que quer que fosse avançava, me levava, e eu não estava sozinho. Mesmo naquela escuridão, mesmo naquele desconhecido, naquela torrente de pensamentos e imperativos da natureza, eu sabia que Max estava comigo. Em algum lugar. Em algum lugar daquele escuro profundo que já fora azul, havia uma fera à solta comigo.

Então só fechei os olhos e me deixei levar.

Quando acordei, já estava em outro barco.

Senti a vida balançando. O mundo balançava. Eu acordava me perguntando onde estava — onde estava? Senti o balanço e o cheiro do mar.

Abri os olhos, o céu azul. Uma calma maior do que a noite anterior. A noite anterior... eu me lembrava com uma dor de cabeça. Ressaca. Como terminara? Levantei-me no barco e tentei lembrar do que acontecera. Então entendi.

Azul por todos os lados. Nada mais no horizonte à vista. Já era um novo dia. Já era Ano-novo? Onde estavam meus pais? Onde estava o navio? O que fora feito da segurança da qual eu queria fugir? Eu estava num bote salva-vidas. Meu navio havia naufragado. Estava à deriva no mar, com um guepardo.

Acho que agora sim, eu estava perdido.

Naufragamos, ok. Naufragamos, não posso acreditar. Olhei novamente, nem sinal do navio. Não havia nem mesmo outros barcos ou destroços. *Goddamned*, só a gente se salvara? Olhei novamente aquele carpete azul-marinho. Agora ele prometia e ameaçava bem mais...

Naufragamos, ok. Mas eu ainda estava inteiro. Chequei minha camiseta molhada, meu short, eu ainda era eu mesmo. Minhas roupas pareciam um pouco menores, um pouco pequenas, mas era assim mesmo, nos últimos meses parecia que minhas roupas a cada dia encolhiam...

Então era eu lá — naufragamos, ok. Eu estava num pequeno bote salva-vidas. Longe do navio. Minha vida inteira — ou minha vida interior — descansava no fundo do mar. Botei os olhos novamente à frente para confirmar que eu não estava só.

Max à minha frente, com aqueles olhos em mim. Um felino selvagem das savanas, em alto-mar. Que perigo. Olhei rapidamente ao meu redor e só encontrei um remo para me proteger. Não seria o bastante. "Ele não morde", me dissera o domador. Mas por mais que seja domado, um animal desses é sempre selvagem. Um animal desses é sempre um perigo. Ainda mais assim, perdido no mar, à deriva, comigo.

Do que se alimenta um guepardo? Tentei me lembrar dos documentários do National Geographic. Talvez eu também tivesse cara de opala, ou impala? Ou gnu? Certamente eu não lhe pareceria um nativo da Namíbia. E do que se alimenta um guepardo cativo? Com o que fora acostumado, domado? Como se amanteigaram suas presas para ele permanecer doce e lânguido como um gato esguio? Eu não queria descobrir. Eu estava num bote minúsculo, náufrago, precisava tirar aquele bicho dali.

Eu podia tentar dar uma remada forte na cabeça dele, mas acho que não seria capaz de apagá-lo. Daí ele avançaria sem dúvida; daí eu não teria vez. Melhor manter o bicho manso, melhor mantê-lo naquele canto. Ele continuava com aqueles olhos de pires pintados, aquela coisa artística africano-oriental, olhando para mim.

Um animal desses é feito para correr. Um animal desses é feito para correr solto. É um animal de amplas planícies, o animal terrestre mais rápido do mundo. O que ele faria confinado num bote salva-vidas? Quanto faltaria para dar o bote em mim? Se por ora estava manso e curioso, logo estaria faminto e eu disponível. Sem dúvida eu tinha de dar um jeito de jogá-lo para fora do barco. Ou então ser salvo... Ser salvo a tempo...

Mas com ou sem guepardo, eu poderia ser salvo?

Quanto tempo eu duraria à deriva? Aquele sol sobre a minha cabeça. Todo aquele mar. Aquela vida que não fora feita para mim. Os tubarões, as águas-vivas, a falta de água doce e comida... Alguém notara que o navio naufragara? Quanto tempo faltava para um resgate? Eles catariam os restos do navio, a prataria, os talheres, o maître, e eu ficaria aqui, como uma migalha esquecida sob a mesa? Poderia eu, tão pequeno, ser localizado nesse mundo de azul?

Acho que ninguém daria pela minha falta...

Era meu trabalho sobreviver. Prolongar a esperança dependeria do meu esforço. Eu tinha de encontrar maneiras de continuar respirando: ar, água, comida. Eu tinha o mundo inteiro a enfrentar. Max era apenas um detalhe.

Então, e as provisões? O barco devia ter provisões. Deveria haver algum lugar do barco com um rádio, comida, um sinalizador; os barcos salva-vidas não foram feitos para isso? Olhei ao redor. O barco era pouco mais que um bote, uma canoa. Só havia os remos, os bancos, Max....

O guepardo estava sentado sobre a cruz do tesouro.

Abaixo do seu banco, uma cruz de emergência. Era um baú, que devia guardar as provisões. O felino sentava-se em cima do banco que servia de tampa. Sentava-se sobre minha salvação. Ao que parecia, minha vida dependia de deslocar aquele guepardo para longe; depois disso, tudo seria fácil e tranquilo. Aquele era o grande desafio: se eu conseguisse tirar aquele lépido felino do meu caminho, eu voltaria à morosidade acolchoada da vida que eu lamentava. Mas eu não a lamentava?

Douglas, deixe de bobagem.

Eu lamentava minha vida, mas não a ponto de sacrificá-la. Não queria entregar minha vida aos desejos de um guepardo. Eu mesmo ainda tinha vontades. Podia entediar-me com o cassino, mas ainda confiava no rolar dos dados. A segurança pode agir como uma âncora, que o paralisa quando está num transatlântico, mas que num bote salva-vidas como esse o faria afundar, afundar, se perder num escuro infinito.

Bem, eu mesmo nunca quis ficar boiando na superfície... Eu queria ver o que o horizonte ofereceria a mim, mesmo em portos estéreis dos mares do Caribe. De repente era esse meu destino, acabar com os peixes abissais, no fundo desse abismo.

Vai, Max, saia daí.

O guepardo continuava olhando para mim. O guepardo continuava me olhando com aquele olhar de guepardo. Você sabe como olha um guepardo? Com aquele olhar desconsolado. Como se te jantar fosse um destino inevitável. Como se chorasse a carnificina que há em sua sina. Algo como lágrimas de crocodilo. Por isso seus olhos pintados. Nada de crueldade. Nada de sadismo. Te como com lágrimas nos olhos, lhe diria. Vai, Max, saia daí.

"Você quer que eu saia daqui?", ele enfim me diz.

Há?

"Você quer que eu saia daqui?", ele enfim me diz.

O guepardo fala. Eu olho para o guepardo. Olho para o céu e vejo que o sol ainda está baixo. O dia recém-começou. É meu primeiro dia. Ainda há muito para eu sobreviver. Ainda há muito para eu alucinar pelo sol, pelo desespero e pela falta de comida. Mas, naquele primeiro momento, já ouço Max falar. Ele insiste: "Hein? É só pedir."

E dá um passinho para trás, me deixando o banco livre.

Eu olho para o banco. E olho para o sol. E olho para o guepardo. Olho para Max. Ele continua olhando da mesma forma para mim. Continua com aqueles olhos. Olhos de pires pintados. Eu queria prestar atenção em sua boca. Aquela boca com dentes afiados, queria vê-lo atentamente, vociferando consoantes e vogais. Mas Max não tem mais nada a dizer. Então pergunto:

"Você fala?"

"Pfffff", sibila o felino. "Não é o que lhe parece?"

Olho novamente para o céu, para o sol, checo o sal em minhas papilas. Isso é o equivalente a um beliscão, eu não preciso confirmar que não estou sonhando. Não tenho sonhos como aquele. Emendo: "É o que me parece. Por isso pergunto. Há algo de esquisito. Guepardos não falam."

"Quem disse?", caçoa ele. "Já conheceu algum?"

"Não..." Não acredito que estou nessa conversa. Olho para o céu, as nuvens, o guepardo, há algo fora de lugar. Ah, sou eu. O que estou fazendo ali? Talvez eu esteja no sonho de outro. Talvez não seja meu próprio sonho, por isso parece real. Talvez eu caminhe no sonho de outra pessoa, e meu próprio beliscão não funcione, e eu não possa recorrer às minhas próprias leis para definir as fronteiras do realizável. "Bem, é sabido. Bichos não falam."

"Pfffff", desdenha Max. "Você nunca teve um papagaio?"

"Ahhhhhhh, mas..."

"E o Mickey? A Mônica? As Tartarugas Ninjas?"

"A Mônica não é bicho", argumento.

"*Whatever...*"

Continuo encarando-o incrédulo.

"Ei, vamos. Não queria ver o que há embaixo do banco? Pode abrir."

Ok. Melhor não discutir com um guepardo. Aceno com a cabeça e me adianto. Abro o baú que há sob o banco.

Nossa... não imaginava...

Chocolates, champagne, latas de patê e escargot. É um piquenique para um bote num lago? Onde estão as provisões e o rádio? Max me segue com os olhos, esperando o que mais eu possa tirar — não espere uma peça polpuda de carne, meu gato, aqui são víveres a serem conservados meses e meses em alto-mar. Tiro um chapéu de banhista, uma revista de palavras cruzadas, óculos escuros. E um celular. Ligo. Tento conseguir sinal. Max dá um golpe com a pata e atira o aparelho no mar.

"Não vai ficar pendurado nesse telefone agora, vai?"

Não acredito...

"Ei, esse celular poderia ser nossa salvação!", é o que eu digo.

Ele emite novamente um sibilo. Cambaleia indeciso nas patas. Olha para mim. Volta a falar. "Acha que um celular poderia nos salvar em alto-mar?"

"*Weeeeeell*, se colocaram um celular aqui, por que não tentar?"

"Pfffffff", manda ele novamente. "Se estivermos dentro da área de um celular, não se preocupe porque muitas outras redes poderão nos achar. Você não precisa ficar falando no celular agora, precisa?"

Eu olho para ele, incrédulo. "Não preciso ficar falando no celular? Então é melhor esperarmos a sorte e o acaso de alguém nos encontrar?!" Não, não acredito que esteja discutindo com um guepardo.

"Douglas", ele me diz com olhar de enfado. "Estamos em alto-mar, com este sol, este céu lindo, este champagne. Você está realmente ansioso que venham nos buscar?"

Muito bem. Muito bem. Pode ser só um pesadelo. Pode ser uma alucinação. Eu posso estar há meses e meses (e meses) em alto-mar e delirando que um guepardo me apresente tais colocações.

"Está louco? Não vamos durar muito tempo nesse mar, com este sol, este céu lindo!"

Max cruza as patas. "Vamos durar o suficiente. *Tomorrow never knows, anyway*. Não seja tão ansioso. Apenas aproveite o dia. *Carpe diem*."

Eu abro os braços e entrego a Deus. Continuo vasculhando o baú. Encontro uma enorme peça de presunto de parma.

"Ora, ora, veja só", diz ele lambendo os beiços. "O dia já está melhorando."

Em poucos minutos, estamos sentados comendo presunto e bebendo champagne. Não acho que seja a melhor coisa a se fazer em alto-mar, naufragado, com um guepardo, sujeito a sede futura e fome iminente, mas depois de um ou dois goles, já deixo de me preocupar.

"Então, me conte sua história", me pede Max. E eu nem sei o que dizer. Já disse tudo aqui. É claro que nada que eu tenha para contar poderia impressionar um animal selvagem. Catorze anos. Colégio Britânico. O que mais?

"Ah... não tenho muito o que dizer. Minha vida é bem *emburrida*."

"'*Aburrida*', você quer dizer?"

"Hum, isso..." O guepardo tem até um vocabulário mais rico que o meu.

"Bem, a mim você não entedia", ele me diz com algo que parece um sorriso. "Tornozelos como os seus eu nunca me cansaria de roer."

Puxo as pernas para entre meus braços. Não sei se ele está brincando. Mas logo mudamos de assunto. Aparentemente, Max perguntou sobre minha vida apenas para poder falar de si mesmo, para que eu retribuísse e perguntasse sobre sua história. E ele tinha muito o que dizer.

"Nasci na Namíbia, de uma ninhada com 4 irmãos. Ainda numa zona selvagem. Antes mesmo de ser uma reserva demarcada. Alimentando-me de gazelas, antílopes, impalas. Matando a sede entre bocas de crocodilos...

"Fui um astro mirim. Protagonista de um reality show no Animal Planet. Passei a adolescência em frente às câmeras, nada era espontâneo e nada era natural. Acompanharam meus passos até a adolescência, depois decidiram que eu não tinha mais graça...

"Na adolescência, me tornei um atleta. O mais rápido dos guepardos do Serengueti. Participei de diversas competições. Ganhei vários torneios. Meus pais achavam que meu talento natural para a corrida me levaria mais longe, para uma vida melhor...

"A região onde morávamos acabou virando uma reserva e passei a ser estudado por cientistas. Fui marcado, monitorado por um chip. Foi um período complicado de insegurança e vício em sedativos...

"Também já fui astro de circo, logo depois disso, quando perceberam que eu era dócil para um guepardo e poderia ser treinado para me apresentar ao público. Viajava muito. Comia mal. Enfrentava a inveja e a competição de outros bichos. O mundo circense não é um ambiente saudável, te digo...

"E do circo... acabei num navio. Quando acharam que eu estava velho pro picadeiro, que já não era nada além de um refugo de animal. O problema dos navios é que você está sempre trabalhando. Enquanto está a bordo, está sempre trabalhando..."

Muitas histórias. Muitas vidas. Penso se tudo aquilo é possível e quantas vidas, quantos anos poderia ter Max afinal. A mim, ele parece ainda em ótima forma.

"Quantos anos você tem?", pergunto eu.

"Vinte e um."

"Ah... é novo ainda", afirmo com convicção. Sete anos de diferença. Não é tanta coisa assim...

"Novo para um humano", responde ele. "Mas vinte e um anos é uma vida inteira. Ou sete vidas; se considerar que sou um gato, estou na sétima."

Então, aparentemente, sua sétima vida acontecia naquele bote, comigo. Quanto tempo duraríamos? Alguém que viajou pelo mundo, que nasceu na Namíbia, foi astro mirim e artista de circo, quanto tempo conseguiria sobreviver perdido com um adolescente, sem resgate e sem destino?

Tomorrow never knows...

"Ei, menino, me ajude aqui. Consegue abrir essa lata de marrom-glacê?"

O primeiro dia passou rápido. Fácil. Eu estava muito cansado por toda aquela turbulência; havíamos passado por um naufrágio, conversas e champagne. Logo estávamos eu e Max deitados, olhando um céu de estrelas.

"Esse foi de longe meu melhor aniversário...", eu disse, um pouco influenciado pelo champagne, um pouco-muito comovido pelas estrelas, apesar de, a rigor, meu aniversário ter sido no dia anterior. "Nunca tive um aniversário assim."

"É só o começo", me disse o guepardo. "Nunca é uma palavra que você ainda não viveu. Sua vida está apenas começando."

E era verdade, era verdade. Deitado lá, com Max, eu achava que tudo seria possível. Achava que eu poderia ser como ele, como um guepardo, se um guepardo podia falar comigo. Falava minha língua, não apenas materna, mas a língua dos meus sonhos e do que eu aspirava conquistar. Era surpreendente que, naquela imensidão, naquele naufrágio, eu me reconhecesse tão profundamente num guepardo. Eu o entendia e ele parecia entender pelo que eu tanto ansiava. Catorze anos compreendidos. Muito além das nossas palavras, era como telepatia. Naquele momento eu nem me preocupava que minha vida pudesse terminar no dia seguinte, porque minha vida estava apenas começando. E eu olhava o céu sobre minha cabeça como a explosão do teto do meu quarto, aquele *starfix* infinito. A vida estava começando. Ah, sim, agora sim a vida estava começando. E eu queria ir até o fim.

No fim, não há nada...

Naquela noite, sonhei que era Elvio D'Alessandro, o famoso mergulhador que tentou chegar ao abismo e enlouqueceu. Mais fundo do que as estrelas. Com um escafandro criado para suportar as mais altas pressões do fundo absoluto do oceano infinito. Onde nenhum homem jamais havia ido. Onde nenhum astronauta ousaria. Eu ia descendo, descendo, e escurecendo, passando pelos peixes fosforescentes feitos de luz. As lulas gigantes. Os carnívoros radicais. O fim do mundo. E quando cheguei lá no fundo, no fundo do abismo absoluto do mar, havia apenas... nada. Nem peixes. Nem água. Apenas areia, areia seca sob meus pés. No abismo absoluto não havia nem mais água. E se não havia água no fundo, como eu poderia flutuar de volta à superfície?

Acordei no dia seguinte com uma sacudidela vigorosa. Abri os olhos. "O que foi?", perguntei a Max.

"Não fui eu", ele apontou com a cabeça. "Foram eles."

Olhei ao redor do barco e vi que estávamos cercados de barbatanas de tubarão, eles batiam de encontro ao barco. Aquilo era preocupante. Eu também estava com uma leve dor de cabeça, com fome, e o sol estava forte.

"O que sobrou de ontem aí? Tem alguma latinha de patê?"

Max cruzou as patas. "Não sei. Dê uma olhada. Estou enjoado, meio com ressaca, não posso nem ver comida."

O guepardo estava mal-humorado, mas pelo menos não podia ver comida, isso reforçava minha segurança. Além do mais, com todos aqueles peixes ao meu redor, fiquei pensando que a fome não seria nosso problema. Quem sabe Max não poderia até pegar um tubarão com as próprias garras?

Achei uma lata de pistaches.

O sol estava alto, o guepardo estava quieto e eu precisava arrumar uma forma de fazer o dia passar mais rápido. Encontrei um tubo de protetor solar, já era um começo. Espalhei pelas pernas, peito, rosto, e fiquei num contorcionismo tentando passar nas costas. "Venha aqui, deixa que eu espalho pra você", me disse Max, amolecido. Ele próprio recusou o protetor. "Sou um animal africano, você sabe, estou acostumado."

"*Well, well*, depois não venha todo ardido se queixando..."

Aquele dia passou meio aos trancos. Achei um maço de cartas e sugeri que jogássemos para passar o tempo. Max não estava muito empolgado, mas aceitou. Na verdade, ele não sabia jogar direito e mal conseguia segurar as cartas. Também não é lá muito divertido jogar truco de dois. Eu sempre ganhava e Max foi ficando irritado. "Que jogo idiota. Isso é coisa de gordo sedentário. Queria ver se apostássemos corrida!" Eu podia ver que ele não era um bom perdedor.

A noite nem teve tantas estrelas quanto no dia anterior. Eu pensava se era pelo champagne, a falta de champagne, da alegria borbulhante, uma visão turva e duplicada multiplicando a constelação acima de nós, mas Max alertou: "O céu está nublando, veja só, há nuvens, há o risco de que amanhã chova..."

Aquilo era uma nova preocupação. Uma tempestade em alto-mar. Acho que Max percebeu meu temor e tentou suavizar o clima: "Vamos, Douglas, me ajude a soprar. Sopre, sopre, me ajude a mandar essas nuvens para longe." Seu humor estava melhor.

No terceiro dia, o céu despertou nublado. Voltou minha preocupação. Era bom não ter de torrar sob o sol novamente, mas eu não queria ser castigado pela chuva — bem, não queria ser castigado por coisa alguma, *anyway*. Max não estava mais soprando as nuvens para longe, mas também não estava irritado e enjoado como no dia anterior. Acho que estava preocupado, triste, talvez nostálgico por zebras de vidas passadas. Passamos o dia quietos e pensativos, aninhados; eu deitado sobre o pelo dele, gostoso, já que o dia estava mais frio. Ficamos olhando receosos para o céu, mas a chuva não veio.

Já era Ano-novo? Já era réveillon? Naquela noite, me perguntei se não seria a última... do ano. Tentei fazer as contas. Talvez agora é que fosse a hora de estourar o champagne. Procurei no céu nublado alguma indicação, fogos de artifício ao longe, mas nada. Ninguém comemorava.

Acordei no quarto dia, com um pingo. Agora sim, começara a chover. Fechei os olhos em meio a trovões, que se confundiam com os roncos da barriga de Max, que se confundiam com fogos de artifício dos meus sonhos, e acabei cansando de me preocupar. Max acordava também com um longo bocejo, as gotas escorrendo pela pintura de seus olhos, como lágrimas ressuscitadas. "Mais cedo ou mais tarde a chuva viria..."

"Pois é", eu disse, meio que com um jogar de ombros.

"Faz parte do sonho tropical..."

E parte do sonho tropical foi Max e eu abraçados, ensopados, tremendo, balançando, lendo ansiosamente cada jorro menos vigoroso como uma indicação de que a tempestade daria trégua, só para em seguida ela voltar a desabar a toda. "Agora sim." Não. "Agora sim." Não. "Olha, agora, está diminuindo..."

Mas choveu para sempre, como o dilúvio de Noé, e acabou com toda a civilização existente, me obrigando a narrar o restante de minha vida como um romance épico...

Não.

Naquele dia, parecia que nunca acabaria. E parecia que a pelagem de Max nunca poderia ficar mais molhada, mas ficava. Encharcado, ele parecia mais frágil, ainda mais magro. Esguio, esquálido, ainda bonito. Talvez fosse também porque estávamos há quatro dias nos alimentando de pouco além de castanhas, pistaches, champagne. Isso não é comida para um felino. Eu me perguntava quando ele começaria a pescar.

"Então, quando vai começar a pescar?", ele foi quem me perguntou, quando a chuva finalmente começou a dar trégua em seus últimos pingos.

"Eu? Nem tenho vara. Nunca pesquei na vida. Achei que você é que estivesse acostumado a caçar, nas planícies da Namíbia. Pegar seu alimento com as próprias garras..."

"Pffff...", soltou ele novamente. "Caçar em planícies é uma coisa; não sou pescador. Além do mais, sou um artista."

"Então dá umas cambalhotas aí, vai, chita, faz umas palhaçadas", respondi em chacota. Eu estava de mau humor. Ele também. Molhados. Com fome. Até saudades da minha família eu sentia naquele dia. Achei um pacotinho de torradas, mas estavam moles. Joguei em farelos na água e vi os peixes pipocando a engoli-las. Em seguida os tubarões pipocando atrás dos peixes. A vida marinha acontecia intensamente, e eu e Max éramos apenas espectadores numa vida suspensa. Catorze anos de fome. Ou tédio.

"Max, será que se esqueceram da gente? Já faz duas semanas..."

"Não, faz só quatro dias."

Refleti e revi alguns parágrafos atrás. Sim, fazia só quatro dias. Mas eu estava entediado como se fossem quatro semanas. Precisava sair dali. Já completara as palavras cruzadas. Já contara as estrelas do céu. Ouvira histórias sobre todas as vidas de Max e contara as picuinhas da minha. Precisava esticar as pernas. Precisava fragmentar meu horizonte. Se eu ficasse mais um pouco ali, acabaria me suicidando.

Max espirrou e fiquei com vergonha de mim. Um animal tão nobre como ele, restrito a um barco. Resfriado. Conversando com um adolescente mimado. Ele, que já percorrera o mundo. Me senti ao mesmo tempo egoísta e grato por ter Max lá comigo. Grato por sua paciência, e seu apetite controlado.

"Desculpe por ter jogado o telefone no mar...", ele finalmente disse, reconhecendo uma parcela de culpa para se equilibrar comigo.

Estiquei meu tornozelo até o focinho dele. Ele abriu um sorriso e me lambeu, *doucement*.

No quinto dia, quem roncava era eu. Acordei com aquela dor na barriga de quem está há um bom tempo sem comer, roncando. Meus lábios rachados, com sede. O sol estava a pino novamente, e eu me perguntava se não estávamos realmente há cinco semanas no mar.

Nada no horizonte. Nenhum barco, nenhuma ilha. Me esforcei ao máximo para ver ao menos uma miragem, para me distrair. No barco, mais nenhuma torrada, nenhum canapé. Nada para comer, ou beber, sortir. Colhi restos da água da chuva para umedecer os lábios. A fome se esticou. Estávamos numa montanha de lixo, isso sim, latas vazias, garrafa de champagne. Pensei em escrever uma mensagem e jogar ao mar, mas o que dizer? Lembrei da mancha de lixo que se acumulava nos oceanos, que eu vira pelo National Geographic, ou Discovery

Channel. Melhor guardar o lixo que nós produzimos para uma coleta seletiva, quando viessem nos buscar.

Se viessem nos buscar...

Eu nem entendia ao certo o naufrágio. Eu não me lembrava exatamente do que acontecera comigo. Como fui parar ali? Como acabei sozinho num bote, justamente com um guepardo? E pensar que há alguns dias chamei isso de felicidade. Minha família podia estar viva. Minha família podia estar toda morta. Não fora escolha minha saltar do navio, fugir com Max, antes que o navio naufragasse?

Max dormia. Fui engatinhando até ele e o sacudi. "Max, Max, acorde. Precisamos fazer alguma coisa. Precisamos pensar no que fazer. Já faz muito tempo que estamos perdidos aqui. Precisamos de alguma ideia para sermos resgatados. Max..."

Max estava muito quente, com febre, ou talvez fosse só o calor do sol sobre sua pelagem? Ele resmungou: "Me deixe dormir, Douglas, estou com muito sono..."

"Com muito sono? Nós só fazemos dormir... Max, Max, acorde..." Ele fechara os grandes olhos novamente. Estava desistindo. Desanimado. Preferia dormir e esperar que nos resgatassem. Talvez achasse que teria a sorte de acordar já numa cama seca e sólida. Fiquei sozinho, desperto, olhando ao redor do barco. Alguns peixes pipocavam. Enfiei a mão rapidamente na água para ver se conseguia agarrá-los, avistei a barbatana de um tubarão. Puxei a mão de volta.

Talvez já fosse o sexto dia. Talvez a sexta semana. Eu lá sentado, ainda de olhos abertos, mas com pouca consciência, sonhando acordado. Com os pés esticados ao focinho de Max, que ainda me lambia. Então mordiscava. Mordia. Roía de leve meus tornozelos e meus dedos feridos. Era dolorosamente bom. Era doloroso, mas era bom. Não puxei os pés de volta e deixei Max docemente me roendo, aos pouquinhos, vagaroso. Não parecia ter pressa nem parecia ter fome. Talvez só as mínimas gotas nutritivas para aguentar mais um pouco. Um pouco do meu sangue, em sua boca. Intuitivamente, me virei e me deitei com a cabeça entre suas patas traseiras. Ele roía meus pés, eu roía os dele.

O sol fritava meus miolos além do possível. Parecia que queimava minha couraça a ponto de parti-la, e quando a partia penetrava fundo na carne, cutucando, cozinhando minhas sombras internas. Eu me via como um suculento bife na chapa, cujo interior nem mais escorria em vermelho. Estava demasiadamente passado. Podia até sentir o cheiro da carne empestando todo o oceano. Tinha medo de que Max percebesse que vinha de mim e não conseguisse se controlar...

Morda de leve, meu grande gato...

Eu me levantava para espiar e o grande gato dormia, dormia. Sacudia-se em seu sono, em seus sonhos, e eu ficava um pouco magoado por não poder fazer parte. Eu voltava a tentar dormir, mas o sol me fritava. Esticava meus pés para ele roer, e ele roía, roía em seus sonhos, me roía pensando em outros. Patas de gazela.

Agora acho que era o sétimo dia. Gaivotas limpavam o prato que eu lambuzara. Gaivotas? Cutucavam minhas têmporas e tentavam ver se sobrara alguma carne. Max deixara de me roer, era pouco mais de um tapete felpudo ao meu lado. Elas não o incomodavam. "Max, está vendo gaivotas aqui?" Eu tentava me comunicar com ele através da telepatia, já que estava esgotado demais para falar. Não sei se eu conseguia. Com o cérebro frito, devo ter arruinado minhas conexões mentais. "Max, são gaivotas aqui?" Ele não respondia, mas notei uma rápida movimentação em sua orelha, o que significava que o sinal podia estar fraco, mas ele estava tentando captar. Então continuei insistindo.

"Max, são gaivotas, passarinhos, praticamente galinhas. Não são comestíveis? Não indicam que estamos próximo da terra? Max, tente morder uma delas, vai te dar forças, você consegue..."

Passamos tanto tempo à deriva que deixei de perceber o barulho do mar. Será que passamos tanto tempo à deriva que deixei de perceber o barulho das ondas? Repentinamente, percebi. Porque agora elas quebravam de verdade. O mar se extinguia numa praia e agora eu podia ouvi-lo. Abri os olhos. Levantei a cabeça. Olhei ao redor. Estávamos em solo, a salvo.

Uma ilha deserta ou miragem? Sentei-me no barco tentando entender onde estava. Uma praia. Areia. Coqueiros. As gaivotas ainda estavam por lá, mas não cutucavam mais minhas têmporas. Eu podia pensar. "Max?"

Minha voz saía rouca, indecisa. Pigarreei, mas não fez muita diferença, não havia substância a me umedecer internamente. "Max?", perguntei rouco novamente, e ele não respondeu. Virei para tocá-lo. Procurei tocá-lo. Antes de eu esticar uma mão para tocá-lo, notei as moscas em sua boca semiaberta, seu hálito, estava morto. Então toquei-o mesmo assim para acordá-lo, ressuscitá-lo, me certificar. Max, onde você está?

E assim parado, imóvel, parado, ele corre milhas e milhas por hora para longe de mim. Num instante desaparece, parado, imóvel, Max me vence. Afasta-se milhas e milhas...

"Max, só mais um pouquinho..." Penso no que dizer para prolongar aquela vida. Prolongar este parágrafo, de despedida. Vejo que não depende de mim. A vida, como o barco e o naufrágio, irromperá dos ambientes mais acolchoados. E mesmo nos ambientes mais acolchoados poderá cessar de existir. Não depende de mim.

"Max, levanta, você é um bicho forte..."

Mais forte do que eu, com certeza, mas já tinha gastado todas as suas vidas. Penso para onde pode ter ido sua consciência perdida. Com o corpo morto, para onde havia ido nossa telepatia. De repente, suas ondas mentais flutuavam pelo oceano, ainda à deriva. O corpo se extinguira, mas Max continuava lá, em ondas, entre ondas, captado por garrafas boiando e barbatanas dos tubarões, preso entre o lixo. Max estava lá, em sete dias e sete vidas. O que restava no barco era apenas uma carcaça vazia.

Então me levantei do barco. Olhei para a miragem sólida da praia. Era uma praia sólida, mais do que eu poderia imaginar. Coqueiros, rochedos... ninguém à vista. Olhei para Max. Ele já não estava lá.

Era hora de partir.

Pisando na areia, senti algo felino. Eu levava algo comigo. Algo em meus próprios olhos pintados — algo dos olhos dele nos meus — algo em tornozelos partidos. Havia a consciência de uma vida inteira — a vida dele, comigo.

Eu não sabia onde estava. Eu não sabia para onde ir. Ainda vacilante, ainda incerto, cambaleante, sem ter certeza para onde seguir, segui em frente.

Assim começou minha própria vida.

Netrix Netrix

Mataram o Dragão. E o rio de lava voltou a fluir fresco e turquesa. A floresta de carvão refloresceu em cores e frutos. O céu cinza desembrulhou-se azul e todos na vila abriram suas portas sentindo um novo ar a se respirar. O Dragão estava morto.

O alívio tranquilo que se sentia logo foi substituído por euforia e comemoração. Era preciso festejar. Comer e beber todos os frutos que agora podiam ser colhidos. Virar em dia a noite que não precisava mais ser temida. Dançar sem poupar energias para a luta e cantar alto porque a fera não poderia mais ser despertada. Nada mais seria necessário conter.

As mulheres podiam voltar a ter filhos. As crianças poderiam crescer além das fronteiras. Braços e pernas poderiam se reestender para dentro de rios e lagos, subindo árvores e esfolando os joelhos. Ninguém precisaria temer a gota de sangue que caísse sobre a terra. Não era mais alarde o cheiro de suor suspenso no ar. O Dragão nada iria farejar. E o sexo poderia ser vigoroso. Os prazeres todos derramados. Todas as possibilidades possíveis, todas as alternativas alternadas.

Nos pés do vilarejo, as uvas em vinho foram rapidamente esmagadas. Velhos vestidos estendidos ao sol para recuperarem o viço. Na clareira, as mulheres resgatavam as maçãs coradas de suas bochechas; homens faziam a barba e velhos voltavam a sorrir. Preparavam-se todos para a grande festa, a grande oportunidade, a primeira vez que muitas moças veriam quem eram os meninos, seus futuros maridos, a vida eterna que se reiniciava.

Desde o começo da tarde, em toda a vila, o cheiro de torta assada. Conversas animadas por trás das portas, janelas escancaradas. Vizinhos se cumprimentando, indo e voltando, carregando sacos de farinha, tábuas de madeira, um palco sendo montado. E poeira foi soprada para fora das flautas. Tambores e violinos reafinados. Os jovens poderiam sonhar novamente que o sonho de artista era possível, pois era possível dormir e sonhar.

De noite, a festa. Música alta e cantoria. Naquela noite, ninguém dormiria. As crianças corriam ao redor da fogueira. Os homens comportavam-se como crianças. Um ou outro escândalo — ou atrevimento — alguém que bebera além da conta. Um beijo proibido atrás da igreja. Uma mão num peito, ou um olhar insinuante. Fazia parte. Aquilo era comemorar, e faltava a todos a prática. Mas aprenderiam, aprenderiam; aquela seria a primeira noite de uma eterna vida.

Então os homens em roda comemoravam — e comemoravam — comemoravam o quê? Então as mulheres sentadas riam — e comemoravam — comemoravam o quê? As crianças e os velhos, os músicos tocando, o discurso de comemoração — o que comemoravam? Ah, o Dragão estava morto! E ergueram mais um brinde, porque o Dragão nada mais bebia.

Mas... quem matara o Dragão?

A floresta voltou a dar frutos e o rio voltou a correr líquido, mas ninguém se perguntou: e quem matou o Dragão? O fogo deixou de descer a montanha e nunca mais se ouviram seus rugidos, e ninguém se perguntou: mas quem matou o Dragão? O Dragão estava morto — os pássaros criavam novos ninhos — mas ninguém se perguntou ou agradeceu, ninguém subia ao palco da vila para agradecer os louros da fama, o ouro, os presentes, as medalhas, a festa que, de fato, era feita para ele. Quem matara o Dragão?

E os homens em roda se perguntaram: quem matara o Dragão? E as mulheres sentadas se perguntaram. E os velhos e as crianças, as mães com as barras da saia puxadas pelos filhos: "Quem matou o Dragão?" Todos se perguntaram. E a pergunta ecoou pela festa como uma dúvida em uníssono. Estavam todos comemorando, mas, afinal, quem era o homenageado?

E os homens de bíceps grossos abaixaram os olhos envergonhados. As mulheres orgulhosas de seus maridos os encararam decepcionadas. Os velhos que tudo sabiam, e as crianças que acham tudo possível, todos trocaram olhares furtivos de negação confirmando: "não fui eu."

Mas não é preciso matar um dragão, se o dragão já está morto. Não é preciso lamentar-se pela falta de heroísmo, se o assunto já foi resolvido. Só um gole a mais do bom vinho e os aldeões voltavam a comemorar. Aproveitavam o que a notícia trazia de positivo. O importante é que o dragão estava morto.

E quem o matara?

Aparentemente, alguém sabia. "Ele mora no final da floresta, depois do lago, ao pé da montanha", se ouviu. Aparentemente, alguém sabia o endereço do matador do Dragão. No final da floresta, depois do rio, ao pé da montanha, ele morava. O palpite ecoava como certeza, se propagava, e logo todos refestelavam-se com a certeza. Mataram o Dragão. E eu sei quem foi.

E entre as rodas dos homens se comentava: O cara no final da floresta, conheço, grande figura. E as mulheres sentadas diziam: Ahhh, que herói, e tão sozinho, lá no pé da montanha. E os velhos e as crianças, as mães com as barras da saia puxadas, todos comentavam o feito do herói anônimo, e todos tinham algo a acrescentar.

Mas... e os louros, e o ouro, onde está esse herói que não sobe ao palco para comemorar?

E os homens nas rodas concordavam que era tarde e que a vila ficava longe. Um matador de Dragões já deveria estar dormindo, cansado, não era pessoa de farrear. E as mulheres sentadas pensavam que "ele sim", olhando seus homens que se embebedavam, ele sim, o matador de Dragão, devia ser homem sempre a dormir cedo, acordar cedo para trabalhar. E os velhos, as crianças, todos na vila seguiram com a noite, sabendo que o Salvador dormia tranquilo. Não seriam eles que o iriam acordar. Apesar da música alta, risadas e cantoria...

Assim o dia seguinte nem acordou em ressaca. Não. A cidade despertou sorrindo, sem saber direito para onde seguir, mas com a certeza de que: sim! Este é um novo dia! E todos acordaram ansiosos em saber o que seria do seu Salvador. Ele merece uma medalha: sim! A chave da cidade: sim! E os homens, as mulheres, e os velhos, as crianças disseram: sim! Ele merece uma estátua! Um monumento em bronze, no meio da praça. Era só encomendar. A questão é que ninguém sabia ao certo descrever como era o Salvador...

"É um homem como todos nós, normal, poderia se passar por qualquer um."

"Tem cachos loiros, longos, lábios carnudos e uma pele de príncipe, com olhos que poderiam hipnotizar até um Dragão."

"Besteira, é um herói. Com as mãos ásperas e a cara cansada. Uma barba espessa, levemente grisalha. Mais alto, mais pesado e maior do que qualquer um que já se viu por aqui."

E os homens, as mulheres, velhos e crianças perceberam que ninguém sabia exatamente quem e como era o matador do Dragão.

Bem... ainda precisariam levar a medalha... Ainda precisariam lhe entregar a chave da cidade. É claro que teriam que agradecer o ato heroico. Era só questão de tempo. Iriam até o fim da floresta, depois do lago, ao pé da montanha, agradecer. E o convidariam para uma nova festa. E lhe fariam uma cerimônia solene. E lhe entregariam os louros e o ouro, tudo o que ele quisesse; afinal, esse homem não livrara a vila de um dragão?

Assim, os velhos se reuniram. Reuniram-se os ricos e sábios. Os senhores mais respeitosos da vila se juntaram e disseram: "nós vamos." Afinal, eles eram os anciões. Se alguém tinha de prestar homenagem eram eles, os velhos, reverenciando as novas gerações. Juntaram-se os senhores da vila e anunciaram: "estamos indo agradecer ao Salvador."

Escreveram-lhe um longo discurso. Prepararam um diploma e um certificado. Ensaiaram a devida solenidade a ser encenada na porta de sua casa. O Salvador seria agraciado com toda a pompa.

Carregaram-se de todas as homenagens. Despediram-se e se encaminharam pela estrada. Agora não havia mais medo, no caminho pela floresta só havia os inofensivos animais selvagens. O Salvador matara o Dragão.

Depois da floresta, além do lago, ao pé da montanha, chegaram em sua casa. Os anciões da vila repletos de louvores. Pigarrearam silenciando-se e bateram timidamente em sua porta. Suspense. Uma quietude se prolongando. Um leve farfalhar lá de dentro. Será que o Salvador está dormindo? Então ouviram uma voz perguntando:

"Quem é?"

E os anciões da vila se entreolharam tímidos. E disseram que eram os anciões da vila. E vieram carregados de homenagens. Queriam agradecê-lo por ter matado o Dragão. Que admiravam sua humildade. E que nenhum tributo que lhe prestassem seria o bastante.

"Vocês não têm nada a me agradecer. Vão embora."

E os velhos da vila se entreolharam desconcertados. E acrescentaram que seria só um minuto. Que sabiam que ele era homem ocupado. Mas vieram de longe, eram velhos, e estavam cansados. Ficariam só um minuto, fariam um discurso e voltariam à vila.

"Vão embora."

E o Salvador nada mais respondeu nem abriu a porta. Desconsolados, os velhos estenderam as mãos para o céu e viram que nada mais poderiam fazer. Teriam de caminhar carregados com suas homenagens pela floresta, além do lago, longe da montanha, de volta para a vila.

Ao chegarem lá, foram recebidos com ansiedade pelos homens, as mulheres, as crianças.

"Como foi o discurso?"

"Ele é bonito?"

"Queremos saber tudo; ele ensinou como é que se mata um dragão?"

E os velhos frustraram a todos tendo de contar que foram recebidos com uma porta fechada e do mesmo modo partiram, sem nem ao menos serem recebidos pelo seu Salvador.

"Ah, mas o que um matador como ele iria querer com esses velhos?"

"Um guerreiro destemido não se importa com homenagens!"

"Erramos nós, ao não levar um prêmio que ele realmente merecesse!"

Assim, se juntaram os homens. Reuniram-se os mais fortes e bravos. Os jovens heróis da vila se adiantaram e disseram: "deixem que nós vamos!" Afinal, eles também eram heróis. Podiam ter matado apenas raposas comedoras de galinhas, enfrentado peixes que se debatiam no anzol, mas eram o que a vila tinha de melhor. E poderiam trocar experiências com o que o Salvador tivesse a dizer. Não teriam melindres ao bater-lhe à porta. Juntaram-se os heróis da vila e anunciaram: "estamos indo comemorar com o Salvador."

Coletaram riquezas como presente. Reuniram doações de joias e ouro. Iriam presentear o Salvador com dinheiro — e também levaram comida e cerveja. Beijaram suas mulheres. Afagaram suas crianças. Tranquilizaram os velhos. Encaminharam-se para a floresta e prometeram voltar logo, ainda antes do anoitecer.

Depois da floresta, além do lago, ao pé da montanha, chegaram à casa. Os grandes heróis da vila, carregados de ouro. Assobiaram pedindo silêncio a todos e bateram com força na porta de madeira. Ficaram de ouvido. Segundos depois, um leve farfalhar. Uma voz rouca, lá de dentro, perguntando: "Quem é?"

E os heróis da vila falaram todos ao mesmo tempo. E disseram que, como ele, eram os heróis da região. Que reconheciam nele um companheiro, vinham trazendo presentes, ouro, cerveja. Queriam festejar com ele por ter matado o Dragão. Admiravam sua valentia. Se ele apenas abrisse a porta, festejariam e agradeceriam, generosamente, agradeceriam.

"Vocês não têm nada a me agradecer. Vão embora."

E os homens da vila se entreolharam intrigados. E acrescentaram que ele já tinha feito sua parte, agora não havia por que não festejar. Que tal só uma cerveja? Ou então deixariam o ouro. Mas eles também tinham um belo carneiro assado e seria um desperdício; com certeza ele não precisaria ser tão rígido, ele podia se permitir um dia de farra.

"Vão embora."

E o Salvador nada mais respondeu nem abriu a porta. Ofendidos, os homens deram de ombros e viram que não poderiam fazer mais nada. Resolveram repartir lá mesmo o carneiro, dividiram entre si a cerveja. Voltaram pela floresta, para além do lago, longe da montanha, para a vila, bebendo. Beberam tanto que se perderam algumas vezes, mas se reencontraram.

Na chegada, já de noite, esperavam ansiosos os velhos, mulheres e crianças.

"Demoraram..."

"Afinal, como é o Salvador?"

"Conte-nos tudo; ele gostou do carneiro que preparamos?"

E os homens abaixaram a cabeça envergonhados, pois tinham bebido toda a cerveja, comido todo o carneiro, voltado com todo o ouro e as joias, sem nem conseguir ver o rosto do Salvador.

"Ah! Vocês nem tentaram realmente, foi só uma desculpa para beber!"

"Vocês falam, falam, mas só ficaram de farra pela floresta!"

"Foi culpa nossa, de deixar essa tarefa na mão de imprestáveis. Agora é nossa vez!"

E dessa vez, se juntaram as mulheres. Pegaram as joias, pegaram o dinheiro, as homenagens. Arrumaram-se com seus melhores vestidos e se encaminharam pela estrada. Os homens se entreolharam receosos. Aquele bando de mulheres, na porta da casa de um bárbaro... Bem, certamente ele abriria. Aquele era um cortejo que ele não poderia recusar. E ainda que temessem que uma mulher ou outra não voltasse, cada um deles pensava: "Não seria a minha, ah, não, não será a minha. Há mulheres muito melhores aí para ele escolher..."

Cruzando a floresta, além do lago, ao pé da montanha, as mulheres chegaram. Não tinham tantos presentes ou homenagens como outrora, mas eram mulheres. E conversando animadas, rindo e cochichando, bateram na porta e bateram palmas: ó-de-casa. Escutaram atentamente. E em pouco tempo o Salvador novamente perguntava, cada vez mais impaciente:

"Quem é agora?"

E criou-se uma balbúrdia entre as mulheres. Falaram todas ao mesmo tempo e nada podia ser compreendido. Tentavam pedir para ele abrir a porta, tentavam falar de mansinho. Investiram em seus tons mais sedutores — mesmo as mais gordas, as mais velhas, as menos atraentes. Mas entre suas próprias palavras escutaram a voz ríspida do outro lado da porta:

"Não, não, não há o que agradecer. Vão embora!"

E as mulheres da vila silenciaram. Olharam umas às outras por um instante, então voltaram a falar. Todas ao mesmo tempo. Em altos brados. Dessa vez, não eram tão sedutoras, nem tinham voz mansa. "Abra logo essa porta, quem você pensa que é?" "Viemos de longe, estamos cansadas." "Que tipo de homem é esse que se recusa a receber homenagens de mulheres?" Mas não adiantava nada que dissessem. Só ouviram o tom rouco, mais uma vez, de um Salvador que parecia muito cansado.

"Vão embora."

Depois ele ficou quieto, e não as recebeu. Ofendidas, as mulheres cuspiram na porta, chutaram, deram meia-volta e retornaram à vila discutindo. Para além do lago, atravessando a floresta, com a montanha ao longe, reclamavam de dores no pé, nas costas, varizes. Mas o que mais lhes constrangia era chegar de volta à vila de mãos abanando. Ou melhor, o contrário, mãos carregadas, ainda cheias de ouro, joias, homenagens...

"E então?", perguntavam na cidade os velhos, os homens, as crianças. As mulheres nem precisaram responder, com seus semblantes decepcionados. Os homens bateram o pé. Os velhos coçaram a barba. As crianças abriram o berreiro. A vila toda estava desconsolada.

"Já fomos nós com homenagens", pensaram os velhos.

"E nós com ouro e comida", disseram os homens.

"Nós levamos tudo o que tínhamos", acrescentaram as mulheres. "O que nos falta?"

E todos se entreolharam, e olharam para as crianças... Já tinham mandado os velhos, os homens, as mulheres... As crianças pareciam entusiasmadas em tentar. As crianças também queriam conhecer o Salvador. Os meninos na pré-adolescência enchiam o peito exclamando: "deixem conosco" e a vila toda ponderava que não custava tentar...

"Mas que diabos! Quem esse homem pensa que é? Já mandamos nossos velhos, nossos homens, nossas mulheres e todo tipo de homenagens. Agora vamos mandar nossos filhos?" E eles deram ouvidos à voz da razão.

"Agora chega de boa vontade, não vamos levar mais nada!"

"Vamos todos juntos, ele vai ter de nos receber!"

"Se não for por bem, vai ser por mal. Botamos aquela porta abaixo!"

E os homens, as mulheres, os velhos e as crianças se juntaram todos numa grande passeata, atravessando a floresta, além do lago, ao pé da montanha, até a porta daquela casa. Iam carregados com tochas, enxadas, espetos. Se não fosse por bem, seria por mal; botariam aquela porta abaixo. Mas, antes, dariam mais uma chance. Dariam uma chance. Silenciaram-se num "psiu" estrondoso. Esperaram todos se alinharem em frente à porta e bateram suavemente.

"Quem é?"

Responderam de mansinho. "Viemos mais uma vez agradecer por ter matado o Dragão." "A vila toda está aqui." "Abra a porta, por favor, vamos apenas cumprimentá-lo e logo vamos embora."

Mas a voz do outro lado respondeu rouca, estafada e inflexível.

"Já disse que não há o que agradecer. Vão embora."

E a vila toda perdeu a paciência. E perderam a paciência todos de uma vez. E puseram-se a gritar, espernear, esmurrar a porta. "Abra a porta, seu orgulhoso desgraçado!" "Você se acha melhor do que a gente? Dê as caras e nós vamos ver!" "Estamos avisando, abra essa porta agora ou a botamos abaixo!"

Mas não houve mais nenhuma resposta lá de dentro. E mesmo que houvesse, os aldeões não ouviriam. Já estavam arrebentando a porta, com punhos e paus, cabeçadas e chutes. Foi fácil. Em poucos segundos a porta cedia em frangalhos enquanto o povo caía um sobre o outro.

"Agora você vai ver o que é bom pra tosse!"

"Acha que pode humilhar nossos homens, mulheres e idosos?"

"Ninguém decepciona nossas crianças!"

E ao erguerem o rosto, dentro da casa, procurando o Salvador, compreenderam. Espremido naquele espaço restrito, com a cabeça batendo no teto, com os olhos inchados de quem há muito estava dormindo, estava ele, o próprio Dragão. Não havia Salvador.

Num abrir e fechar de mandíbula, a vila se foi. Sem o menor esforço ou luta. O Dragão apenas avançou numa bocada. E engoliu homens, mulheres, velhos e crianças.

Marshmellow Queimado

A cidade não tinha cinema. Não tinha teatro, nem boate, nem shopping. Os velhos e os solteiros ocupavam os bares. Os shows eram raros — no clube ou num palco montado na praça — shows de cantores sertanejos. Para as famílias, o ponto de encontro era a igreja. Para os adolescentes, restava apenas o cemitério.

Noite de sábado. E entre as lápides ainda se ouvia as risadas na quermesse do pátio da igreja. A música recém-terminara. As famílias se despediam e voltavam para suas casas, enquanto paroquianos desmontavam barracas, desligavam equipamentos. Logo a cidade inteira ficaria em silêncio. Daniel virava a fita e apertava o play.

"Você devia arrumar um aparelho mais moderno, essa coisa de fita aí não dá mais", Jonas reclamava sacudindo o espeto com um marshmallow em chamas.

Daniel e Jonas no cemitério. Faziam fogueira. Assavam marshmallows e ouviam música. Daniel trouxera seu pequeno toca-fitas. O som não era dos melhores e as músicas eram sempre as mesmas, mas não importava. Ele não queria ouvir outra coisa. E por ele ser o único que ainda tinha fitas, não precisava dividir a seleção das músicas com o amigo. Ouvia o que queria ouvir. Daniel trazia o toca-fitas. Jonas trazia os marshmallows. Daniel não gostava de marshmallows, mas seu amigo também não gostava da música.

"Não sei por que fazem esse troço tão inflamável", Jonas sacudia novamente o espeto com um novo marshmallow queimado. Daniel assava com mais paciência, lentamente, o marshmallow distante do fogo, não se inflamava.

O piquenique noturno no cemitério era só para fugir dos adultos. Um lugar reservado, onde podiam passar o tempo, onde os pais não os procurariam naquela hora da noite, onde eles podiam descansar em paz. Daniel já frequentava há mais de um ano, quase dois, com seu amigo Wolf. Naquela época, eram só eles dois, ninguém se aventurava por lá. Eles achavam que o cemitério era uma escolha segura — um lugar reservado, sossegado, em silêncio. Mas com o passar do tempo, mais e mais adolescentes foram se refugiando. Cada vez menos era um santuário exclusivo — cada adolescente tinha sua fuga e seus motivos. Alguns, como Daniel, vinham ouvir música, outros assar marshmallows. Tinha ainda os que vinham fumar maconha e transar escondido. Wolf também tinha motivos para ainda estar lá. Ele estava morto.

Sua lápide ficava nas costas de Daniel, ele não precisava olhar. Não precisava ver para saber que Wolf estava lá — Wolf não estava lá. A lápide era só uma lápide, e o corpo era só um corpo, e mesmo o corpo estando de fato enterrado a poucos metros — poucos palmos —, Wolf não estava lá, naquela hora, naquele lugar. O lugar e a hora lembravam Daniel de

Jonas bebeu um longo gole, torcendo o rosto e tentando conter o engasgo. Franz tirou um marshmallow e buscou um espeto. "Não tem outro espeto?" Olhou então ao redor, levantou-se e foi buscar um galho. Espetou o marshmallow e levou ao fogo.

"Que nojo...", disse Jonas. "Sabe que esse galho é feito de gente morta?"

Franz franziu a testa. "Não viaja."

"Claro que é; o ciclo da vida. Acha que essas árvores se alimentam do que neste cemitério?"

"Ah, sim..." Franz pareceu compreender, ponderar, divagar um pouco. Devia estar pensando no irmão. "Mas pensando assim, tudo é feito de gente morta. Tipo, o ar que a gente respira, a carne que você come, esse marshmallow aí."

Arnaldo apenas ria.

"Marshmallow não é feito de gente morta", contestou Jonas.

"Claro que é. Feito de leite. Que é gente morta da mesma forma."

Arnaldo riu mais alto. Devia achar que "leite é gente morta" era das melhores ideias já proferidas.

"O que você tá falando?", Jonas indagou sacudindo mais uma vez o fogo de seu próprio marshmallow. "Leite não é gente morta. E marshmallow nem é feito de leite, isso é chantilly."

"Mesma coisa."

"Mesma coisa nada." Jonas virou-se para Daniel. "Marshmallow é feito do que mesmo?"

Daniel deu de ombros. Jonas pegou o pacote, esforçou-se, mas não conseguia ler as letras miúdas naquela penumbra, à luz da fogueira. Dário colocou: "Acho que é feito de clara de ovo, tipo suspiro, sabe?"

Daniel sorriu, lembrando-se. Contou aos amigos: "Quando eu era criança eu pegava essas embalagens de doce, de chocolate, via os ingredientes e achava que dava pra fazer igual. Eu não entendia — dizia pra minha mãe: 'Pô, aqui dá todos os ingredientes, por que a gente não faz?' E ela tentava me explicar. Eu achava que era só misturar." Daniel riu para si mesmo. Depois se sentiu um pouco envergonhado. Os meninos olhavam para ele.

"Que idiota", fungou Franz. Arnaldo ficou olhando-o intrigado, talvez se perguntando: *mas por que não dá para fazer?*

Uma risada alta de mulher ecoou no cemitério, e todos os meninos viraram a cabeça. Antes que pudessem se assombrar, lembraram-se de Arlindo com sua menina.

"Putz", Franz suspirou, dando mais um gole em seu conhaque, "eu bem que precisava de uma mina agora. Essa cidade é mesmo um cu...". E não completou as reticências, esperando que os colegas se identificassem. Arlindo continuava rindo. Dário assentiu. Mas Daniel e Jonas ficaram pensativos. Jonas ainda devia estar pensando nos marshmallows. Daniel pensava em outra coisa.

Examinava os traços de Franz para ver se conseguia resgatar algo de Wolf. Alguma permanência. Algo além do túmulo atrás. Uma identificação imediata que diria que a vida não era um beco sem saída. O ciclo da vida. Marshmallows de gente morta. Mas captou apenas uma semelhança que não lhe dizia nada. Nada. Franz notou o olhar, fechou o rosto e Daniel abaixou a cabeça. Ficaram em silêncio.

"Ei, bacana essa música", Dário colocou. "Suede."

Daniel assentiu, um pouco ressentido. Então o *poser* conhecia Suede também... Até então fora a banda exclusiva dele com Wolf. Fita gravada por Wolf. Daniel levantou o olhar e viu Franz ainda o encarando, devia também reconhecer a música, sua amizade com Wolf, e não via com bons olhos. A música acabava e começava a próxima. "Ei, Eurythmics. Legal", Dário novamente reconheceu.

Há dois anos, Daniel não conhecia nenhuma dessas bandas. Não conhecia banda nenhuma, na verdade, sua diversão resumia-se a video game, *Castlevania*, e filmes de terror. Até ouvia Michael Jackson vez ou outra, mas foi com Wolf que formou seu próprio repertório. Wolf já estava na idade, já conhecia o que ninguém conhecia. Tocava guitarra e — para desgosto dos pais — planejava ir a São Paulo.

"Legal essa banda, o que é?" Daniel perguntara. Wolf explicara. Gravou uma fita pra ele. E no começo Daniel só tinha coragem de ouvir em fones de ouvido. As vozes andróginas, conotações ambíguas, guitarras rasgadas e paixões miadas diziam tanto sobre ele que ele nem sabia, não queria que os pais soubessem.

Mais uma risada alta de Arlindo e sua menina.

"Afinal, onde está o coveiro desse cemitério?", perguntou Franz. "Como ele deixa essa putaria toda?" Devia estar incomodado que profanassem o túmulo e o descanso do irmão morto.

"Está morto", disse Jonas lugubremente.

"Não viaja", colocou Daniel. "Deve estar bebendo lá na quermesse."

"Não", Jonas insistiu. "Está morto mesmo, não sabiam?" E começou sua história sobre o coveiro:

A Gangue dos Lobos.

"Há muitos e muitos anos, quando a gente ainda nem tinha nascido, os velhos da cidade não eram tão velhos, não morria tanta gente, e o coveiro não tinha tanto serviço. Claro, ele tinha de podar a grama do cemitério, tirar o pó das lápides, trocar as flores, mas por que alguém se torna coveiro? Porque gosta de defunto! Ele gostava de defunto, conversava com os defuntos e não havia muitos defuntos com quem ele pudesse conversar. Os mortos enterrados já estavam lá há muito tempo. Muito tempo embaixo da terra, não tinham muito assunto, e tudo o que o coveiro mais desejava era um cadáver novinho, fresquinho, em plena forma..."

"Idiota, se é cadáver não pode estar em plena forma", retrucou Franz. Jonas não deu bola, e prosseguiu:

"Mas passava o tempo e nada. Nenhum cadáver. Ninguém morria. O coveiro não só ficava entediado como ficava com medo de perder seu emprego. Se ninguém morria, para que servia um coveiro?"

"*What's the use of a shepherd when the wolves are all gone?*", disse Dário. Daniel reconheceu a citação — "Symphony of the Night" — e se retorceu por ter mais repertório em comum com aquele gótico, *poser*, *loser*.

Jonas continuou. "Então, como ele gostava dos mortos, e que queria um cadáver fresquinho, resolveu providenciar ele mesmo!"

"Ebaaaaaaa!", comemorou Dário.

"Vocês lembram que quando a gente era criança, as mães diziam para não brincar na floresta, por causa dos lobos? O coveiro resolveu se aproveitar dessa lenda. Ficou na floresta, à espreita, à espera das crianças peraltas que não obedeciam aos pais."

Franz se pôs a rir. "'Crianças peraltas', hahaha, ui, ui, 'crianças peraltas'."

Jonas fechou a cara. "Posso continuar?"

Franz sufocou o riso, para dar mais um gole no conhaque, e assentiu para ele prosseguir.

"Assim começaram a morrer as crianças. O coveiro as emboscava no mato, as atacava sem dizer nenhuma palavra, depois conversava com os cadáveres enquanto os preparava para que parecessem ter sido atacados por lobos. Arrancava pedaços. Até os mastigava. E os devolvia à entrada da cidade. As mães e os pais encontravam seus filhos e entravam em pânico, achavam que a história que contaram tantas vezes como conto de fada era verdade. Deviam ter alertado com mais insistência seus filhos sobre os lobos. Preparavam o enterro em lágrimas, e agradeciam ao coveiro pelo trabalho."

Os meninos agora escutavam todos em silêncio. A narrativa os havia cativado.

"Porém aquela história, a história dos lobos, viera de algum lugar. Os pais criaram a história dos lobos porque, em algum momento, ela teve algum fundo de verdade. E em algum momento, essa floresta já teve lobos, que foram afastados pelas luzes da cidade, os ruídos da cidade, da estrada. Agora, com todos aqueles assassinatos, o sangue derramado na floresta, os lobos, que viviam a escassez do inverno, farejavam. Sentiam. Aproximavam-se novamente dos limites da cidade, para tentar tirar uma casquinha de toda aquela carnificina.

"Descobriram o coveiro e seus planos. Ficaram à espreita. Os lobos são animais muito inteligentes. São como cachorros, na verdade, só que cachorros do mal."

"Meu cachorro não é nada inteligente, é um idiota", disse Franz. "E é um bicho do mal."

"Puxou o dono", Jonas retrucou.

Franz se levantou e acertou um soco rápido no braço de Jonas.

"Ai! Cara, estava brincando..."

Arnaldo ria.

"Continua logo essa história", Franz disse.

Jonas esfregou o braço, olhou magoado uns instantes para Franz e continuou:

"Os lobos ficaram à espreita. E quando o coveiro pegou a primeira criança..."

"Você precisa arrumar um nome pra esse coveiro", Dário interrompeu.

"Que nome?", perguntou Jonas.

"Um nome. Ele precisa ter um nome pra história ficar bacana. Tipo: 'O coveiro Jorge ficou à espreita...'"

Arnaldo só ria.

Franz assentiu. "Verdade, precisa dar um nome pra esse coveiro."

"Coveiro Jorge é muito ruim", disse Daniel.

"Tá, coveiro Frederico; posso continuar?"

"Coveiro Frederico é muito ruim!", protestou Dário.

Franz deu um gole no conhaque e balançou a cabeça. "Coveiro Frederico é muito ruim."

"Coveiro Bruno?", sugeriu Daniel.

"Tá, coveiro Jananias", disse Jonas. "Posso continuar?!"

"Cara, não ferra com a história. Coveiro Jananias?", protestou Dário novamente. "Tem de ser um nome de terror...."

"Coveiro Jason", disse Franz.

Arnaldo ria, mas não sugeria nada.

"Coveiro Chagas, tá bom?", disse Jonas impaciente.

"Putz, coveiro Chagas é legal", aprovou Dário. Todos assentiram.

"Então tá. O coveiro Chagas... Agora nem lembro onde parei..."

"Coveiro Chagas é legal", repetiu Dário. "Tipo, assim, quando forem contar a história de novo, já tem um nome, cria essa lenda. 'O coveiro Chagas estava à espreita na floresta...'"

"Eu não tava nessa parte", disse Jonas. "Onde eu tava?"

"Os lobos", disse Daniel. "Os lobos à espreita do coveiro Chagas matando as crianças."

"É", lembrou-se Jonas. "Isso. Então, o coveiro Chagas arrastava mais uma criança pela mata quando se deparou com um lobo. O lobo repuxou os lábios e rosnou. O coveiro rosnou de volta. Mas então reparou que havia outro lobo ao lado. E outro. Estava cercado. Os lobos rosnavam para ele e salivavam diante do corpo da criança morta..."

"Massa", disse Dário.

"O coveiro tentou arrastar o corpo da criança para longe, mas os lobos se aproximavam, fechavam o cerco, rosnando, e o coveiro percebeu que sua única chance de escapar era largar o corpo e sair correndo.

"Foi o que ele fez. Correu como um louco, sem nem olhar para trás. Mas nem precisaria. Os lobos não lhe deram atenção. Assim que ele fugiu, avançaram para a carne tenra do menino morto."

"Uh-huuuuuuuuu!", comemorou Dário. Franz olhou para ele, balançando a cabeça. "Bangolé."

"E se acostumaram com isso. Passaram a ficar rondando por lá. Sempre que o coveiro Chagas pegava uma criança, os lobos avançavam e a arrancavam dele. O coveiro terminava sem defuntos, no máximo uma pilha de ossos."

Franz tomou um gole e comentou. "Ué, qual é o problema? Ele não queria defuntos? O que importa se são ossos ou não? O que importa é que ele continuava tendo corpos novos para enterrar."

Os meninos assentiram.

"Pois é...", Jonas ponderou; dava para perceber que estava criando a história conforme avançava. "Mas com aquelas mortes todas, as crianças pararam de brincar na floresta, não é? Depois de tantos ataques, as crianças finalmente aprenderam a não se embrenhar no meio do mato. E o coveiro Chagas ficou novamente sem ter o que enterrar."

"Que merda de final", disse Dário.

"Não. Ainda não terminei", continuou Jonas.

Eles ouviram uma risada alta. Estremeceram por um instante. Então se lembraram, novamente, Arlindo e sua menina.

"A história continua. Porque os lobos ficaram mal acostumados. Ficaram à espreita, à espera, querendo uma nova criança trazida pelo coveiro. Mas o coveiro Chagas já não tinha criança alguma para trazer. Os pais trancavam seus filhos em casa. Os filhos já não ousariam fugir para a floresta, de qualquer forma. E o suprimento de corpos para o coveiro Chagas enterrar foi diminuindo ainda mais."

"Daí ele resolveu fazer suas próprias crianças, e começou a engravidar todas as virgens da região", caçoou Franz.

Jonas o ficou encarando de boca aberta. "Cara, o que você tem na cabeça?"

Franz levantou a garrafa. "Conhaque!"

Jonas virou os olhos em reprovação e continuou:

"Como o coveiro não arrumava mais criança alguma, e como não havia criança para eles mesmos caçarem nos bosques, os lobos foram ficando mais atrevidos, rondando a casa do coveiro de noite, uivando em sua janela, exigindo carne fresca.

"Auuuuuuuu!", uivou Franz.

"Até que um dia invadiram a casa. Numa noite em que o coveiro desconsolado bebia cachaça e beliscava restos de um frango. Foram puxando o frango de um lado, o coveiro do outro, arrastando-o para fora, para o mato, com o coveiro agarrando-se nos móveis, na garrafa...

"E desde então o espírito do coveiro Chagas vaga pela floresta. Acompanhado dos lobos. Esperando por uma criança..."

* * *

Wolf não porque ele estava lá, mas porque não estava, não estava mais, estivera, há quase dois anos, na mesma hora, no mesmo lugar. Os dois ouvindo música e conversando. Naquela época, não havia marshmallows.

Daniel afastou o seu do fogo e levou até a boca. Estava levemente tostado por fora, cremoso por dentro. Ele queria gostar do doce como seu amigo Jonas, mas a ele só valia pelo ritual. Jonas colocava na boca um marshmallow ainda esponjoso, sem paciência para tostar.

A fogueira veio de Wolf. Ele que ensinara a escolher a lenha e montar a estrutura. Quando Daniel tentava, não conseguia. "Não sei como alguém consegue incendiar por acidente a própria casa", dizia. Ele acendia o isqueiro nos gravetos, colocava jornal, mas o fogo não resistia além de alguns estalos. Wolf ensinara a forma certa, ainda colocando algumas pinhas. E com o tempo Daniel aprendeu, mas isso quando Wolf já não estava mais por perto.

"Qual é seu nome de verdade?" Daniel perguntara quando a primeira fogueira começou a crepitar.

Wolf mexeu com um graveto na lenha. "É Wolf, Wolf mesmo. Wolfgang, na verdade, sabe? Como o compositor?"

Daniel sacudiu a cabeça de leve.

Wolf suspirou. "Um compositor de música clássica. Coisa do meu pai..."

Aquela seria a primeira vez que Wolf contaria com desdém como os pais gostavam de música erudita, literatura e arte, mas não seria a última. Daniel nunca diria a ele como gostaria que seus pais fossem daquele jeito. Wolf não sabia dar valor ao que tinha, mas ninguém sabe dar valor ao que tem. Ele dizia como queria fugir daquela cidade, daquela vida, sendo que seus pais vieram da cidade grande para ter uma vida mais tranquila quando tiveram filhos. Wolf acabou partindo.

E acabou. Partido. Em pouco mais de um ano voltou. Direto ao cemitério.

E Daniel ainda estava lá. Ainda sozinho. Ainda que com Jonas, mais solitário do que nunca. Assando seus marshmallows pacientemente, pensando em Wolf ali. Wolf não estava ali. Wolf não estava mais. Wolf partira, seu corpo voltara, mas o que fora para Daniel não retornou nunca mais. Aquele que fora enterrado — a lápide, o corpo, o ritual — não significava mais nada. Aquele era o Wolf de seus pais, Wolfgang, não o menino que ele conheceu. O menino que Daniel conheceu e que o levou ao cemitério e lhe acendeu uma fogueira não estava mais em parte alguma. E isso era mais assustador do que pensar em fantasmas e aparições naquela hora da noite.

"Você viu?", perguntou Jonas controlando-se para não se exasperar. Daniel não vira de fato, mas imaginava do que ele estava falando. Fogo-fátuo. As chamas azuladas dos gases do cemitério. Eram raras, mas Jonas dizia poder vê-las a toda hora. Alguma vez devia ter sido verdade. Em algum momento ele captou um tom de sinceridade. Da primeira vez que Jonas disse ter avistado um fantasma, Daniel estava melancólico demais para se deixar impressionar. Se Wolf pudesse aparecer mesmo, seria melhor. Mas depois Jonas insistiu. E como viu que aquela história de fantasma não impressionaria o amigo, procurou explicações e investiu no teor científico. Fogo-fátuo. Ele vira de fato. Não era apenas baboseira, alucinação ou medo, ele avistara um fenômeno raro e também digno de nota. Daniel assentira. Mas ele mesmo não tinha certeza se alguma vez o vira. Se a luz que captou alguma vez com o canto do olho era um fato científico ou um evento sobrenatural.

Um fantasma de fato. Dário estava lá. Daniel e Jonas o viram cambaleando pelas lápides e nem precisaram se assustar.

O menino gótico. Doente e pálido. Vivia no fundo da classe e gostava de desenhar. Um estereótipo. O que fazia sozinho no cemitério num sábado à noite? Aproximou-se dos meninos, inseguro. Acenou para Daniel, com quem simpatizava.

"Bacana essa fogueira, posso sentar aqui?", perguntou.

Daniel assentiu. Na verdade, achava Dário uma farsa. Ou tão autêntico e inescapável que não poderia trazer nada a mais. Um pobre coitado. Fraco e exagerado da mesma forma que Wolf era sólido e desprendido. Contraditório. Dário era aquela inadequação toda por não conseguir ser nada mais. Wolf poderia ter sido o que quisesse, mas sua alma decidiu ir um pouco além. Daniel se perguntava se Dário vagava — e se sentava lá — exatamente por estarem diante do túmulo de Wolf. Para ele não importava.

Jonas ofereceu: "Quer um marshmallow?"

Dário sacudiu a mão. "Não, cara, essa coisa me faz um mal terrível."

Daniel bufou em silêncio: *I only drink blood*, pensou. *Poser*.

Ficaram em silêncio alguns instantes. Fazia frio e a neblina se desenrolava morro acima. Daniel torcava que a neblina descesse, umedecendo a noite e as possibilidades. Não havia muitas possibilidades. Até os marshmallows haviam sido trazidos de fora, da viagem que Jonas acabara de fazer à Argentina. Final das férias de inverno. O tédio se acumulando em desânimo pelas aulas que estavam por vir.

"Ei, aquele ali é o túmulo do Wolf", Dário apontou.

Ah, meu Deus, ele vai começar, pensou Daniel. Eles não estavam sentados lá porque era o túmulo de Wolf. Eles estavam sentados lá porque ainda era o pedaço mais vazio do cemitério, onde ainda havia um gramado. E, por ser o lugar mais vazio do cemitério, os túmulos novos, como o de Wolf, eram cavados lá.

Jonas se virou. "Wolf? Quem é esse?" Examinando a lápide,

"O Wolf. Wolfgang. Aquele magrelo irmão do Franz. Que foi estudar fora", Dário explicou.

"Wolfgang? Tipo 'Gangue dos Lobos'?", perguntou Jonas. "Vocês têm uns apelidos..."

Daniel tentou protestar que Wolf não tinha nada a ver com a gangue de Dário ou qualquer outra; que Wolf era, fora, era seu melhor amigo, mas antes de fazer isso avistou o dito-cujo, Franz, irmão de Wolf, chegando com Arlindo, Arnaldo e uma menina.

"Ora, ora, um bando de bangolés no cemitério", Arlindo disse pousando os olhos nos meninos. Era um pouco mais velho. Talvez da idade de Wolf. Repetente. Ou talvez parecesse mais velho porque era mais alto e já tinha uma barba rala na cara. Por isso conquistava as meninas — chamavam-no de Lindo. E por isso faltava às aulas — vivia namorando pelos cantos. Aquela menina ali Daniel não tinha certeza de quem era. De certa forma, todas as meninas para ele eram genéricas.

Franz acenou de leve com a cabeça, reconhecendo Daniel, olhando um pouco além o túmulo do irmão, seu rosto se fechando. Deu um gole na garrafa de conhaque que trazia.

Arnaldo olhava para os meninos com um olhar de escárnio, ou talvez fosse o olhar de retardado com que olhava para todo mundo. Ele tinha mesmo algum problema na cabeça. E nos pés. Ele mancava.

"Porra, bacana essa fogueira", Arlindo admitiu. Virou a cabeça para os amigos. "Olha, sentem aí que a gente já volta, tá?" E puxou a namorada, rindo, para dentro do cemitério. Franz e Arnaldo ficaram olhando a fogueira e os meninos, então resolveram se sentar.

"Dá um gole aí", Jonas pediu a Franz.

O menino afastou a garrafa em recusa, então olhou para o saco de marshmallows e repensou. Entregou a garrafa. "Tá. Dá essa bagaça."

Jonas terminou a história e os meninos sorriram. "Bacana. Bem bacana", disse Daniel.

"Valeu."

Franz deu mais um gole no conhaque, sufocou uma ânsia de vômito e sacudiu a cabeça. "Meio palha...", e ouviu um grito da menina que estava com Arlindo. "Faltou sexo. Cadê o sexo nessa história?"

"É uma história de terror. História de terror não tem sexo", defendeu-se Jonas.

"Ah, isso não. Não vê esses filmes de terror?", argumentou Dário. "Sempre tem umas peitudas, um casalzinho trepando para depois ser morto pelo serial killer."

"Deixa que eu conto uma boa", disse Franz, já enrolando a língua pela bebida.

Adam e as Formigas.

"Há muitos e muitos anos, o Prefeito tinha um filho. Seu nome era... Adam, e era o menino mais gordo da região. Mais gordo do que o Jonas até."

"Engraçadinho", Jonas disse emburrado.

"Adam vivia de marshmallows, de suspiros e daquelas balas de goma em formato de minhoca. Era só o que ele comia. Só doce. E escovava os dentes com leite condensado. E levava sanduíche de biscoito com chocolate para lanchar na escola."

"Não sei como essa história vai virar uma história de terror", disse Dário.

"Comia tanto doce que quando espirrava era rodeado de beija-flores, quando peidava atraía abelhas." Franz pausou e arrotou. Arnaldo riu.

"Que porra de história é essa?", reclamou Jonas. "Está estragando todo o clima. Fogueira é pra contar história de terror."

"Pera que chego lá", disse Franz, ruminando seu conhaque. Dário se levantou e pegou a garrafa sem pedir. Deu um gole.

Então os meninos ouviram passos e viram Arlindo caminhando até eles. Sentou-se em frente da fogueira.

"Menina maluca", disse emburrado. As coisas com sua namorada não pareciam ter ido muito bem.

"Perdeu uma história do caralho", disse Dário.

Arlindo deu de ombros e puxou o conhaque das mãos dele. "Dá isso aí." Bebeu. "Que merda de música é essa?"

O toca-fitas agora tocava Rufus Wainwright, e Daniel até achou que tinha demorado para alguém reclamar da música.

Franz se levantou e apertou o stop. "Está estragando o clima."

Daniel se magoou, mas percebeu que todos ficaram aliviados com o fim da música.

A história continuou.

"Bom, todo esse açúcar fazia o moleque ser o queridinho das tias, da avó, as mulheres mais velhas da cidade adoravam cozinhar para ele, vê-lo comer com gosto, depois apertar suas bochechas gordinhas" — Franz apertou a bochecha de Jonas, que recuou irritado. "Mas as meninas novas, as colegas de escola, não davam a mínima confiança pro Adam. Claro, elas gostavam dos meninos atléticos, magrelos, que corriam no campo e jogavam bola. Adam estava mais pra bola que pra jogador. E por isso os meninos tiravam sarro dele, não o convidavam para jogar. Adam não tinha amigos."

Jonas remexeu-se incomodado, esfregando a bochecha. Absteve-se de comentar e de pegar outro marshmallow para torrar no fogo. Não queria deixar reforçar que a história se encaixava nele.

"Até que se mudou para a cidade uma menina diabética. Solitária e deprimida, os pais resolveram trazê-la para cá para que ela melhorasse com o ar do campo, uma vida mais tranquila."

Daniel sabia de onde Franz tirara aquilo. De seu próprio irmão, Wolfgang, diabético. Dos pais que se mudaram para lá, para que ele tivesse uma vida mais saudável. Para tentar protegê-lo de um destino inevitável. A morte. Que para eles ficava longe daquela cidade.

"A menina se chamava Cordélia. E não tinha a menor intenção de se enturmar na escola, de fazer amigos. Vivia calada, vestida de preto, resmungando para si mesma."

"Opa, queria conhecer essa mina", disse Dário. Previsível.

"Mas ela reparou no Adam, solitário como ela, excluído. Sempre no canto da classe, comendo biscoitos, comendo chocolate, comendo tudo o que Cordélia não podia comer. A ela, ele parecia interessante."

E todos os meninos se remexeram, desconfortáveis. Porque todos eram excluídos, por um motivo ou por outro. Todos ocupavam o fundo da classe. Nenhum deles jamais seria capitão do time...

Daniel sacudiu seu marshmallow, que enfim se incendiava.

"Cordélia passou a ir à escola todo dia perfumada de baunilha, hidratada com amêndoas, os lábios umedecidos com manteiga de cacau. Vinha tão doce e perfumada que atraía os beija-flores, era cercada por abelhas. Passava as aulas estapeando os próprios braços, pelas picadas das formigas. Mas Adam continuava a não lhe dar bola."

Dário estapeou o próprio braço. "Eu estou sendo é comido pelos mosquitos. E ainda quero saber qual é o lado de terror dessa história."

Daniel também queria saber. A história parecia mais incomodar do que assustar a todos; Franz se enrolava nos beija-flores, enrolava a língua e titubeava na ficção.

"Então, um belo dia eles combinaram um piquenique..."

"Espere aí", protestou Jonas. "Você pulou uma parte. O moleque nem dava bola para ela, como combinaram de ir para um piquenique?"

"Ela o seduziu com tortas de morango", improvisou Franz.

"Nah, isso aí está muito mal contado mesmo", Dário emendou, sendo interrompido por Arlindo. "Termina logo a porra dessa história, Franz."

"Eles combinaram um piquenique para o final do dia, no alto do morro, onde podiam avistar toda a cidade. Cordélia estava interessada no menino gordinho, de bochechas coradas que parecia solitário e melancólico como ela. Adam estava interessado era nas tortas, bolos e brigadeiros que Cordélia prometeu levar. E lá, no final do dia, os dois estenderam uma toalha no chão e começaram a lanchar."

Arlindo bateu palmas. "Parabéns. Ótima história. Agora cale a boca."

"Deixa ele terminar de uma vez", disse Jonas.

"Não falei com você, gorducho", retrucou Arlindo, ríspido. "Termina essa porra, Franz."

"Cordélia estava de olho em Adam. Queria roubar beijos dele, provar a doçura de seus lábios..."

"Puta merda", interrompeu Arlindo novamente, "que porra de história gay é essa, Franz?".

Franz riu desconcertado. "É engraçado, cara, tenta captar a ironia da coisa. Já estou terminando."

Arlindo fez sinal para ele prosseguir.

"Adam só queria saber dos doces. Mandava uma torta para a goela, enquanto espetava olhos de sogra nos dedos. Enchia a mão de cookies, e os mergulhava num pote de doce de leite."

"Você pode matar um diabético com essa história", disse Dário.

"Cordélia não podia comer nada daquilo, e tentava roubar a atenção de Adam com seus suspiros, com suas histórias. Então foi se tornando mais atrevida e beijando seu pescoço, enfiando a mão na sua calça."

"Uh-hu!", comemorou Arlindo. "Está melhorando."

"Adam seguia comendo, mas Cordélia o mordiscava, o masturbava e lambia. E aquele açúcar todo foi atraindo os beija-flores, as abelhas, todas as formigas da região. Foi quando Adam finalmente gozou — pela primeira vez, seu primeiro esperma, cobrindo ele e a garota com o creme branco, gosmento e adocicado por tudo o que o menino comia."

"Que porra...", disse Dário.

"E esse foi o final dos dois. Melados de esperma, foram atacados pelos beija-flores, as abelhas e as formigas. Devorados os dois. Nos dias seguintes, encontraram apenas os ossinhos."

* * *

"Tá melhorando", disse Arlindo.

"É isso. Já acabou", disse Franz.

"Como assim, acabou?", perguntou Arlindo.

"Termina assim. Adam goza, as formigas atacam. Os dois morrem devorados."

"Que porra de história é essa, Franz?", insistiu Arlindo.

"Tinha de começar agora a parte de terror", argumentou Dário. "Tipo, os fantasmas dos dois no alto do morro. Assombrando todos que fizessem piquenique por lá."

"Tá bom", disse Franz irritado, "e os fantasmas dos dois ficaram no morro, assombrando todos que faziam piquenique por lá".

"Que merda de história", acrescentou Daniel.

"Cala a boca, seu bicha", Franz disse irritado, dando mais um gole no conhaque. A bebedeira e a incompreensão dos amigos agora o deixavam amargo.

"É uma merda mesmo", concordou Arlindo.

"Então conta uma melhor", desafiou Franz.

"'O professor Giovanni tinha sete filhos e comeu um macarrão', pronto", disse Arlindo.

Daniel também sabia de onde vinha aquilo: *O caneco de prata*, de João Carlos Marinho. Tiveram de ler na sétima série.

"Deixa que eu conto uma", se prontificou Dário.

Garotos Podres

"Um garoto esperava na porta do cinema..."

"Que garoto? Você precisa dar um nome, blá-blá-blá, blá-blá-blá", já interrompeu Franz.

"*Malcolm* esperava na porta do cinema. Tinha combinado de encontrar uma menina, seu primeiro encontro com ela, e ela já estava mais de quinze minutos atrasada."

"Cara, já vi que essa história é palha", disse Arlindo levantando-se. "Fui."

O menino mais velho saiu da roda e desapareceu no cemitério. De certa forma, todos os outros quatro ficaram aliviados. E Dário prosseguiu:

"Quando ela aceitou o convite ele não conseguiu acreditar. Nunca achou que teria chance com uma menina daquelas, e agora, que já passara dos quinze minutos, ele começava a duvidar novamente, achava que poderia ter sido só uma piada, que ela não viria. A menina era linda, a mais cobiçada da escola, e..."

"...os beija-flores se aproximavam quando ela arrotava, as abelhas quando ela peidava", provocou Franz.

"Cara, você já contou sua belíssima história. Agora deixa eu contar a minha."

"Que seja", Franz deu de ombros. "Me dá um marshmallow aí."

"Enquanto Malcolm esperava e duvidava que ela viesse, inspecionou suas roupas, a camiseta um pouco amassada, a bermuda um pouco grande demais. Não sabia mais se devia ter ido de bermuda, de qualquer forma, e notou uma pequena mancha na barra da camiseta.

"Lambeu o dedo. Esfregou na mancha. Tentou limpar antes que a menina chegasse. Definitivamente achou que não estava bem vestido. Talvez fosse melhor ir embora de uma vez.

"Então notou uma mancha também em seu cotovelo, e abaixo do pulso esquerdo. Esfregou novamente para tentar tirar. O que poderia ser? Parecia mofo. Ele mofava."

Daniel ouvia a história caminhando ao redor. Pegava galhos e gravetos para realimentar a fogueira, que desmontava. A história não lhe interessava.

"Quando deu os primeiros passos para ir embora, sentiu um cutucão por trás, era sua menina. De sorriso no rosto, se desculpava pelo atraso. Estava tão linda que Malcolm quase esqueceu de todo o mal-estar que ia se apoderando dele. Ele sorriu torto, sem graça. Ela estava linda, arrumada e perfumada... e ele mofava."

"Que história bizarra...", disse Jonas de boca cheia.

"Sem delongas, a menina agarrou a mão de Malcolm", Dário fez uma pequena pausa esperando a gozação pelo "sem delongas", então prosseguiu: "Entraram no cinema, Malcolm pagou pelas entradas e já foi puxando-a para dentro da sala, onde era mais escuro e seria mais difícil ela notar que ele apodrecia."

Franz levantou-se. Garotos podres, meninos apodrecendo, junto ao efeito de quase uma garrafa inteira de conhaque e alguns marshmallows, o estavam enjoando. Principalmente no cemitério, com tanta matéria decomposta, seu próprio irmão logo em frente, numa lápide. E, de qualquer forma, ele precisava mijar. "Também vou nessa." Partiu.

Dário sentiu-se um pouco magoado de dois espectadores partirem no meio de sua história. Sobraram três, é verdade; Daniel até que era um cara cool, mas era um excluído como ele — era gay? E aquele gordo? E aquele retardado? Não adiantava, por mais que ele quisesse se integrar, era só entre gente assim que costumava ser aceito.

"Mas a menina queria pipoca..." Dário pausou novamente, esperando os protestos por ele ainda não ter batizado a menina. Ninguém protestou. "Malcolm a deixou numa poltrona e se ofereceu para buscar, prometendo voltar logo.

"Foi direto ao banheiro, examinar sob as fortes luzes fluorescentes a mancha em seu braço. No espelho, notou, ela subia por seu pescoço, se estendia até o queixo; ele molhou as mãos na pia e tentou limpar o mofo. Mas um rastro persistia, mais fundo, indelével...

"Foi então ao reservado. Sentia agora uma coceira insistente nas partes íntimas. Abriu a calça e puxou o elástico da cueca. Examinou com cuidado. Caranguejos minúsculos e aracnídeos indefinidos faziam ninho nos seus pelos, na sua virilha. Deus do céu, como ele poderia voltar assim até sua menina?"

"Deus do céu mesmo!", disse finalmente Jonas, levantando-se, então voltando a se sentar, sem ter para onde ir. Arnaldo continuava lá, só rindo. Daniel ouvia tudo constrangido, pensava em sair, mas gostaria mais é que Dário fosse embora, Jonas fosse embora, que restassem apenas ele e a fogueira. E a música de volta. Nem fazia questão de marshmallows.

"Malcolm voltou à sala de exibição. Sua menina sorriu para ele. E a pipoca? Ele havia esquecido. Sorriu novamente desconcertado, e prometeu voltar logo.

"Agora as axilas também coçavam. E o cabelo. Ele já podia imaginar: piolhos, pulgas. Todos os parasitas que se alimentavam dos seres humanos se alimentariam dele. Malcolm queria sair de lá. Fugir. Pensou se não poderia apenas ir embora e depois arrumar uma boa desculpa para sua menina. Qualquer desculpa seria melhor do que ela descobrir que ele apodrecia.

"Voltou com a pipoca. O filme já começava. O escuro, o enredo, a história, ela se distrairia e não repararia tanto nele. Seria melhor assim. Seria melhor do que deixá-la sozinha, aquilo é que não teria como remediar. Malcolm se sentou e aceitou uma pipoca, para camuflar o bafo. Seria melhor ter comprado Halls. A menina pegou novamente sua mão e ele se arrepiou lembrando da micose entre os dedos.

"'Preciso ir ao banheiro', ele disse, embora já tivesse ido anteriormente, ela não sabia. Levantou-se correndo e saiu da sala."

Agora todos os meninos escutavam atentamente, incomodados. Não apodreciam, mas adolesciam, o que era quase o mesmo. Sentiam a coceira na virilha, o rastro da praga se proliferando pelas pernas, brotando em espinhas no rosto. Até Arnaldo parou de rir, sentindo as erupções da pele, o turvamento do sorriso. Subitamente ganhava consciência de que aquele seu sorriso não era mais infantil — mais patético, mais imbecil.

"Malcolm olhou-se no espelho perguntando a si mesmo o que fazer, mas não reconhecia mais o rosto que via. Ou melhor, reconhecia, mas com novas veias, novas esquinas. Tinha novos tons de roxo, de podre, que não costumavam estar lá. Malcolm apodrecia. Não era o mesmo menino. Pensava se poderia voltar à sala de cinema e se sua menina ao menos o reconheceria. Ele mesmo não se reconhecia. A vida era injusta."

"Dário, termine logo com essa história", disse Daniel remexendo no fogo, não querendo vasculhar o saco quase vazio de marshmallows. A noite estava apenas começando, mas para eles logo a noite terminaria, logo teriam de voltar para casa. Uma madrugada de possibilidades se encerraria. A vida era mesmo injusta.

"Sua pele desprendia-se do rosto. Seu rosto desprendia-se de si mesmo. Malcolm tentava resgatar seu antigo ser derretendo, e tentava reencaixar-se na pia, na frente do espelho. Como poderia voltar à sua menina assim, destruído? Outro rapaz entrou no banheiro e Malcolm pegou um papel, fingindo enxugar o rosto.

"Voltou à sala de cinema. A menina lançou um olhar incomodado para ele. Agarrou novamente sua mão. 'Agora você vai ficar quieto aqui, não vai?' disse. Malcolm sorriu desconcertado. Os dentes um pouco moles dentro da boca. Suor frio escorrendo pelas costas. Sua menina encostou a cabeça no ombro dele e ele torceu para que ela não pegasse sarna.

"O filme seguia, mas Malcolm não conseguia se concentrar. Só pensava no próprio corpo, na própria degradação, e na entrega da menina ao seu lado, tão carinhosa, tão convidativa. Sentiu a boca dela em seu pescoço, um suspiro na orelha, ela queria um beijo. Malcolm queria corresponder, mas não podia. Como poderia? Não queria que ela soubesse que ele apodrecia. Fez menção de levantar-se novamente. Ela o puxou. Tascou-lhe um beijo.

"Com os lábios dela nos seus... Malcolm sentiu um verme rastejando. Vermes saíam de sua boca para a boca da menina. Jesus, ele tentou desgrudar. Aquilo era o fim..."

Dário fez uma pausa e olhou para os meninos, observando sua reação, preparando o desfecho. Ele era um bom contador de histórias, pensou consigo mesmo. Quem sabe um dia não seria escritor. Ou faria suas próprias graphic novels. Escreveria e desenharia.

"Quando Malcolm desgrudou-se de sua menina, percebeu-a sorrindo. Com os olhos brilhando, ela perguntou: 'Esses vermes são meus ou seus?'"

* * *

Dário terminou sua história. Deu com os três meninos olhando-o intrigados.

"É isso? Acabou?", perguntou Daniel.

"Claro que acabou", respondeu Dário.

"Que nojo", disse Jonas, retirando o último marshmallow do saco. "Alguém quer?" Os meninos balançaram a cabeça, e ele levou o espeto ao fogo. "História nojenta. E não é uma história de terror."

Dário suspirou. Que se dane; claro que sua história era a melhor de todas. Mas aqueles meninos não poderiam reconhecer. Ele desperdiçava seu talento naquela cidade, com aquelas pessoas que nunca aproveitariam seu potencial.

Ficaram em silêncio, ouvindo a fogueira crepitar. Todos pensando em suas próprias histórias. Todos pensando em seus próprios terrores. A noite avançava e já estava na hora de eles voltarem para casa. Mas faltava uma história, Daniel sabia que agora era sua hora. Daniel formulava as palavras. Olhou para a lápide de Wolf. Então apertou novamente o play de seu toca-fitas, olhou fundo no fogo e começou.

Piranhitas

Para Marcelino Freire

Dois primos paravam à margem do rio. Catorze e treze anos. Deviam ter esses nomes de meninos — Fábio, Gustavo — para se chamarem de Binho e Guto. Garotos. Diminuíam um ao outro. Mas esticavam braços e pernas para dentro d'água. Para ver se estava fria. Se estava quente.

Não entravam, indecisos. Brincavam, precavidos, agitando a água, sentindo a temperatura, fingindo se preparar para mergulhar. Mergulharam tantas vezes, tantas outras, tantas antes, sem nem mesmo colocar um dedo, sem nem mesmo se importar com os graus. O calor já estava neles. E sempre haveria um bom motivo para afundar, refrescar, fugir do arrepio dos mosquitos.

Agora não, aos catorze, treze... Aos catorze e treze tinham consciência do perigo. Talvez fossem os braços e pernas, que se esticavam para dentro d'água. Talvez fosse o ensino, a escola, Ciências, talvez fosse a tênia solitária. E o rio em que mergulharam tantas vezes — tantas outras, tantas mais — ganhava novos riscos, doenças, novos tipos de correntezas.

O mais novo sabia do que tinha medo: piranhas. Dentinhos afiados trabalhando em conjunto, consumindo tudo o que ele insistisse em mergulhar. Ele era mais novo, mas tinha mais carne. Era mais branco, serviria de isca. Como boi de piranha, seria devorado por elas, enquanto seu primo... seu primo cruzaria a salvo. Bastava um ferimento aberto. Bastava um sangramento mínimo. Um corte quase imperceptível, elas perceberiam. Devorariam o garoto no rio em que já fora menino.

O mais velho tinha medo de outra coisa: doenças. Nadara entre piranhas — e as pescara — na ponta de sua vara — sabia que elas não lhe fariam mal. Ele era magro. Era moreno. Era esguio e alongado, elas se assustariam com seus braços e pernadas. O perigo permaneceria imperceptível. Caramujos, platelmintos, sanguessugas. Animais minúsculos que se alimentariam da sua puberdade, avançariam antes de ele completar quinze. Comeriam suas entranhas, não deixariam nada para as piranhas.

Os dois ponderavam...

Os dois ponderavam, lado a lado, olhando para a água e tentando mergulhar os olhos lá no fundo, revolvendo o solo e descobrindo o que havia de errado, se havia algo escondido, por que não mergulhar naquele rio em que nadavam desde pequeninos?

Aos poucos, o calor foi suavizando, o sol se pondo, e eles sabiam que teria de ser logo ou nunca. Logo ou nunca, o rio não ficaria para sempre lá. O rio correria, secaria, e a vida os levaria para longe daquela infância que foi transformada em covardia.

Quem funcionaria como isca? Quem serviria de cobaia? "Você primeiro", "não, você", travestiam em gentileza uma coragem que não tinham. Bastava só mergulhar os pés, bastava ver se o primeiro sobreviveria. Quando um mergulhasse, e não sobrevivesse, o outro apenas suspiraria "Ainda bem que não fui eu".

"Então por que não entramos juntos?", sugeriu o maior. Não era o caso, não queriam fazer um pacto de suicídio. Ficaram em silêncio, concordando. Não queriam mais morrer juntos.

A água já estava vermelha pelo fim do dia. Logo seria noite e impossível. Voltariam para casa e depois para a cidade. Mais nenhuma oportunidade. O rio, a natureza chamando, e apenas os pés molhados. Metidos dentro de tênis, sentiriam os dedos enrugando. O tempo havia mesmo passado, as oportunidades, e eles nem aproveitaram.

Voltariam a ser crianças, num impulso, num mergulho, antes que fosse tarde. Fábio, Gustavo, Binho e Guto, se derramaram. Entraram na água até a cintura, deixando de pensar. Tomaram coragem, foram de ímpeto, estavam na água para se molhar. O calor ainda era mais forte que os platelmintos, a água era mais limpa que os mosquitos. Cansaram de abanar os insetos, limpar o suor, olhar para o horizonte e imaginar o que estava lá. A correnteza não poderia levá-los. Já eram grandes demais. Braços, pernas, uns mergulhados, outros ao alcance da margem. Só um pouquinho, só mais um pouco, só um pouquinho não fará mal.

Mas a impaciência não é só virtude dos meninos. A ansiedade também faz chorar crocodilos, jacarés, eu. Já estava no final do meu dia e cansado de esperar. Que eles viessem até mim. Que me fossem trazidos pela correnteza. Que nadassem para meus braços, meu abraço, minha boca. Trabalho sozinho, mas sou mais esperto que piranhitas. Tenho apetite para os dois, para comer a carne e palitar os dentes. A doçura do mais novo e a crocância do maior. Carne vermelha, frango de leite. Se os meninos não vêm até nós, nós vamos até eles. Posso alcançá-los à margem. Haverá um dia em que os répteis voltarão a dominar a Terra.

O Velho e o Mato

Um velho subia a estrada. Bêbado, um pouco manco, tentava não cambalear e não sair do acostamento. Os carros passavam ligeiros e ele era quase invisível naquelas sombras, naquela hora. Era noite, nem tão tarde, mas agora no outono o dia acabava mais cedo e, para quem vivia na praia, a madrugada era um animal furtivo, que só se alimentava quando todos já estavam dormindo.

O velho não conseguia dormir. Bebia para isso. Tentava anestesiar suas noites com a cachaça comprada na venda da rua ao lado, embora vivesse nos fundos de um mercadinho. Nos fundos do seu irmão, comerciante, por isso evitava comprar bebida lá. Morava de favor, há apenas algumas semanas. E há apenas algumas semanas reparara em como estava ficando careca, em como estava flácido. Só depois que se mudara para aquela ilha reparara em como estava velho.

Olhando os surfistas, os turistas na praia, os meninos incansáveis, mesmo no frio do outono, o velho sorria, devidamente vestido. Pedia uma caipirinha de frente para o mar, usufruía de sua estirpe de velho turista. Mas logo percebeu que as caipirinhas fora de casa estavam acima de suas economias. Mais barato cachaça e limão dentro de casa, nos fundos da venda, por trás do irmão.

Mas naquela noite não funcionara. O velho ficara lá nos fundos, abafado, bebendo, assistindo aos três canais da televisãozinha em seu quarto. O mar chamava. O mar ficava ao lado de casa. Ele estava farto daquela praia de todo dia, que não solucionava suas noites. O velho queria sair. E o centro era tão longe. A vida era tão cara. Ele estava tão velho e não tinha o que fazer, não tinha amigos, nem companhia.

Seu irmão dormia cedo, comerciante. Tinha uma família. Tinha mulher e filhos. Jantavam, assistiam TV juntos, dormiam. Logo a casa da frente estava em completo silêncio. A casa em cima do mercadinho. A vila toda embargada num sono profundo. O velho sozinho, cansado do gosto doce da cachaça — agora cansava-se do gosto antes mesmo de sentir de fato os efeitos. Bebera demais. Como sempre.

O velho saiu de casa. Pisou na brita até a rua com cuidado, não queria alertar a família de que saía. Pensou em caminhar até a praia. Pensou em caminhar até o mar. Mas o mar ficava tão próximo, tão familiar. Naquelas poucas semanas, já tão exaustivamente assimilado, decidiu visitar uma praia mais distante, uma nova miragem. O que não faltava em sua nova vida eram praias. E ele estava com ânimo para caminhar.

Por isso o velho subia a estrada. Caminhava até a trilha de uma nova praia. Os carros passavam velozes por ele, confirmando que nem todos dormiam. Alguns precisavam extrair um dente, correr ao hospital, buscar parentes na rodoviária, voltar de uma festa, ir a uma festa, fugir para sempre daquela ilha. Alguns passavam com um flash pulsante de mau gosto musical. Outros até mesmo gritavam para o velho, riam, meninos e meninas vivendo a vida em voz alta.

Mas o velho não se assustava, nem mesmo ouvia. Estava encharcado de seus pensamentos e o mundo ao redor era como os ruídos abafados que se ouvem embaixo d'água. Ele tentava apenas manter a consciência necessária para acertar o passo. Ficar no acostamento. Esvair-se em devaneios era de fato o propósito da caminhada. E o velho se lembrava de tantas outras — tantas antes — tantas noites que caminhara por outras cidades, outros países, tempos mais generosos. Com certeza estivera em melhor forma. Subira ladeiras melhores-piores sem sentir tantas dores.

Verificou o pé esquerdo — era o que mais incomodava. Reparou que no tornozelo havia um filete de sangue coagulado. Havia se cortado. O pé estava um pouco inchado. Inflamava. Algum espinho no caminho. Algum galho afiado. Ou de repente uma picada de aranha, a estrada estava cheia de animais. As aranhas tentavam atravessar de um lado para outro — para ir a uma festa, voltar de uma festa, extrair um dente — de repente uma lhe tomara carona. Ou então uma cobra. Lera uma história dessas, um sujeito que pisou numa jararaca e nem se deu conta; o pé foi inchando, inchando e ele só percebeu que era sério quando começou a ter convulsões. Seria uma morte digna. Não havia também a história de que, depois de recuperado da picada, um sujeito se torna intolerante à lactose? Ou muda de personalidade? Torna-se uma pessoa mais sociável. Altera sua sexualidade. Ou ganha superpoderes?

"Existe a serpente que passa diante de mim. E existe a serpente que se contorce em meu ser. Mas a serpente que passa perante meus olhos existe. Existe a serpente que passa diante de mim. E por mais que eu me cure, por mais que descanse, por mais que eu respire e repense — que eu afogue em sonhos minha própria serpente — existirá a serpente que circula diante de mim. Existirá o sapo que está ao meu lado. Existirão as formigas que circulam em meus dedos, em meus olhos. Ainda que fechados, existirão os vermes que se alimentarão de mim."

O verso regressara a ele num jorro, em voz alta. Ele se lembrou daquele verso que lera há tempos — quanto tempo? — e lamentou não ter uma caneta nem nada para anotar. De quem era? Quando a bebedeira passasse, ele não mais se lembraria. Agora sim, fazia sentido. Lera aquilo tão jovem, e nem parara para pensar. Agora resgatava e reencaixava em sua própria vida. Quando a bebedeira passasse, talvez desencaixasse. Mas por isso mesmo, seria bom anotar.

E era por isso que fora para lá — queria acreditar — era pela natureza do lugar. Começar uma nova vida, mais suave. Cuidar um pouco de si, ao lado da família. Poupar suas últimas economias... Fora por isso, ele não podia se enganar. Era a decadência econômica que o levara para lá. Vivendo de favor. Não sendo mais capaz de sustentar os próprios vícios, as próprias vontades. Não sendo mais capaz de perdoar os próprios pecados... A juventude evaporada deixando de trazer todos os excessos a que se acostumara. Nada mais. Subindo assim a rua, sentindo o pé doer, vendo o próprio sangue e pensando na serpente e na velhice, o velho pensou se não tinha ido até lá para morrer.

Avistou uma pasta de animal esmagado no acostamento — gato, cachorro, quati, guaxinim, era impossível dizer. Agora era apenas uma pasta de pelos, quase seca, algum carro passara por cima. O velho avistou a pasta-carcaça e redobrou o cuidado no acostamento.

Parou diante da entrada da trilha. Era a entrada da trilha? Difícil saber assim, de noite, sem a entrada e saída de surfistas. Uma fenda na estrada. Um caminho de terra entre árvores densas. O velho se perguntou se conseguiria trilhar aquele caminho no escuro.

"Aê, tioooooooooooooooooo", um grupo de jovens gritou de um carro que passava.

O velho entrou na trilha.

Já não era sem tempo. Ele precisava mijar. A bexiga lhe oprimia e a entrada escura da trilha lhe oferecia privacidade suficiente das luzes da estrada, os carros que passavam. Abaixou a calça e olhou para cima, as árvores recortadas contra um céu sem estrelas, o canto das cigarras, o cheiro de mato e as gotas de si mesmo estalando sobre a vegetação. O pé ainda doía. O velho sacudiu o membro, guardou na calça e examinou de novo o pé. Estava bem inchado. Podia mesmo ser picada de cobra. Que se dane. Se estivesse sóbrio, talvez ficasse mais assustado e voltasse para casa. Agora, naquela altura, naquela hora da noite e no estado etílico em que se encontrava, só queria seguir em frente. Ver o mar. Seguir a trilha. O velho virou-se e seguiu pelo caminho.

A trilha já começava escura. O velho parou um instante para deixar os olhos se acostumarem. Se já não tivesse pisado numa cobra, certamente seria lá. "A serpente que passa perante meus olhos existe", ele repetiu para si mesmo, como para relembrar — do perigo e do verso. A escuridão foi se tornando mais gentil e ele prosseguiu.

Um cachorro apareceu diante dele. Aproximou-se desconfiado. O velho estalou os lábios e os dedos, curvando-se. O cachorro o cheirou e se deixou ser acariciado. Seria uma boa companhia, poderia indicar o caminho. O velho ficou esperando que o cachorro seguisse em frente, voltando na trilha, mas o cachorro ficou lá, parado, aparentemente esperando o mesmo. Então o velho prosseguiu e o cachorro seguiu ao seu lado, pouco depois tomando a dianteira. "Que bom, ele vai me mostrar o caminho", o velho pensou.

A trilha se tornava lentamente mais e mais visível, mas escorregadia, irregular, como toda trilha. O velho tinha dificuldade em manter o passo, tropeçava. Dava topadas nas pedras, nos galhos. Prendia os pés em raízes e logo perdia o cachorro de vista. Mas logo à frente, lá estava; o cachorro seguia simulando uma indiferença, mas esperava pelo velho quando percebia que ele ficava para trás.

Agora que esvaziara a bexiga, o velho sentia enjoo. A anestesia prazerosa do álcool começava a diluir-se e ressaltava a dor no pé, dor de cabeça, o estômago embrulhado. A ideia de pegar a trilha para a praia de noite e a necessidade de ver o mar tornavam-se mais questionáveis, o velho sentia que agora já poderia deitar e dormir. Era bom acordar cedo, fazer uma boa impressão para a família, dar a impressão de que não era um desocupado, folgado, que não dormia até mais tarde enquanto o irmão trabalhava. Era bom também aproveitar o dia, o mar. Não fora por isso que ele se mudara para lá? Aproveitar a natureza. Viver uma vida mais saudável. Fazia parte disso estar perdido de noite, bêbado e enjoado numa trilha?

Natureza. Ele só sabia que agora sua natureza pesava. Talvez não tivesse sido uma boa ideia pegar aquela trilha, naquela hora. Talvez não tivesse sido uma boa ideia ter se mudado para aquela ilha, para começar. Aquele sal, aquele mar. Aquele sol em seu rosto aceleraria suas rugas, seu envelhecimento. Os meninos na praia só existiam para mostrar o que ele não poderia mais. Ele não poderia mais. Besteira ter se mudado para aquela vida, tarde demais. "Mas é tudo o que eu posso sustentar..."

O velho achou que agora de fato iria vomitar. Parou por um instante. Tentou apoiar a mão numa árvore e o tronco se revelou mole, pegajoso. O velho cambaleou entre arbustos, dobrou-se e vomitou seguidamente no mato. Um pouco mais à frente, o cachorro esperava.

Alguns minutos de espera. Dois ou três despejos, e ainda indisposição. O cachorro veio até ele, cheirou o vômito, não lhe apetecia. O velho respirou fundo e esperou, vomitou novamente. Agora sim, se sentiria melhor. Já despejara tudo o que tinha dentro de si, poderia caminhar mais leve pela trilha, até o mar.

A trilha agora se tornava uma subida — diabos, para que servia uma trilha? O intuito não era *facilitar* a chegada ao destino? Por que uma trilha para o mar teria uma subida? Será que aquele cachorro não o estava enganando? O velho escorregou o pé na lama e esfolou o joelho numa pedra. "Merda." Mas o pé doía mais ainda. "Existirão as formigas que circulam em meus dedos", o velho repetia, tentando manter o lirismo da situação.

O cachorro estava no final da subida, esperando por ele. Cheirando algo entre os arbustos. O velho o acariciou e seguiu em frente. O cachorro logo recuperaria o passo. O velho começou novamente uma descida, olhou para o cachorro ainda parado atrás — "psiu" — chamou, mas o cachorro continuava a cheirar. O velho seguiu.

Recuperando o fôlego, o velho percebia que ainda estava enjoado. O enjoo voltara, sua cabeça doía. Poderia não ser apenas o efeito do álcool. De repente o veneno ofídico espalhando-se por todo seu corpo. "Diabos, será que isso é mesmo uma picada de cobra?" Existia a serpente que se contorcia em seu ser. O velho também começava a sentir picadas de mosquito, de formiga, e o cheiro de mato estava forte, irritando seu nariz. O efeito do álcool estava passando.

Chegou a uma pequena clareira. Podia ver o céu e o mato por todos os lados, mas ainda não podia avistar o mar. Respirou fundo, buscou pelo cachorro, o cachorro não estava mais lá. Estava com sede — queria água — devia ter trazido um cantil. Queria voltar para casa, ou mesmo chegar para o mar, o que fosse mais perto, só queria sair daquele mato e poder descansar. Abaixou-se na clareira e examinou o ferimento no pé. Estava bastante inchado.

Então ouviu risadas.

Levantou-se sobressaltado. Alguém ria por lá; ele ouvira direito? Podia ser um pássaro noturno, um animal indefinido, provavelmente um casal voltando da praia. Ficou à espreita na clareira, à espera de um novo som mais identificável. Nada. Ninguém vinha. Não havia passos, nem risadas, nem a conversa de um casal de namorados. Enquanto esperava, o velho só ouvia os grilos, as cigarras, o canto de um pássaro que não se parecia em nada com uma risada.

Voltou a caminhar, estalando a mata, e quando estava quase saindo da clareira, escutou novamente a risada. Estava mais próxima. Ele ouvira. O que parecia? Parecia de uma criança. Mas na verdade era tão incerta e indefinida como antes. Indefinida como o mar. O velho parou e tentou escutar. Novamente nada.

Fez menção de prosseguir, mas deteve-se mais um instante pois achava que a risada retornaria no instante em que recomeçasse a caminhar. Havia alguém escondido por lá? O velho ficou parado, e escutou estalos. Um estalo. Dois estalos. Estalos como se ele próprio voltasse a caminhar pelo mato. O velho olhou ao redor a buscar — de onde vem? Não via nada. Então avistou a poucos metros, a folhagem se mexia, como se alguém passasse por lá.

Não. Um pouco demais começar a ver fantasmas agora — não seria um guaxinim? Um esquilo, um quati, algum animal pequeno passando entre as folhagens, provocando estalos e emitindo um ruído como uma risada — ele não saberia precisar. Não entendia nada da fauna daquela ilha, os animais do mato, a vida noturna numa trilha. Poderia pregar peças nele, poderia assustá-lo — qualquer pessoa de bom-senso certamente o aconselharia a não tomar aquele caminho de noite. Perigos existem, perigos, perigos — existe a serpente diante de mim — mas nada de sobrenatural. Então o velho escutou novamente a risada.

Não era apenas uma, eram duas ou três.

Duas ou três crianças brincando no mato? Àquela hora? Naquela trilha? O velho achou que era o bastante para ficar realmente assustado.

E seguiu pela trilha com velocidade.

As raízes enroscavam-se em seus pés. Os pés deslizavam no solo úmido. Folhas e galhos estapeavam seu rosto; o velho sentia-se num sonho em que tinha de correr de algo, fugir rapidamente, mas um freio impreciso o detinha. Agora o velho descobria qual era o bloqueio, do que era feita a lerdeza de seus pesadelos: era sua própria velhice que o impedia de acelerar. O velho estava ancorado em si mesmo, enquanto se aproximava o perigo...

Ele respirou fundo e olhou para trás.

Nada.

Bobagem... Suspirou. Perigo era sua antiga cidade. Perigos eram o que vivera tantas noites, na selva de concreto, na porta de casa. Lá sim, correra riscos... Crianças perigosas, dispostas a roubar e matar sorrindo. O velho nunca se preocupara com nada disso. Seguira tantas trilhas urbanas, tantas madrugadas perdidas. Tantas noites voltara para casa sozinho, bêbado, sem medo do que poderia encontrar. Ansioso pelo que poderia encontrar... Ridículo agora ter medo apenas do mato, o mato; o mato não lhe faria mal.

O velho escutou novamente as risadas, logo atrás.

Meu Deus, o que é isso? Voltou a tentar correr. Aquilo estava indo longe demais. Risadas de criança de noite no meio do mato, não há como não haver nada de sobrenatural. Não há como não haver nada de sobrenatural, ele pensava, não há explicação lógica possível para isso. O velho seguia quase correndo na trilha, quase conseguindo. Então escorregou e caiu batendo joelhos, cotovelo, pulso no chão.

Ao seu redor, fazia-se silêncio.

O velho torceu o pulso. Afundou a mão na lama. Esfolou o cotovelo. Debateu-se no chão, ofegante, então parou por um momento. "Preciso me acalmar; se há algo de sobrenatural aqui, não há por que me fazer mal. Não posso perder a cabeça e colocar minha vida em risco. Só preciso seguir em frente pela trilha; já devo estar quase no mar."

O velho levantou a cabeça, ainda de quatro, e viu à sua frente uma figura.

Era uma criança. Um menino. Não mais que nove anos. Nu.

"Que diabos é isso..."

O menino olhava para ele entre as folhas, com um sorriso maligno numa expressão estática. Tinha um longo cabelo desgrenhado, sujo, não fazia menção de ajudar o velho a se levantar.

"Que diabos é isso? O que é esse menino?", o velho perguntava a si mesmo sem ousar verbalizar. Tinha medo da resposta. Seus olhos lacrimejavam. Ele queria levantar-se daquela terra, mas estava com tanto medo, tão cansado, enjoado e ainda bêbado, que não conseguia se mexer. O pesadelo. Sentiu um filete quente escorrer-lhe pelas pernas, mijava em si mesmo. Queria se levantar.

O menino permanecia parado em sua frente, perversamente sorrindo.

O velho apoiou-se com a mão no chão e o pulso torcido doía, a mão afundava ainda mais na lama, o joelho deslizava.

O velho começou a ofegar, perguntando-se se não estava numa armadilha. Areia movediça. Patinava de quatro naquela lama, o pulso cedendo e ele enfiando a cara no barro. Parecia quente, vermelho; o velho se perguntava se não estava afundando no próprio sangue.

Agora não era apenas vontade, era esforço, o velho se debatia, mas não conseguia se levantar. Não ousava levantar novamente o rosto, tinha pavor de ver o menino, fosse com aquele mesmo sorriso ou com uma expressão transformada. E se fosse uma expressão terrível, demoníaca? O velho conseguia imaginar. Um rosto hediondo surgia em seus pensamentos enquanto ele se debatia no chão. Até que irrompeu num grito sem conseguir mais suportar.

Sentou-se no chão, recuperando o fôlego e a calma. O menino não estava mais lá. Não havia ninguém por lá e ele estava caído no chão da trilha, coberto de lama, fodido e esfolado. "Existe a serpente que passa diante de mim. E existe a serpente que se contorce em meu ser. Mas a serpente que passa perante meus olhos existe. Existe a serpente que passa diante de mim."

Ele se lembrava do verso para recuperar a razão. Sim, não era apenas lirismo, era aquilo que o verso dizia. Que além de toda a loucura, de todo o mal interno, havia também algo palpável a provocá-lo. E o que era? A natureza, apenas a natureza. "A natureza é a igreja de Satã", ele se lembrava de Lars von Trier. Sim, mas era a natureza que estava lá. Aquele menino? A natureza. Fosse sua serpente, fosse a serpente de fora. Fosse um delírio, seria racional. Até para um delírio havia uma razão. Não seria apenas a cachaça, ele sabia que não. Podia ser a picada de cobra — veja só, a serpente — o veneno podia estar lhe provocando alucinações. Mas até para alucinações há um limite de tangibilidade, não? Aquele menino lhe fora totalmente palpável, estivera mesmo lá. Mas não é essa a natureza de uma alucinação, parecer totalmente tangível e palpável? Não é da natureza da alucinação não se deixar possível diferenciar? "Não, não, não é a serpente em meu ser, a serpente diante de mim. Ele é a serpente diante de mim; o que pode ser?"

Uma criança, só uma criança, uma criança que estava lá. Um filho de hippies, nu, perdido — por que ele achara que tinha um sorriso demoníaco? De repente a criança era tangível, o sorriso fora o que sua alucinação completara. Aquilo parecia possível, parecia ser mais da natureza das alucinações, apenas alterar de forma sinistra algo que de fato estava lá. O menino estivera lá, sozinho no mato. O que fazia?

Quem sabe uma criança selvagem? Um menino-lobo. Criado pelos animais naquela trilha, à beira-mar. O velho não acreditava que por lá houvesse lobos, nem que fosse possível viver perdido naquela trilha — e que animais criariam aquele menino selvagem? Serpentes? Gafanhotos? De repente era um menino-marimbondo. Haha. O velho, enfim, ria. Um menino criado selvagemente pelos marimbondos daquela trilha.

O velho se levantou, esfregando a lama do corpo, e continuou em frente na trilha. Não havia como voltar atrás.

De repente era um elfo. Um gnomo. Os moradores locais não diziam que havia essas coisas por lá? Sim, os maconheiros. Não era de beber cachaça e começar a ver duendes. Devia ter reparado se tinha orelhas pontudas, mas com aquele longo cabelo desgrenhado... Cabelo longo demais para a sua idade. Para ter um cabelo daquele comprimento aos nove anos, nunca devia ter cortado. Criado pelos marimbondos... Um fauno, um leprechaun — aquilo podia fazer parte da natureza, perfeitamente explicável e natural. Apenas um menino nu no meio da mata, perfeitamente racional.

A trilha se tornava mais possível agora que o velho seguia com calma. Não ouvia mais risadas, nem via sinal do menino. Recuperando o juízo, o pé voltava a doer.

E quanto às assombrações, não podiam fazer parte da natureza? Lembrou-se da infância, quando perguntou ao seu pai:

Voltando da escola, não mais do que nove anos. Voltava sozinho, porque o pai achava que já tinha idade. Mas tinha tanto medo no inverno, no final da tarde, quando o sol se punha mais cedo e ele duelava com a noite para ver quem chegava primeiro em casa. Passava por um terreno abandonado, onde havia um velho barraco. Seus amigos diziam que era assombrado, coberto por tapumes, ninguém sabia exatamente o que havia por lá. Quando voltava da escola, ele tentava não olhar. Mas um dia, uma tarde, num princípio de noite espiou por uma fresta, por curiosidade.

O mato. O mato alto. Ele se espremeu tentando ver um pouco mais, tentando avistar a casa, então percebeu que, no meio do mato, uma velha o espiava.

Tirou a cara do tapume e correu para a casa.

Era uma velha horrível, esfarrapada. Nua, com longos cabelos brancos caindo sobre os seios murchos, como vermes, lombrigas. Uma medusa apodrecida. Tinha nos olhos um sorriso maligno, numa boca também murcha, desdentada. Poderia ser o mesmo sorriso do menino? O velho tentava se lembrar.

De noite, em casa, ele contou ao pai. Tentou suavizar a si mesmo, dizendo que vira apenas a moradora daquele terreno, uma velha louca, alguém que morava lá. Mas o pai não deve ter acreditado no relato verossímil, e investiu na história de assombração:

"Sabe, quando a gente morre, nosso corpo volta à natureza. A pele, os órgãos, o cabelo, tudo derrete embaixo da terra e volta ao solo. Os animais se alimentam de nós. As plantas se nutrem das nossas vitaminas. Nosso sangue é que dá cor às rosas; essas bochechas aí", ele apertou a bochecha do filho, "é que fazem as maçãs corar".

"E a alma?", previsivelmente ele perguntou.

O pai suspirou. "Não há alma. Há vontade. Nossos desejos, nossas vontades, nossa história e tudo de impalpável que há em nós continua na nossa família, em quem nos conhece e em quem nos ama."

"Tipo, eu me parecer com você? Ter os olhos da mamãe?"

"Não... Isso é genético. Mas há uma genética filosófica..." Divagava. O pai às vezes entrava em papos assim. Uma retórica sofisticada demais para crianças. Então se levantou da cama do filho e continuou a falar pelo quarto, mais como se falasse para si mesmo, mais como se formulasse uma tese.

"Nossos desejos, nossa história, nossa força de vontade continuam naqueles que nos conheceram, que nos amam. E por isso não nos tornamos fantasmas."

"Mas e se..."

O pai já sabia o que ele ia perguntar. Ou talvez lhe tivesse ocorrido o mesmo pensamento, a mesma forma de pensar, a genética coincidente dos dois fazendo-os passar pelas mesmas trilhas da argumentação. Ele continuou: "Mas se você não tem família, não tem amigos nem conhece ninguém, se você vive sozinho no mundo, não repartindo nada com os outros, não há para quem sua vontade passar. Então ela permanece solta pelo mundo, vagando por nós. Esses são os fantasmas. Foi essa a velha que você viu no terreno baldio."

O pai então lhe bagunçou os cabelos e saiu do quarto, pensativo, apagando a luz. Ele queria que o pai lhe tivesse assegurado de que a velha era apenas uma velha. Teve de dormir com a possibilidade de ter de fato avistado uma assombração.

Acordou de madrugada com a porta do armário rangendo. Abriu de leve os olhos, não queria olhar. Estava escuro, mas ele achou que podia ver lá dentro. Por uma fresta, dentro do armário, a velha espiando com um sorriso perverso...

De volta ao mato, o velho era ele. E ouvia novamente risadas de crianças ao seu redor. Estava cansado, todo sujo de lama, seu pé esquerdo tão roxo e inchado que ele mal conseguia pisar no chão. Sentia gosto de sangue na boca. E enjoo. "Existe a serpente diante de mim. Existe a serpente diante de mim", repetia.

Ao seu lado, bem próximo, escutava o coaxar de um sapo. A trilha era cortada por um córrego e certamente havia muitos outros animais por lá. Ele não conseguia enxergar. Continuava ouvindo as risadas de crianças, agora um pouco mais distantes, mas constantes, precisas, inconfundíveis. Nem mais sinal do menino-marimbondo. Sinal de nenhum fantasma a mais. "Que se dane, se tudo o que esses demônios fazem é rir de mim." O que importava de fato era chegar, terminar aquela trilha, chegar ao mar. Depois, poderia pensar. Pensaria se voltaria para casa, para um hospital, para cuidar da picada, ou se ficaria lá, dormiria na praia. Poderia se deixar morrer na areia, se ao menos conseguisse chegar.

Uma pancada na cabeça e o velho veio ao chão.

Rolou alguns metros pela trilha, batendo em pedras, esfolando-se na lama. Parou entre arbustos, quase desacordado.

No silêncio, apenas o canto das cigarras.

Abriu os olhos. O que fora aquilo? Tentou se levantar. Gravetos e espinhos arranhavam seus braços. Sentiu um galho afiado roçando em seu pescoço, e quando se esforçou para sentar, o galho apertou mais forte, quase perfurando sua garganta. O velho afastou o galho com uma das mãos. Sua testa doía muito e ele lutava para não perder a consciência. Levou a mão às têmporas e sentiu a umidade quente de seu próprio sangue. Estava enroscado em galhos, vinhas, espinhos, não tinha forças para ficar de pé.

"Eu vou morrer aqui."

O que o acertara? Olhou pela trilha. Um galho baixo. Poderia ter batido o vento? Uma travessura do menino-elfo-marimbondo-demônio? Naquele momento, o velho até gostaria de ouvir de novo as risadas das crianças, para confirmar que haviam sido elas, e que elas zombavam de seu estado. Mas não ouvia mais nada. O mato estava em seu silêncio de ruídos, coaxares, zumbidos.

"A natureza está contra mim."

O velho tentava se desvencilhar das plantas. Sentia como se a vegetação agarrasse seus braços, prendesse suas pernas, queria puxá-lo ao chão, para debaixo da terra. O velho se debateu e debateu-se contra a ideia de que o mato de fato estava vivo, e contra ele. "Mas o mato está vivo! E contra mim!" O velho levantou debatendo-se, não se importando com os espinhos que cortavam sua carne, cipós torcendo seu pulso, galhos abrindo seu supercílio; ele ficou de pé.

Desvencilhado do mato, ele ouviu: o ruído do mar.

Finalmente, estava quase lá. O mar estava logo à frente — coragem! — ele conseguiria chegar. Limpou as folhas sobre o corpo e voltou para a trilha. Então ouviu algo mais.

Um grito. Distante.

Não era mais uma risada, era um grito de criança. Poderia ser um pássaro. Mas era um grito, ele sabia. Seguiu pela trilha. Então ouviu novamente, mais próximo, um grito terrível, de criança, de terror. Não era mais brincadeira. Meninos, faunos ou marimbondos, não estavam mais se divertindo. Era o grito de quem passa pelo mais absoluto pavor, e o mais absoluto pavor provocava no velho. Ouviu um terceiro grito, quase ao seu lado, e o velho não deixou mais dor alguma impedi-lo de correr.

Avançou pela trilha, apavorado. Estava quase lá, estava quase lá. Ainda podia ouvir o barulho do mar. Estava chegando. Bastavam mais alguns metros de trilha e iria escapar.

Ouviu o grito novamente, à sua frente, à frente da trilha, como o salto sonoro num trem-fantasma. O velho desviou-se imediatamente da trilha para o meio do mato. Não importava. Cortava caminho correndo por entre as árvores, os galhos, a vegetação. Junto aos gritos, agora risadas. Algumas crianças riam, outras gritavam.

O velho arranhava-se todo na mata. Arrependia-se de todos os seus pecados. As crianças riam, as crianças gritavam. Era culpado, ele sabia, era culpado. Ele merecia tudo aquilo — toda sua culpa, agora ele pagava. Mas corria dos gritos e da culpa como um desesperado. Os berros estavam próximos, depois estavam distantes. Longe e perto, o velho estava cercado. Por onde corresse havia o sofrimento indizível daquelas crianças demoníacas. "Meu Deus, o que está acontecendo?! Que sofrimento é esse? O que é esse terror?!!" Ele não podia parar de pensar e não queria saber. Então corria, corria. "Pelo amor de Deus, não me deixe morrer aqui." Os gritos continuavam. As crianças agonizando. "Que ao menos eu chegue na praia, que eu chegue ao mar. Me deixe sair desse mato. Não me deixe morrer aqui!!!"

Então ele caiu na areia.

Estava na praia. E não estava só. Tentou entender aonde estava, como se despertando de um pesadelo. Olhou para trás, para o mato. As árvores cerradas e, logo ao lado, a saída da trilha. Olhou à sua frente.

A poucos metros, algumas dúzias de jovens. Uma fogueira. Violão. Cerveja. Um luau? O velho ficou caído na areia, ofegante, assistindo e tentando entender.

Os meninos bronzeados riam e flertavam com as meninas. As meninas morenas cantavam. Numa roda em frente ao fogo, um grupo passava um baseado. Estavam todos ali, festejando, alheios ao seu terror.

"Existirão os vermes que se alimentam de mim", ele murmurou para si mesmo. Respirou fundo e parou um instante, para recuperar o fôlego.

A trilha ficou para trás, atrás ficaram as risadas e os gritos. O mato ficava no fundo da praia, acenando para o velho, saudando o espetáculo da juventude.

O velho foi rastejando pela areia. Passou pelos jovens, alguns olharam, então desviaram o olhar. Ele era quase invisível. Lutou para ficar de pé. Eles seguiram cantando, rindo, fumando e flertando, como se a natureza não lhes oferecesse nenhum perigo. A natureza não lhes oferecia nenhum perigo.

Assim, o velho seguiu em frente. Com esforço ficou de pé, tentou recuperar alguma dignidade. Deu alguns passos com o corpo todo doendo. Foi até o mar para lavar suas feridas.

Trepadeira

Pe Hugo Guimarães

No meu aniversário de catorze anos, ganhei um buquê de lírios. Achei lindo. Primeira vez que eu ganhava flores. Presente do meu primo Paulo — primeira vez também que ele comprava um presente com o próprio dinheiro. Mas minha mãe disse que eram flores fúnebres, flores de enterro. Não me importei. Aos catorze anos a ideia de morte me era tão abstrata quanto a fotossíntese, e certamente quando eu morresse não faria diferença para mim quais flores estariam sobre meu caixão. Os lírios mereciam minha gratidão. Coloquei-os num vaso antigo que nunca servira para nada, e dentro do meu quarto, sob a janela, ao lado da minha cama.

De noite, minha mãe veio colocá-los para fora.

"Durante a noite, as plantas respiram; não é saudável dormir com uma planta ao lado da cama. Ela acaba lhe roubando o ar, empestando o ambiente de perfume, sufocando-a; vou colocar o vaso no jardim."

Mas o jardim não precisava dos meus lírios. Estava vivo. Com plantas enraizadas, árvores e rosas de todas as cores. Não é esse o charme de ganhar um buquê? Levar para dentro de casa um pouco da vida e da natureza que há lá fora? Colocar um vaso no jardim, para mim, era como levar sanduíches a uma festa.

Dias depois, uma de minhas tias morreu. Madalena, uma pobre coitada que foi largada pelo marido ainda grávida e dedicou o restante da vida à religião e a criar a filha. Camila, minha prima, veio morar com a gente. Ao menos provisoriamente, era o que minha mãe prometia. "Provavelmente sua tia ficará com ela; a casa deles é bem maior. Mas não é momento de discutirmos isso, Sofia. Sua prima ficou órfã e precisa de todo o nosso carinho."

Ninguém quis me dizer ao certo do que tia Madalena morrera; asseguravam que não fora suicídio. Eu ouvira que ela fora encontrada morta em sua própria cama pela filha — "Pobrezinha, isso é o bastante para qualquer um ficar traumatizado" — e eu olhava para o cadáver no velório tentando descobrir — como se minha tia pudesse abrir os olhos e me contar — procurando marcas no pescoço, no pulso, sinais de suicídio ou de um coração partido.

"Ela engasgou com uma espinha de peixe", me disse uma de minhas tias, quando eu insisti em saber.

"Na cama?" questionei.

Minha tia desconversou. "Venha, Sofia, vamos fazer companhia para sua mãe. É o momento de nos unirmos para superar essa perda."

Que perda. Sei bem que na minha família a tia Madalena sempre fora vista com pena. A mais pobre das irmãs, religiosamente limitada. Criando sua filha única num sobradinho suburbano, uma casa que vivia alagada. Numa ocasião, a família se juntou para ajudá-la a comprar novos móveis, havia perdido tudo nas chuvas de verão. No ano seguinte, a casa alagou novamente. A família desistiu de ajudar. Agora a família se reunia no alagamento derradeiro, aquele que deixara uma mancha indelével: minha prima Camila. Não bastaria juntar economias e fazer doações, alguém teria de se responsabilizar.

Me aproximei de Camila, sozinha num canto do velório, séria e asseada como sempre. O longo cabelo preso. Saia até os joelhos. Uma crente de dezesseis anos, eu me perguntava se agora que a mãe havia morrido ela deixaria de ser. "Sinto muito, prima", pude dizer como única frase de consolo.

"Não sinta. Foi vontade Dele que fosse assim, não é?"

Ela me disse aquilo num tom rígido, inflexível, com um certo amargor e ainda com uma certa malícia, eu diria até um certo sorriso. Como se Deus fosse minha culpa. Como se "Ele" fosse invenção minha. Ou então como se, naquele momento de perda, ela tivesse o direito de se reconfortar com uma fé que sabia que não tínhamos. Ou ainda como se Ele tivesse outros planos, planos maiores, como se aquele fosse só o começo de um plano que Ele e ela tivessem tramado juntos...

Isso eu teria de descobrir. Na verdade, eu não sabia o que significava seu sorriso.

Saí pela varanda no velório comendo um sanduíche. Paulo estava lá fora, fumando. "Ei, desde quando fuma?" Ele deu de ombros. Então divagou: "Algumas pessoas conseguem dar mais trabalho mortas do que vivas, hein?"

Eu engoli ruminando. "Está falando da tia Madalena?"

Ele assentiu, tragando.

"É... acho que a Camila vai acabar indo para a sua casa", eu disse.

Ele balançou a cabeça. "Impossível. Minha mãe disse que não importa o que digam, ela não vai pra lá. Minha mãe não quer aquela menina em casa."

Suspirei. "Sua casa é maior, Paulo."

Ele deu de ombros novamente. "Minha mãe não quer saber. Disse que a tia Madalena sempre foi um estorvo para a família, e agora deixou essa menina; que se sua mãe tem coragem de levá-la para casa, que fique por lá."

Fiquei chocada. Como minha tia podia dizer uma coisa dessas da própria irmã, da própria sobrinha? Me parecia ainda mais absurdo que aquela solidariedade hipócrita que se dissimula em todas as famílias. É claro que tia Madalena fora um fardo. É claro que o destino de Camila agora era um peso para a família toda carregar, mas... não era um peso para a família toda carregar? Como alguém podia assim, intransigentemente, eximir-se da responsabilidade?

"Não se preocupe, Sofia, este peso eles não poderão deixar de carregar."

Virei-me assustada e vi minha prima Camila atrás de mim. Ela havia ouvido a conversa?

"Sei que a decisão de quem vai ficar comigo agora é um peso, e sua mãe generosamente tomou a iniciativa", apontou Camila para mim. "Mas sua mãe, Paulo, continuará diariamente carregando o peso de me negar abrigo. Por não me aceitar em casa serei um assunto que ela nunca conseguirá resolver, do qual não conseguirá se livrar."

Olhei para Paulo e captei seu olhar tão perplexo quanto o meu. Então, talvez por ele me identificar perplexa em espelho, engasgou com a fumaça e dissimulou numa risada. "Hahaha! Você não bate bem da cabeça mesmo!"

Camila rolou os olhos e foi se afastando, como se não precisasse dizer mais nada. Eu tentei ensaiar desculpas e contemporizar, mas os dois haviam sido apenas cruelmente sinceros e uma tentativa de suavidade só incitaria mais absurdos daqueles dois. Quando Camila estava fora do alcance eu protestei com meu primo: "Paulo!"

"Está vendo? Ela nem liga. Por isso minha mãe não a quer em casa. É feio negar abrigo a uma sobrinha? Pode ser. Mas peso não é, te digo; peso mesmo carregará sua família com essa aí..."

Naquela noite, Camila já estava em casa. Não tivemos jantar — com toda aquela comida de velório no estômago — então não tivemos rotina. Viemos da cerimônia cansados, já prontos para deitar. Naquele momento Camila teria de se encaixar apenas no meu quarto, e dormir. Minha mãe começou a arrumar um colchão aos pés da cama e eu me perguntava para quem seria. A hospitalidade diria para oferecermos a cama a Camila, mas se ela fosse ficar por lá por algum tempo, se configuraria exatamente como hóspede? Minha mãe também não sabia. Ao que ofereceu numa pergunta:

"Então, Camila, você dorme na cama?"

"Sim", ela respondeu sem rodeios, com aquele sorriso maligno. Minha mãe olhou para mim tentando comunicar tudo aquilo que eu já havia pensado — *ela é visita, acabou de perder a mãe, seja compreensiva* — e eu tentei forjar o olhar mais solidário possível, porque sabia que a noção de solidariedade que havia em mim era o que de mais precioso me diferenciava daquela menina. Então engoli como uma pílula — *ela é fraca e egoísta, acabou de perder a mãe e não lhe resta caráter algum... seja boa, Sofia.*

A pena que eu sentia de Camila não era um sentimento agressivo, vingativo ou mesmo autodestrutivo. Mas também não era um sentimento nobre. Não era a vontade de lhe fazer o bem e confortá-la, apenas permitir que ela destilasse sua maldade porque sabia que ela era uma pobre coitada e que nos agredir e tentar tomar coisas ínfimas, como minha cama, era tudo o que poderia lhe dar um mínimo de prazer agora. Então eu a deixava. Não para que tivesse um mínimo de prazer, mas para que tivesse aquele prazer mínimo, talvez para deixar claro que o que ela poderia ter de felicidade não importava para mim. Sua possibilidade de felicidade era de dar pena.

Eu pensava nisso deitada no colchão, tentando me sentir superior. Principalmente pela profunda inspiração da minha prima — que já dormia — enquanto eu ainda estava acordada. Não conseguia dormir, consciente de que ela estava lá, sentindo sua respiração, ouvindo-a zumbir. Era algo como um pranto, um ronco, provavelmente a respiração de quem guardou muitas lágrimas, muita umidade, tem muito a despejar dentro de si. Aquilo também me impedia de dormir — e o calor do quarto, o quarto abafado. Via minha prima como um grande lírio, respirando enquanto eu tentava dormir. Respirando profundamente. Sugando todo o meu oxigênio — *vou sufocar aqui!*

Tentei abstrair. Nublar os pensamentos. Esquecer da minha prima e não pensar em nada concreto. Costumava funcionar — nas insônias da noite de Natal, na virada para meu aniversário, na véspera da volta às aulas — eu pensava no mar, no movimento das ondas, eu balançando como um barco, à deriva, sem nenhum rumo específico a seguir...

A inconsciência veio como águas-vivas. Cercavam meu barco. Fui mergulhando no sono com elas por todo lado, medusas, gelatinando meus sonhos. Começava a ficar arriscado me deixar levar. E se o barco virasse? Me queimaria naquele sagu abissal. Eu permanecia no barco de olhos abertos, não querendo dormir, olhando o céu que também ia se nublando, nublando... Minha prima estava no barco comigo. Estava deitada, já dormindo. Sua respiração profunda ia arrastando as nuvens para perto do barco, sugando partículas líquidas de um mar de águas-vivas... O céu ia se carregando de umidade, nuvens densas, mas que não despencavam. Elas iam se acumulando, nos envolvendo, e o ar ficava cada vez mais pesado, as nuvens cada vez mais baixas, flutuávamos numa neblina espessa, um oceano de orvalho; em certo ponto ficava difícil dizer se as águas-vivas estavam acima ou abaixo de nós. A umidade grudava em mim como suor, escorria pelas minhas pernas. Eu queria gritar à minha prima para parar de respirar, que estava atraindo as nuvens e eu iria sufocar, mas eu não tinha nem fôlego para vencer aquele ar denso com palavras...

Então vi que estava acordada. O ar denso e quente era do quarto abafado. Minha prima ainda roncava. E entre minhas pernas, escorria a lambida de uma vigorosa menstruação.

Levantei-me preocupada. Não era a hora — não, ainda não era o dia. Claro, eu já tinha meus ciclos há alguns anos, mas não era a hora, não era aquele dia. Corri para o banheiro, liguei o chuveiro, comecei a me despir na frente do espelho.

Assustei-me com um suspiro alto de minha prima.

"O que você está fazendo?"

Olhei para ela, surpresa. Olhei para o rastro vermelho descendo pelas minhas pernas. O que eu estava fazendo? Não era óbvio? Por mais conservadora que fosse sua criação, ela tinha dezesseis anos, como poderia não saber...

Antes que eu respondesse, ela apontou o dedo para mim. "Você não tem vergonha mesmo."

Eu ri num espasmo. "Vergonha? O que quer dizer? Aconteceu antes do dia previsto, só isso. É a natureza."

"Você tem de sufocar! Sufocar!"

Fiquei parada, pasmada, olhando para Camila. Sufocar o quê? A natureza? A mim? Não me importavam suas sandices. Apenas empurrei a porta do banheiro e fechei-a na sua cara.

Me aproximei e escutei atentamente. Esperei uma reação. Não ouvi som algum do outro lado. Ela devia estar parada lá, ofegando em devaneios.

Tomei banho. Coloquei um absorvente. Quando voltei para a cama, Camila parecia dormir profundamente de novo, arfando em ultraje.

Acordei no dia seguinte com duas línguas quentes em minha coxa. O sol. Persianas abertas. Deixava rastros vermelhos na minha pele.

Olhei no relógio. Já era próximo das onze horas de um sábado. Como eu dormira tanto? Camila não estava lá. A cama desfeita. Então reparei que eu não estava usando absorvente. Não estava menstruada. Fora tudo um sonho?

Na cozinha, minha mãe tirava a mesa do café da manhã. Camila sentava-se na mesa, sem ajudar. "Acordou tarde", disse minha mãe. "Já vamos sair para o enterro."

Oh, depois do velório, o enterro. Depois do velório, mais uma cerimônia. Ou talvez o velório fosse a cerimônia em si, o enterro fosse apenas a parte prática: jogar terra sobre o corpo, sepultá-lo antes que apodrecesse. Precisávamos assistir?

Passei o enterro inteiro procurando meu primo Paulo entre as lápides. Queria ver se ele estava fumando em meio ao discurso do padre. Não o encontrei. Certamente eximiu-se de ter de prestar mais homenagens a uma tia que a família toda desprezava. O peso a carregar. Minha tia, mãe dele, estava lá, mas chegou e se foi num piscar. Eu vaguei tanto ao redor dos túmulos que minha mãe teve de me puxar de volta ao enterro.

"Por favor, Sofia, pare quieta. O que está procurando no cemitério? Que interesse mórbido é esse?"

Achei que veríamos a terra sendo jogada sobre a tampa do caixão — como uma prova definitiva de que tia Madalena estava morta e sepultada — mas felizmente não chegamos a tanto. Com o fim do discurso do padre, a família seguiu para a saída do cemitério. Eu já nem conseguia visualizar o rosto de minha tia, não conseguia ter uma lembrança precisa de seus traços. Só podia imaginar minha prima Camila em seu lugar, sendo devorada por vermes ansiosos, que poderiam esperar apenas pela primeira pá de terra para começar seu labor — porque sua ação sobre o rosto da tia Madalena/prima Camila, mais do que um banquete, era um árduo trabalho que eles executariam freneticamente, no ímpeto de acabar logo com aquilo.

Ao chegar em casa, coloquei para dentro os lírios. Afinal, não estávamos de luto? E se a prima Camila podia sugar todo o meu ar transformando o quarto num sagu abissal, minha mãe não deveria se importar com um mero vaso de flores. Tirei-o do jardim e o coloquei ao lado da cama, no criado-mudo.

O dia arrastou-se moroso, mas a noite foi pior... Porque a noite reprisou o pior do dia, com novos tingimentos saturados, em sonhos que tornavam impossível dizer o que e como acontecera realmente. Eu me via rolando na cama com a barriga pesada, a boca pastosa, um gosto oleoso na língua como se tivesse comido o mais pesado dos pernis. Mas pelo que eu podia me lembrar — sem saber se era realmente lembrança, se não era sonho — meu jantar fora apenas um lanche, sanduíches na geladeira, que sobraram do velório. Um ou dois? Eu tentava me lembrar. Eles se enrolavam em minha língua e insistiam em minha garganta. Quatro ou cinco? Em meus sonhos, em minhas lembranças, via meus pais servindo língua de boi à mesa. Quilos e quilos. "Estava na geladeira da tia Madalena, Sofia. Não podemos desperdiçar." Por que tia Madalena fizera tantos quilos de língua para depois se matar com uma espinha de peixe? Imaginei um boi pastando num pasto que milênios atrás fora oceano, e a espinha de peixe presa numa língua de boi que travaria a garganta de uma tia. Travava a minha. Acordei ofegante no quarto abafado.

Ao meu lado, Camila roncava profundamente.

Tentei voltar a dormir. Mas os sonhos agora reprisavam uma semana inteira que ainda não havia acontecido. Há quanto tempo Camila estava lá? Eu me via acordando no domingo e minha prima ainda a meu lado, ainda a dormir. Eu descia para o café da manhã, para o almoço, para o jantar, e minha mãe me pedia com aquele olhar de *seja compreensiva*: "Deixe Camila dormir, deve estar deprimida. O tempo suaviza tudo; agora é o momento de oferecermos apenas conforto para as feridas sararem."

E eu me via dormindo novamente com Camila ao lado, roncava profundamente. Será que não estava fingindo? Eu me indagava se minha prima não estava fingindo para me perturbar. Tentei pegar no sono imaginando o pasto verde, um longo pasto, onde não corresse o risco de me afogar. Bois ruminavam ao meu redor. Eu os via se aproximando entre minhas pernas abertas. Olhavam desconfiados. Deviam se perguntar o que fazia aquele longo mamífero sem pelos estirado no capim. Eu não tinha medo. Fechava os olhos no próprio sonho e voltava a imaginar o oceano que há anos poderia haver por lá. Senti uma língua quente entre minhas coxas. Abri os olhos. Um boi me explorava. Insistia com a língua pesada, avançando. Eu sabia que era um sonho, e fechei os olhos para aproveitar a sensação. Abria mais as pernas. O boi avançava. Sentia-me inundada de uma sensação tão prazerosa que temia abrir os olhos e ver que era minha prima quem estava lá, entre minhas pernas, em meu quarto. Então abri os olhos, e minha prima estava lá, no pasto. Olhava de trás do boi, numa empáfia maliciosa. "O que está fazendo?", perguntava. Eu não iria explicar. Aquele era meu sonho. Eu não tinha de explicar. E se Camila não soubesse, bastava observar, para aprender. Abri ainda mais as pernas e projetei o quadril, deixando a língua bovina explorar. A língua era úmida, líquida, quente, a queimar-me...

Quando abri os olhos novamente foi que notei a língua transparente do boi. Avançava e se contorcia como se tivesse vida própria... Como se fosse água-viva.

Acordei num grito. Em minhas coxas e virilha, o rastro pegajoso da água-viva queimava minha pele.

Abri os olhos ao mesmo tempo que minha mãe acendia a luz do quarto. "Sofia!"

Em minha cama, entre minhas pernas, taturanas rastejavam deixando um rastro de urticária. Eu não pude parar de gritar.

Minha mãe pegou um livro da estante e tentou espanar as taturanas para longe. Elas grudavam na pele, se contorciam, algumas eram esmagadas pelo livro e morriam soltando uma gosma que me queimava ainda mais. Eu gritava. Ao meu lado, Camila assistia a tudo sentada na cama, calada.

Após alguns minutos, minha mãe conseguiu afastar todas as taturanas. Me agarrei a ela, chorando; fui puxada para o banheiro. Não larguei de minha mãe enquanto ela procurava algum remédio na gaveta. Camila ainda ao lado, me olhando. Meu pai finalmente apareceu. "O que está havendo?"

"Rubens, por favor, vá tirar as taturanas do quarto. E aproveite e jogue no lixo aqueles lírios."

A culpa recaiu nos lírios. Tirados do jardim, trouxeram as taturanas consigo. Eu acabei sendo levada ao pronto-socorro. "Foram queimaduras feias, mas logo passa", disse o médico aplicando uma pomada em minhas coxas. Eu estava envergonhada, não apenas por ter um homem de dedos grossos me tocando naquele ponto, mas por ter há poucos minutos me aberto àquele toque na cama; imaginava se o médico poderia imaginar o que se passara comigo — me lançava um furtivo olhar malicioso, ao que parecia — *o que afinal as taturanas estavam fazendo bem ali?* "Eu cansei de avisar minha filha para não trazer plantas ao quarto", era o que minha mãe se apressava em dizer. O médico assentia em compreensão, sem desmontar o sorriso de soslaio que parecia de alguma forma querer me seduzir. Eu não saberia dizer. Humilhada, com as coxas queimadas, minha libido parecia uma sensação indistinta, impossível de localizar.

"Elas se alimentam de néctar, presente também na secreção...", explicou o médico. "É por isso que antigamente as mães costumavam vestir as filhas com cinto de castidade, antes de dormir. Não era apenas uma restrição moral, era uma proteção física para quem vivia no campo, entre a natureza."

Dessa vez captei o sorriso malicioso no rosto de Camila. O que ela também estava fazendo no hospital, afinal? E de onde o médico tirava aquelas coisas? Era um especialista em repressão feminina? Ou entomologia?

Minha mãe também pareceu constrangida. "Bem, doutor. Isso é tudo, não é? Podemos levá-la?"

O médico me receitou também um antialérgico. Alertou sobre possíveis, mas improváveis, efeitos colaterais e nos despedimos. Tentei captar uma última insinuação velada qualquer por parte dele, mas ele parecia já ter me esquecido e partido para o próximo paciente.

Saí do hospital com as coxas ainda ardendo, andando com as pernas abertas para não raspar uma na outra. Em casa, pedi para dormir com minha mãe; disse que tinha medo de que o quarto ainda tivesse taturanas, mas na verdade não queria voltar ao quarto com Camila. Minha mãe argumentou que meu pai não teria onde dormir, mas ele intercedeu. "Logo terei de sair para trabalhar mesmo, vou aproveitar e adiantar o serviço."

Então me deitei com minha mãe nas últimas horas da madrugada. Adormeci tentando localizar mentalmente em que dia da semana estávamos. Meu pai sairia para trabalhar, mas eu jurava que entrávamos numa manhã de domingo.

Segunda-feira eu não fui à escola. Não podia andar direito, e minha mãe foi gentil em poupar-me de ter de explicar aos colegas por que eu andava de pernas abertas. A falta na escola, no entanto, não foi aproveitada, porque Camila também aproveitara seu direito de luto para faltar. Cheguei à mesa do café quase na hora do almoço e lá estava ela, com uma funda tigela de cereal.

"Foi um sinal", ela me disse.

Não respondi. Sabia aonde ela queria chegar... Não, não sabia exatamente, mas não queria saber.

"Um sinal de Deus", ela disse, "um alerta, entre suas pernas".

Minha mãe não estava. A empregada preparava o almoço sem se virar para nós, sem ouvir-nos ou fingindo que não ouvia. Eu continuei em silêncio. Se Deus existisse mesmo, eu pediria para Ele fazê-la parar de falar.

"É isso o que você está pensando, não é? Que foi um sinal de Deus." Pensei no que a faria se calar. "Sim, foi isso", eu disse.

"Mas foi o toque do Diabo. O toque Dele em suas coxas, quando se abriu..."

"Camila, pelo amor de... de quem quer que seja, cale a boca!"

"O toque do Diabo é um sinal de Deus, Sofia. Ele existe para não nos desviarmos do caminho, para sabermos quando estamos sendo desviados. Se você pega o caminho errado, Ele está lá, tocando você, fazendo-a sentir na pele, para que possa voltar a tempo ao caminho de Deus. Acha que o Diabo não queria ter apenas palavras macias e carícias para te seduzir? Mas Deus lhe deu dedos de taturana, língua de água-viva..."

O que ela estava falando? Língua de água-viva? De onde ela tirara isso? Como penetrara em meus sonhos?

"O sinal dele agora está em você. Os dedos do Diabo ficarão em sua coxa para que não se esqueça..."

Eu tinha vontade de esmurrar minha prima. "Cale a boca, Camila!", gritei. A empregada largou os pratos e saiu da cozinha.

"Agora toda vez que seu primo Paulo a tocar, você sentirá a queimadura..."

Preparava-me para avançar em seu rosto, mas ao olhar para ela vi algo se mexendo em seus cabelos...

"O prazer que você poderia sentir com um homem, com seu marido, agora estará sempre subordinado à dor, porque você se entregou cedo demais às carícias do Diabo..."

Estava lá, entre o longo e disciplinado cabelo de Camila, uma taturana se enroscava. Balbuciei. Tentei alertá-la, mas não conseguia vocalizar. Ela continuava:

"Todo homem que tentar tocá-la encontrará a marca Dele, e saberá que não foi o primeiro, que Ele já passou por lá..."

Avistei outra taturana rastejando próximo da orelha esquerda. E outra na testa. Sem conseguir falar, tapei minha boca com nojo.

"Mas ao mesmo tempo que é uma maldição — pode ser visto como uma bênção, um aviso, como eu disse, para que você não se perca mais do caminho."

Completando seu discurso, uma taturana escorregou de suas mechas e caiu na tigela de cereal. Camila não notou. Afundou a colher no leite, levou à boca e engoliu.

Eu me levantei correndo da mesa, em direção ao banheiro, para vomitar.

Naquele dia, o almoço foi macarrão com vôngole. Não pude comer. Também não pude voltar ao meu quarto, agora com medo genuíno de que as taturanas ainda estivessem lá. Passei o dia deitada na cama dos meus pais, ardendo em febre, creditaram às queimaduras, ou o efeito colateral do remédio. Quando contei das taturanas no cabelo de Camila, acharam que eu estava delirando. Mas ouvi claramente de noite meus pais cochichando na porta do quarto.

"Não é coincidência que ela esteja assim, Rubens, tem algo muito sinistro nessa menina..."

"Bobagem, eu te digo. É só o clima pela morte da Madalena."

"Mas já faz uma semana... Talvez eu devesse falar logo com minha irmã e mandá-la embora daqui." Então as vozes ficaram mais baixas, foram abafadas por um chiado e eles se afastaram do quarto.

Me consolei de que estivessem falando de Camila, que eu não estava ficando louca; não era apenas eu que via algo de sinistro naquela menina. Mas... e se estivessem falando de mim? Minha mãe não achava meus interesses mórbidos? Não havia oferecido minha cama à outra? E... uma semana? Fazia uma semana do quê? Para mim fazia três, quatro dias que Camila estava em casa. Será que as noites passaram tão rápido assim? De repente passaram em delírio. Eu deveria ficar satisfeita de o tempo estar passando mais rápido do que eu sentia, logo Camila estaria longe daqui. Mas e se não estivesse? Paulo me assegurara que para a casa dele ela não iria. O que seria de mim?

Naquele dia, a noite começou cedo demais. Ou foi assim que eu a senti, alongada por horas e horas que não levavam a uma madrugada. Eu estava deitada há horas na cama dos meus pais, notando a luz diminuir lá fora, a chegada do meu pai, a conversa deles, a sedimentação da noite. E adormecia e acordava sentindo a noite avançada, que logo me tirariam daquela cama e diriam que eu precisava voltar ao meu quarto. Temia voltar ao meu quarto. E sonhava com as taturanas. Mas sabia que era apenas sonho, acordava novamente aconchegada na cama dos meus pais. Onde estavam eles? Sonhava com águas-vivas. Acordei com minha mãe ao meu lado, lendo uma revista. "Está melhor?" Eu fechei os olhos e voltei a dormir, sem responder. Então ainda não era tarde. Então ainda era tempo. Mas a iminência constante de ter de trocar de cama fazia meu sono ralo, inseguro. Acordei no escuro, com minha mãe ressonando ao lado. Voltei a dormir. Sonhei com meu pai — onde estava meu pai? — era um sonho misturado a um pensamento. Meu pai dormindo no quarto ao lado, no meu quarto, com Camila. Imaginei-o entre suas pernas, sobre suas coxas, com língua de água-viva e dedos de taturana. Certa hora acordei e pensei ouvir gemidos vindo do meu quarto, ou ainda dormia. Certa hora, estava segura de que estava dormindo, e caminhava até meu quarto para ver meu pai entre as pernas de minha prima; talvez eu estivesse sonâmbula.

Finalmente as luzes se acenderam, meu pai estava no quarto e minha mãe me sacudia.

"Venha, Sofia, é hora de você ir para o seu quarto."

"Que horas são?", perguntei confusa. Para mim, parecia que a noite se estendera bem além da madrugada.

"Onze. Seu pai está cansado. Ele já revirou tudo em seu quarto. Não há nenhuma taturana lá. Venha, não há por que se preocupar."

Levantei-me sem certeza de que não estava sonâmbula. Ouvia atrás de mim algo como "talvez devêssemos deixá-la aqui esta noite" e "Rubens, se ela não cortar esse medo imediatamente ela nunca mais vai conseguir dormir naquele quarto", e quando eu vi estava deitada no meu quarto, naquele colchão no chão. Olhei minha cama e estava vazia. Onde estava Camila? Logo adormeci novamente.

Sonhei que não havia nenhuma taturana no quarto. Nenhuma. E eu não conseguia dormir, no sonho, porque ficava à espreita, querendo me assegurar de que não havia mesmo. Não havia. Nenhuma. E eu não conseguiria dormir, no sonho, até encontrar.

Então percebi algo desabrochando dentro de mim. Algo entre minhas pernas, na minha vagina, algo dentro de mim esquentava e amolecia, fazendo o suor escorrer por todo o meu corpo. Algo que sempre estivera lá, duro, como um caroço, adormecido, despertava e tomava sua verdadeira forma. Só agora eu percebia, agora que amolecia, eu percebia sua existência incrustada a vida toda. Era um casulo de taturana em meu útero, que agora se abria em borboleta.

Acordei com as pernas abertas, sentindo algo voando para longe de mim. Fora apenas mais um sonho?

Fiquei quieta, tentando ouvir. O bater de asas pelo quarto, um corpo diminuto de encontro à janela; não ouvia. Escutava apenas minha respiração, profunda, mas eu não respirava. Contive minha respiração para ouvir, e a respiração continuava.

Era minha prima que estava lá, ao meu lado, na minha cama, tentando sugar tudo do quarto. Não estava deitada, dormindo, estava de pé, no colchão, com o corpo colado à parede. Os braços abertos, mão espalmada, estendendo-se como uma trepadeira. Olhos bem abertos, esbugalhados, olhando para mim. Ofegava.

"Camila... o que você está fazendo?"

Ela não respondia. Continuava arfando, olhando para mim sem piscar. Aquilo dava um medo danado, e eu tentei me sacudir de mais um sonho... que não era.

"Diabos, Camila, o que há de errado com você?"

Então de alguma forma eu voltei a dormir. Quando olhei novamente para o lado, Camila estava lá, respirando profundamente, sim, mas em seu sono habitual. Como eu preferia lírios a me sufocar...

Finalmente o sol veio. Sorrateiramente. Abri os olhos depois de muito jogo de pestana e ele estava lá, era dia, e mais uma vez eu não fora acordada para ir à escola.

Desci até a cozinha e Camila se sentava à mesa do café. Me recusei a sentar com ela, não queria encarar novamente lugubridades como taturanas caindo de seus cabelos, sua língua de água-viva queimando-me com palavras. *O que foi aquilo no quarto ontem à noite?*, pensei em perguntar, mas achei melhor nem lhe dirigir a palavra.

O dia passou silencioso. Camila no quarto, lendo. Eu na sala, vendo televisão. Eu no quarto, recuperando os deveres de escola. Camila na sala, vendo televisão. Depois do almoço eu já estava entediada. E resolvi ligar para meu primo Paulo.

Minha tia atendeu. "Olá, Sofia. Desculpe, o Paulo não pode atender."

"Ah... Está ocupado?"

Ela bufou. "Está de castigo, isso sim..."

"..."

Meu silêncio a pressionou a prosseguir. "Sua amiga Camila, Sofia. Está grávida. Grávida dele."

Eu escutara claramente, sem sinal de dúvida ou um tingimento onírico para me despertar. "Camila? Grávida dele? Minha prima Camila?"

Olhei para minha prima, a poucos metros de distância, sentada no sofá. Ela me olhou de volta com aquele semblante impassível, mas que de certa forma denunciava curiosidade.

"Não! Deus... Não, Sofia", dizia minha tia. "Camila, sua amiga, da escola. Não foi você quem a apresentou a ele?"

Minha amiga Camila... Minha amiga Camila? Minha, tipo, melhor amiga? Eu não poderia esquecer dela, mas não conseguiria colocar ela e Paulo juntos... Pensando bem, conseguia me lembrar de tê-los apresentado numa festa, minha festa — talvez ano passado? — mas nunca soube que eles eram tão... próximos, próximos assim. Camila era minha amiga! Como eu nunca soubera de nada?

"Está falando sério? Minha amiga, Camila? Camila Fonseca?"

"Sofia... Estou com voz de quem está brincando? E seu primo está de castigo. Desculpe. Ele não vai poder falar."

Desligou.

Mantive-me segurando o gancho, sem saber no que pensar. O alívio por Camila não ser a minha prima nem se pronunciou — isso de fato nunca seria possível. Mas... minha amiga Camila? Minha melhor amiga? Transando? Engravidando de Paulo às escondidas? Como aquilo era possível?

Quando meus olhos voltaram a se focar para fora de mim, Camila, minha prima, estava lá, no sofá, me cutucando com os olhos, e com um leve sorriso cínico no rosto.

"O que está olhando?", perguntei. E me virei correndo para o banheiro, para chorar. Na minha corrida, parecia ecoar pela casa: "Dedos de taturana. Língua de água viva."

Sentei-me na cozinha enquanto minha mãe preparava o jantar.

"Nunca gostei daquela menina. E seu primo Paulo... Bem, Sofia, você sabe que ele nunca teve juízo. Que sirva de alerta a você."

Que sirva de alerta a mim? O que minha mãe queria dizer? Eu não havia nem dado um devido primeiro beijo — do que deveria me prevenir? "Mas por que ela nunca me disse nada? Ele não me disse nada. Minha melhor amiga e meu primo, juntos?"

Minha mãe me encarou de forma inquisidora. "Não está com ciúmes, não é, Sofia? Pelo amor de Deus... Aqueles dois agora têm um baita problema."

Interrompi. "Ai, que absurdo! Claro que não! Estou falando que eu não sabia de nada, acho estranho, o jeito como isso aconteceu..."

"Bem", minha mãe me disse num sorriso cansado. "Acho que sabemos como isso aconteceu. Quer conversar sobre essas coisas, Sofia? Há algo que queira me perguntar?"

O que eu buscava era solidariedade da parte dela. Mas não era possível. Resolvi então desviar o assunto da gravidez e voltar à minha prima Camila. E a partida dela.

"Ah... Bem, Sofia. Agora as coisas complicaram. Com essa gravidez do Paulo... Digo, essa menina engravidada por ele, teremos de esperar para ver o que será resolvido."

Como me irritava que aquela dissimulada, com aquele sorriso cínico, ficasse engasgada na minha vida pela morte de uma e a gravidez de outra. "Mãe, aquela menina não bate bem. Ontem passou a madrugada arfando no meu quarto, de olhos abertos, estendida na parede. Parecia uma trepadeira querendo sugar todo o ar do meu quarto."

Minha mãe suspirou profundamente. "Não exagere, Sofia. Sei que não está sendo fácil para você, não está sendo fácil para mim, mas não se esqueça de que ela acabou de perder a mãe, está numa casa nova, então é mais difícil ainda para ela. E vamos mudar de assunto, não quero que sua prima escute e fique magoada."

Mas minha prima estava trancada no quarto. Quando entrei, estava sentada na cama, lendo a Bíblia. Eu poderia ser ríspida e perguntar "será que hoje vai me deixar dormir?", mas preferi ficar em silêncio, para não ter de ouvir novas provocações. Não adiantava. Ela respondia mesmo assim, como se ouvisse meus pensamentos.

"É a culpa, Sofia, é a culpa que não te deixa dormir."

Santo Deus, que pentelha.

"Ai, tá bom, pode ser, Camila, tá? Você é mesmo a culpa encarnada, o toque de Satanás na minha vida."

Aquilo pareceu diverti-la realmente e ela riu com sinceridade. Então largou o livro e deitou-se, enquanto eu apagava a luz.

Tentei me manter acordada para ver quando Camila começaria algum surto. Mas claro que ela só começou de fato quando peguei no sono.

Acordei com Camila arfando novamente, de pé, encostada com os braços abertos na parede.

"Já chega! Saia daí ou vou chamar minha mãe!", gritei.

Camila não respondeu. Continuou arfando, com aqueles olhos esbugalhados, olhando aterrorizada e aterrorizando a mim. Algo precisava ser feito. Das duas uma, ou ela era o próprio cão me atentando, ou estava passando mal realmente. Saí do quarto para chamar minha mãe. Mas...

Dei uma rápida espiada pela porta novamente. Claro que, assim que saí do quarto, Camila voltou a deitar-se. Ela queria mesmo me infernizar.

"Ela quer mesmo me infernizar, mãe", discuti na mesa do café da manhã. "Não consigo dormir com ela no quarto. Essa menina tem parte com o demo."

"Sofia!", minha mãe simulou indignação, mas sufocava uma risada. "Não diga bobagem. E sua prima já deve estar se levantando, não quero que ela escute."

"Que ela escute! Ela sabe muito bem que está me aterrorizando."

"Vamos, termine seu café da manhã, que hoje você *vai* para a escola."

De certa forma era um alívio. Não aguentava mais ficar em casa, com aquela menina e minhas próprias divagações. Minhas coxas ainda ardiam das queimaduras, e eu ainda tinha de caminhar com as pernas levemente abertas. Mas fiquei a maior parte do tempo na sala de aula, sentada. Minha amiga Camila obviamente não veio.

Ao voltar para casa, minha prima também não estava lá.

"A filha do demo saiu?", perguntei à empregada. Ouvi espantada que tinha se mudado, não morava mais conosco, e achei que era um mal-entendido. Mas de noite confirmei com minha mãe.

"Sim, Sofia, é verdade, melhor assim para todos, não é?"

Melhor para mim, isso é certo. Para onde tinha ido a peste afinal?

"Foi para a casa de uma vizinha. Uma amiga da igreja. Me disse que a mulher queria ficar com ela, e ela já estava acostumada com a vida por lá, aqui sentia-se uma intrusa, tinha medo do quarto cheio de taturanas e... disse que você tinha manias estranhas, Sofia."

Engasguei. "Eu? Manias estranhas? Que dissimulada!"

"Bem", disse minha mãe cansada, descalçando os saltos, "provavelmente ela ouviu uma de suas conversas comigo, sentiu que não era bem-vinda. Não foi bonito o que você fez, Sofia, mas enfim, agora ela se foi e não vamos mais pensar nisso".

Sim, sim. Aquilo sim era uma boa notícia. Camila fora embora. Partida repentina, de certa forma suspeita... Bem, eu não iria mais pensar nisso.

Mas de noite eu ainda não conseguia dormir.

Sentia ainda seu cheiro, sua presença, sua carcaça, algo no quarto ainda me dizia que ela estava lá. Devia ter empestado o ambiente. Meu próprio colchão parecia estranho, devia ter se afundado com o peso dela e tomado suas formas. Eu me deitava sobre o relevo de Camila, como uma cova, me encaixava na forma de seus dedos. Minha cabeça parecia mergulhar no poço da cabeça dela, direto para dentro do inferno.

Depois de muito me revirar, tirei o colchão reserva e voltei a dormir no chão.

No sono, claro que ainda via Camila no quarto. Ainda estava lá, ofegante, encostada na parede do quarto, esbugalhando-se sobre mim. Eu tinha de lembrar a mim mesma que ela já tinha partido, e que aquilo era apenas um sonho. Mas mesmo quando eu acordava, achava que estava vendo sua sombra sobre minha cama.

Num intervalo longo demais entre sonhos, comecei a achar que não era apenas pesadelo. Já estava há uns bons minutos me revirando, inequivocamente acordada, objetivamente consciente. E a sombra de Camila permanecia lá, a espreitar. Levantei-me da cama e acendi a luz. Nada.

Apaguei a luz. Estava lá. Era flagrante, e de arrepiar, a sombra de Camila na parede sobre minha cama. Com os braços abertos, os dedos espalmados. Acendi a luz, desapareceu. Apaguei, ressurgiu. Fui até lá e toquei a sombra. A sombra não se moveu.

Como poderia ser aquilo? Tentei raciocinar. A sombra não se mexia, não estava viva, mas indubitavelmente estava lá. De repente minha prima ficara tanto tempo encostada na parede, ofegante, que seu suor impregnara a tinta e deixara marcada sua sombra, para me assombrar. Por algum jogo de luz, a sombra só era percebida no escuro, na penumbra. Com as luzes acesas seu tom branco desbotava-se com o branco da parede e se tornavam um só. Mas estava lá. Sim, ela estava lá.

Queria sair do quarto, acordar minha mãe, e dizer que assim eu não poderia dormir. Mas eu sabia que no dia seguinte a sombra continuaria lá — se fosse real, continuaria lá. Não havia nada de sobrenatural, apenas seu suor torpe na minha parede.

De manhã, havia sumido. Fechei então todas as persianas, a porta, usei o colchão sobressalente para bloquear a luz que ainda escapava da janela e constatei que a sombra podia ser avistada. Eu tinha algo para mostrar à minha mãe.

"Sofia, por que insiste nisso? Sua prima já foi embora. Não é preciso que a infernize mais."

"Eu? Infernizá-la?", engasguei com o café da manhã. "É exatamente o contrário. Estou te dizendo, até a marca de suor dela ficou lá na minha parede, vá conferir."

"Ok", disse minha mãe, derrotada. "Termine o café e nós damos uma olhada."

Quando entramos no meu quarto, apaguei novamente as luzes, fechei as persianas e fui posicionando o colchão sobre a janela.

"Sofia, isso é mesmo necessário? Olha a bagunça que está fazendo..."

Enquanto eu carregava o colchão ele bateu num copo com lápis na minha escrivaninha, os lápis se esparraram pelo chão. Minha mãe foi juntá-los com um suspiro — *ai, que trabalho dá a adolescência* — era o que o suspiro dizia.

Mas estava lá. Com as luzes apagadas, as janelas seladas, podia-se ver nitidamente a sombra na parede. Minha mãe pareceu intrigada. E se aproximou.

"É estranho realmente, mas...", ela esfregou a parede como se fosse uma tinta que pudesse ser raspada com a unha. "Você não está forçando um pouco a barra? Não me parece uma sombra de menina."

Como não? Olhei atentamente. Fiquei constrangida. De fato, agora não parecia tanto. Ainda podia reconhecer a cabeça, o tronco, os braços e até os dedos espalmados, mas agora tudo parecia estendido, disforme, a sombra levemente ampliada.

Fui até a parede, traçando com os dedos. "Não vê? A cabeça aqui, os braços aqui. Veja os dedos, aqui, ó."

Minha mãe assentiu com um sorriso. "Sim, lembra, vagamente. Forçando bem a interpretação, poderia ser. Eu vejo mais uma árvore, e foi bom você me mostrar isso."

"O que quer dizer?"

"Isso é marca de umidade, lá de fora. Esta parede dá para a parede do jardim, onde cresce a trepadeira. A trepadeira deve estar infiltrando umidade no seu quarto."

Nah... Não poderia ser. Trepadeira? Coincidência demais, bem onde minha prima estivera.

"Mãe, eu não estou louca e não sou mentirosa. Te digo, Camila passava a noite encostada aí."

Minha mãe suspirou, já tirando o colchão da frente da janela, abrindo as persianas. "Não estou dizendo isso. De repente você viu a sombra de noite, e sonhou. Ou até sua prima pode ter visto a sombra, e se estendido sobre ela de brincadeira, quem sabe? Só acho que está exagerando com tudo isso. O jardineiro vem na próxima semana. Vou ter de pedir para ele arrancar essa trepadeira."

Até a próxima semana faltavam quatro dias. E seriam quatro dias em que eu não conseguiria dormir.

Naquela noite, a trepadeira continuou abrindo os braços sobre mim. Mudava de forma, sim, mas ainda parecia uma menina, ainda parecia minha prima, ainda me atormentava. Parecia estender seus braços pelo quarto para tomar tudo o que era meu. Seus dedos alongados, seus cabelos como tentáculos. Eu me perguntava se do lado de fora, na trepadeira, taturanas não escalavam aquela sombra, se enroscavam nos cachos, não transpiravam seu veneno para a umidade do meu quarto. Os pensamentos já eram aterradores o suficiente para que eu não precisasse ter pesadelos. Quando caí no sono finalmente, sonhei com meu primo Paulo.

Eu estava no mesmo campo verde, mas com as pernas bem fechadas. Já esperava pelo toque do Diabo e não daria oportunidade, não me entregaria. Não havia gado nenhum por lá. Longe no campo, apenas a figura de um menino que veio se aproximando, e logo percebi que era meu primo.

"Estava com saudades de você", ele disse pousando as mãos em meus joelhos.

"Tire as mãos, Paulo. Não te perdoo pelo que fez com a Camila."

As mãos dele deslizaram nos meus joelhos em direção às minhas coxas. "Com nossa prima? Não fiz nada que ela não quisesse; foi ela quem me seduziu..."

As mãos dele eram lisas e quentes. Eu cruzei mais firme as pernas no gramado, para evitar que ele avançasse. Cruzando as pernas, eu sentia as queimaduras profundas, mas isso era um motivo a mais para não deixar Paulo seguir em frente.

"Nossa prima? Do que está falando? Estou falando da minha amiga Camila, que você engravidou..."

Paulo pareceu um pouco envergonhado e recuou com as mãos. "Ah, isso... Bem, não se preocupe, foi só um deslize, e ainda tenho muito de onde veio aquilo." Suas mãos voltaram a tentar explorar entre minhas coxas.

"Muito de onde veio aquilo? Não acredito em você, Paulo. O que há na sua cabeça... Não responda! E que história é essa de você com a Camila, digo, com a prima Camila?"

"Não seja ciumenta, Sofia. Você sabe que é um dever cristão dividir as coisas com a família." Paulo se ajoelhou e estava agora forçando meus joelhos, tentando abrir minhas pernas.

"Pare, Paulo! Largue minhas pernas! Você está louco!"

Acertei um chute em seus testículos. Paulo recuou com um guincho. Mais do que ferido, parecia destituído de seu poder, destituído de seu disfarce. Com sua masculinidade atingida, ele perdia os encantos e a suavidade, parecia com o Diabo, revelado em sua língua de água-viva.

"Você vai acabar abrindo essas pernas novamente", disse, espumando, num tom de voz impreciso. Poderia ser sua própria voz, tornada aguda pelo chute nos testículos, ou uma mistura da sua com a de Camila, eu não saberia dizer. "Você vai abrir essas pernas e eu vou queimar até o seu útero!"

Abri os olhos e eu estava no quarto. A sombra ao meu lado. Agora parecia que os dedos de tentáculos tentavam mergulhar em mim. A sombra cresceria para mergulhar entre minhas pernas.

Foi assim por dias e dias — noites e noites, sempre acompanhadas de pesadelos. A sombra no meu quarto se estendeu, se esticou, ameaçando mergulhar dentro de mim. Eu dormia com as pernas cruzadas, mas a dor das queimaduras não amaciava. Quando o jardineiro retirou a trepadeira do lado de fora do meu quarto, a sombra se congelou, mas obviamente permaneceu lá, já suficientemente enraizada.

"Ora, Sofia. Até que é bonito, não acha? Veja, parece uma cerejeira", minha mãe tentava me convencer a aceitar a presença da sombra. "Você vai se acostumar, vai acabar gostando. Quando formos pintar a casa, cuidamos dela, está bem?"

Eu não iria discutir. Nem saberia contar à minha mãe todos meus pesadelos com trepadeiras, taturanas e águas-vivas. Talvez eu fosse me acostumando, sim, mas isso só ia se somando a uma sensação generalizada de mal-estar. As queimaduras em minhas coxas, tão permanentes que eu já nem mais sentia. A lembrança de minha prima e suas sandices, cada vez mais distantes. A traição de meu primo Paulo e minha melhor amiga. Tudo aquilo foi se somando, perdendo a força individual e criando a péssima impressão para mim do que era a adolescência. A sombra era só um símbolo — o toque do Diabo, como diria minha prima. Fora minha prima em si que havia me tocado. Podia ser louca, cruel, leviana, mas deixara sua marca em mim. E talvez estivesse certa, talvez o toque do Diabo fosse um sinal de Deus. Talvez quisesse me dizer alguma coisa. Todas as noites, em devaneios e pesadelos, eu tentava descobrir.

Pouco mais de um ano depois, a parede do meu quarto foi pintada. Foi na separação dos meus pais, ele saía de casa e minha mãe tentava renovar. Parecia subitamente eufórica — ou desesperada. Comprava novas roupas, novas maquiagens, pintava o cabelo, queria me levar para o cabeleireiro, fazer programas de mulher. Eu não me entusiasmava, já havia me acostumado a noites maldormidas, vivia abatida, sem graça. As cicatrizes em minhas coxas nunca desapareceram, e eu me fechava ao toque dos meninos. Andava retraída, curvada, como se os dias fossem longas horas de espera para mais uma noite de pesadelos. Enquanto pintavam meu quarto, dormi com minha mãe — já que meu pai não estava mais em casa. Mesmo assim, não evitou que eu tivesse uma crise de alergia pelo cheiro de tinta que se espalhava. A pele por todo o meu corpo ficou marcada. E nunca mais voltou ao normal. Como sempre, minha mãe contemporizava. "Isso não é da alergia, são espinhas, Sofia. Acabará quando a adolescência acabar."

Mas a adolescência terminaria para o quê? Aonde tudo aquilo iria chegar? Eu via meu primo Paulo, com a adolescência subitamente interrompida. Contrariando os apelos da minha tia, eles levaram a gravidez até o fim, resolveram morar juntos; o casamento não funcionou, mas a gravidez sim. "Tenho muito de onde veio aquilo", ele me dissera naquele sonho. Será que fora mesmo num sonho? Certamente ele colocara em prática. Antes de ser capaz de terminar o casamento com minha ex-amiga Camila, ele já a havia engravidado de novo — e minha mãe dizia que ele tinha uma amante que também estava grávida. Não havia para onde ele escapar. Percebi-o desinteressante e vazio, como meus outros tios e primos, nas poucas vezes que o vi — e não estava realmente interessada em quem ele se tornara. Mantinha minhas pernas bem fechadas diante dele — não me seduziria um toque que a mim se assemelhava ao de meu pai.

A sombra permaneceu sobre mim em minha cama. Podia ser só impressão — ou trauma — e poderia ser a umidade impregnada na massa entre meus sonhos e o jardim. Às vezes estava lá, às vezes não estava. Às vezes eu achava que a cerejeira que a sombra representava já se abrira em frutos no meu corpo, frutos inflamados, espinhas. Eu olhava no espelho e tudo o que podia ver era o toque do Diabo.

Minha mãe quase não passava mais as noites em casa. "Você não é mais menina", ela dizia. Mas no que eu me transformara? Ela chegava de madrugada e vinha me beijar no quarto, com cheiro de bebida, o namorado chamando-a no corredor.

Aprendi a fazer café. Me acostumei a fazer o café da manhã. Não tínhamos mais empregada, e quando minha mãe me beijava de noite, eu fazia o café mais forte no dia seguinte. Ela acordava depois de mim, queixando-se da ressaca. Geralmente não tinha ânimo para discussões, nem para conversas. De vez em quando a ressaca lhe atingia como culpa, e batia-lhe uma mãe exemplar diferente de tudo o que ela já fora.

"Vou fazer rabanadas. Não gosta de rabanadas?"

Eu assenti. Comia cada vez mais. Comer era meu consolo, ou meu único prazer. Minha mãe parecia se conformar em ter uma filha gordinha, porque assim parecia fácil encontrar com o que me seduzir e entreter. Uma pilha gordurosa de rabanadas colocadas à minha frente.

"Então, como está indo na escola?"

Dei de ombros. Nenhuma novidade. Os estudos não eram um problema, não era um desafio. Eu cuidava das tarefas com a mesma eficiência e invisibilidade com as quais cuidava das minhas relações sociais.

"Ano que vem é seu último, não é? Ou é esse? Deus, como o tempo passou, como você está grande..."

E gorda, e feia, era o que seu suspiro queria dizer.

"Ah, o que vou fazer sem você aqui? Vou me sentir tão sozinha. Preciso pensar no que fazer com seu quarto..."

Deus... Minha mãe nem sabia o que eu pretendia fazer da minha vida e já me expulsava de casa. Peguei mais uma rabanada — já empapuçada — tinha dó de desperdiçar rabanadas tão frescas; será que quando eu voltasse da escola elas ainda estariam boas para comer?

"Mas então, o que está pensando em fazer, Sofia?" Minha mãe sentou-se à minha frente e me examinou com um olhar que se pretendia afetuoso, mas denunciava decepção. "Não consigo imaginar no que gostaria de trabalhar... Talvez algo relacionado a literatura? Você gosta de ler..."

Ela dizia isso apenas pelo meu silêncio. Eu mesma me perguntara tantas vezes no que iria me transformar. A resposta assombrava minha mente como absurda, mas cada vez mais certa. Levantei-me da mesa e embrulhei mais uma rabanada no guardanapo, para levar de lanche. Minha mãe tambem se levantou da mesa, levando os pratos para a pia.

"Então, Sofia, ainda não sabe? O que você vai ser?"

A resposta me parecia resolvida e irreversível, bastava eu dizer em voz alta para eu mesma me convencer.

"Freira", respondi. E bati a porta saindo para a escola.

Você é meu
Cristo Redentor

Pere Deni Urupi

Eu estou sempre viajando. Eu nunca conheço um lugar a fundo. Eu olho para você, vestindo as meias, e sinto em seu olhar fugidio a decepção. Você não pode se apaixonar. Por isso veio para cá. Por isso se entregou na primeira noite. Você sabe que sou um turista, que nosso amor é condenado, por isso fez sexo comigo. E agora que seus hormônios foram decantados, seu colo do útero preenchido, sobra apenas a decepção de não poder e nem querer nada mais. Uma mulher como você não foi feita para isso. Você veste as meias sentindo a decepção daquele vazio. Eu nunca vou poder te preencher.

Mas eu também não me satisfiz. Sou apenas um turista. Visito as cidades e passo por você. Passo por cima. Você é meu ponto turístico. Mas não te conheço a fundo, nem depois de pernas abertas, nem depois de ânimos e hormônios decantados. A gente pode visitar uma cidade e se hospedar num hotel. A gente pode visitar museus e comprar souvenires. A gente pode até penetrar numa moradora local. Mas só se sente realmente em casa quando experimenta uma vida inteira, e uma morte por lá.

Por isso eu mato.

Você é minha Torre de Pisa.

Trouxe você há poucas horas, durou pouco. Você não sabia, mas eu bem sei, bem sei que o sexo é apenas uma ponte para chegar lá. Uma forma de te conquistar. Uma desculpa para nos trancarmos entre essas quatro paredes, ficarmos a sós, sairmos da vista dos outros turistas, dos flashes dos orientais, as filas que não levam a lugar algum. Viemos rápido para cá. E este é meu lar tanto quanto seu, um quarto de hotel. Nada pessoal. Você observa ao redor sem nada captar sobre mim. Eu não moro aqui.

Você nunca me leva para casa. Você nunca me mostra o lugar onde mora. Seria interessante aprender onde vive, como vive, onde vive a mulher que eu vou matar. Mas não é seguro. Nem pra mim nem pra você. Decidimos que o melhor é irmos a um quarto de hotel, meu quarto de hotel. Eu também não moro aqui, mas este quarto é mais meu.

Preciso perder esse péssimo hábito de beber as garrafas d'água do frigobar, encher com água da torneira e colocar de volta. Por que faço isso, afinal? Eu não vou mesmo pagar. Sempre deixo os hotéis antes que a camareira possa entrar. Tenho pena dela. Tenho pena da camareira. Faço uma baita sujeira. Queria ser um homem mais limpo. Queria a polidez dos habitantes locais. Queria um estrangulamento rápido e seco. Mas faço uma sujeira danada, e sangue, e facada, e bato a cabeça da mulher na parede, e na pia, no espelho, no banheiro, a mulher vomita. É uma nojeira. É sempre assim. Eu nunca consigo. Eu sempre me empolgo. Deve ser como o sexo. O sexo estético e inodoro dos filmes pornôs ruins, e o que a gente faz nessa casa, nesse lençol. Por mais que eu tome banho, por mais que eu prenda a respiração, há sempre o cheiro fétido, orgânico, persistente do ser humano.

Que nojo.

Não, deve ser como o sexo. Deve ser como o sexo, depois de satisfeito. Bate aquele arrependimento. E você não quer nem mais olhar, dormir com sua Mona Lisa do Louvre. As Meninas do Prado. Sente nojo dos seus pelos. Nojo, dos seus pelos. Deve ser como isso, o sexo como a morte. Deve ser por isso que, depois de feito, eu sempre me arrependo. Eu sempre acho que nunca precisarei mais. Um chaveirinho no corcovado. Mas com os hormônios repostos, lá vou eu novamente. Fazendo turismo sobre você.

Você é meu porto desejado.

Espero você virar o rosto e dizer. "Quando você parte mesmo?" Espero que você se importe. Que insista um pouco mais, mesmo sabendo que eu vou partir, que pergunte até que dia, se tem mais uma chance, se pode mais uma vez, para que eu também possa passear mais uma vez sobre você. Comer novamente aquele peixe de água doce. Dar mais uma volta na roda-gigante. Um último mergulho na praia, antes de a balsa partir. E você não pergunta. Você não pergunta? Se perguntar uma única vez, talvez eu possa deixar você partir. Se quiser saber um pouco mais, talvez também se aprofundar na minha gruta do diabo, eu possa deixar você sair, e voltar. Mas você, como sempre, nunca pergunta.

É que não foi tão bom assim. Eu sei. Você foi minha estação de esqui — interditada. Podemos nos aconchegar no hotel, podemos aproveitar o fondue e a lareira, mas não estamos fazendo o que viemos realmente fazer, não fazemos o que realmente queremos. Minha tempestade de neve. Não posso dissimular em sexo o que eu realmente queria de você. Queria penetrar ainda mais, me aprofundar ainda mais fundo. A gente nunca conhece realmente uma pessoa, a não ser que passe uma vida inteira juntos...

Você se prepara para levantar. Colocou as meias, a saia, o tailleur. Está de costas para mim. Coloca os brincos. Você não vai me perguntar? Eu continuo nu, deitado na cama, eu não te mandei sair. Sou apenas um turista, um viajante, não tenho nada para fazer. Esses cenários não me interessam realmente. Os seus museus não me trouxeram até aqui. Pode me dar mais uma dica de restaurante? Talvez me convidar para jantar com você? Quando você sair, se você sair, eu ficarei só com a programação da TV. Ficarei ouvindo os estalos dos outros quartos, casais se preparando para o teatro, e eu me perguntando o que vim mesmo fazer aqui. O que vim mesmo fazer aqui? Se eu deixar você sair...

Quero ouvir a última frase que tem a dizer. Quero saber. Quero ouvir seu sotaque, e qual seria a última coisa que você diria, acreditando que eu a deixaria sair. Mas tenho medo. Sempre espero até o último momento, para ouvir como você vai se despedir; talvez dar uma última chance, uma única chance, talvez a chance de você querer me rever; mas você não diz; você não diz o que eu quero ouvir; e às vezes eu me arrependo de ter esperado tanto tempo só por um "boa viagem", "aproveite", "preciso ir". Tudo o que ouvi já tantas vezes, na mesma inflexão, com o mesmo dialeto. Às vezes tenho medo de você fugir. Espero demais, e às vezes, às vezes... uma ou duas vezes, na verdade, você apenas abre a porta e sai, sem se despedir. Nem me dá tempo. Então tenho medo de esperar o que estiver por vir. Tenho medo de esperar por essa última frase e ela nunca chegar, você ir embora antes, batendo a porta em mim. Preciso ser mais cauteloso. Preciso esperar o momento certo.

Preciso agir antes que tenha passado o momento, antes de dar chance de você fugir...

Suas costas são dunas para meu buggy capotar.

E na verdade têm o mesmo gosto, o mesmo dorso, o mesmo cheiro de uma mulher da Escandinávia, com um perfume da Itália, salgada pelo Atlântico. Todos os pontos turísticos são iguais, se você é o mesmo a visitar...

Isso está se tornando cansativo. Me pergunto qual é o objetivo afinal dessa viagem. Como uma excursão a Barcelona-Madri, Bruxelas-Bruges, Paris-Antuérpia-Amsterdã-Euro Disney, tudo em quinze dias. Como posso conhecer seu mundo a fundo, se você já está assim, já indo? Seu tom pode ser mais pálido. Sua pele pode ser mais fina. Sua curvatura pode ser um pouco mais sinuosa, insinuante ou um pouco mais contínua, mas na verdade tem o mesmo gosto, o mesmo dorso, a mesma fotografia impressa em minha retina.

Quem me dera poder escrever um guia de viagem com a verdade implícita. Vasculho meus guias de viagem, procurando a verdade implícita. Entre as páginas, por trás do serviço, talvez algum autor-viajante tenha encontrado o que eu procuro. O que eu procuro? A verdade implícita. Talvez algum autor-viajante tenha encontrado. Vasculho por entre as páginas e penso se alguma mancha de sangue pode ter laqueado o que eu preciso. Mas não posso consultar isso enquanto ainda estou aqui, com você, enquanto ainda estamos no pós-coito, os sêmens flutuando pelo quarto, e a manipulação das páginas afiadas de um guia só seriam vistas por você como meia insegurança e inaptidão de um turista.

Ah... Você é minha Polícia da Imigração.

Todas as fronteiras estão abertas para mim. Você sabe, eles só temem aqueles que querem ficar. Os carimbos de ida e vinda, entrada e saída, depõem, estranhamente, a meu favor. Perceba, eles não querem mesmo que eu fique com você. Raízes seriam como algemas, há toda uma política interna a me libertar. Quanto mais eu fujo, mais me empurram para longe, mais varrem a sujeira para baixo do tapete, como se nosso sêmen, nosso sangue, não fosse problema deles.

Você é meu aquecimento global.

Você se levanta. E senta. Cata as roupas dispersas pelo quarto — como um incômodo. Os saltos. O sutiã. A camisa. Eu só posso assistir.

Os canais a cabo nunca mostram o que eu preciso. Os mesmos filmes, em todos os lugares; séries já em andamento, das quais eu nunca vou conseguir resgatar o sentido. Não importa para onde eu fuja, aonde me abrigue, onde quer que eu me esconda, as novelas serão mexicanas e os filmes de Hollywood...

Aperto o controle remoto. A televisão não liga. Aperto o controle remoto. Droga, não funciona. Sempre é bom ligar a televisão — programas de picar e fatiar vegetais em minutos — sempre é bom ter o ruído dos infomerciais para camuflar eventuais gritos. Preciso conter seu suspiro. Em seus soluços sentir-me seguro. Silêncio. Droga. Controle remoto sem pilhas.

Você se vira. "Se precisar de alguma coisa, tem meu telefone, não?"

Sim. Eu tenho. Você me anotou. Então é isso? É essa a despedida. É realmente uma despedida. Você está mesmo indo embora? É essa mesmo a última frase? É isso e depois a porta? Eu tenho seu telefone, você anotou para mim; mas você anotou antes do sexo, talvez agora esteja decepcionada. Talvez não queira mesmo que eu ligue. Talvez nunca quisesses, fosse só uma gentileza. Talvez você queira, e apenas deixe assim uma dica implícita, blasé. Como posso saber? Quais são os costumes locais? Qual é o guia de viagem sobre você? Me diga, como posso saber? Como posso ler em seus olhos, assim, puxados, estrábicos, claros, orientais, índigo-indianos, indígenas e moribundos? Como posso deixá-la sair assim, agora, com essa dúvida, se nem posso perguntar?

Você se vira novamente para a frente. Costas para mim. Vai se levantar. Rápido. Eu. Rápido. Avanço sobre você com o cinto que se contorcia em minhas mãos e — uma volta, duas voltas — rápido, em volta de seu pescoço. Aperto. Agora você se deu conta, minha Grande Esfinge de Gizé.

Você abre a boca para verbalizar, o que quer que seja. O que quer que seja, talvez você esteja apenas perdendo o ar. Eu aperto o cinto ainda mais forte, e ainda mais forte, e sinto a vida desprendendo-se toda de você. As cataratas do Niágara. Você abana as mãos tentando se prender ainda a ela, prendê-la ainda em você.

Você é minha aurora boreal.

É rápido e fácil. Fácil e limpo. Eu falo, eu consigo. Em alguns segundos sua resistência cede, como seu corpo, fica sobre a cama. Eu relaxo o aperto e solto o cinto. Meus músculos flexores doem pelo esforço. Observo você — agora não mais — caída sobre a cama.

Agora estou sozinho...

Ao menos foi um serviço limpo.

Será que posso pedir serviço de quarto? Acho que vou ficar por aqui. Posso ligar para a recepção — deixe-me ver o cardápio — posso pedir um prato típico, a especialidade da casa. Mas os pratos de hotel são todos iguais...

O mensageiro nem iria perceber seu corpo morto sobre a cama. O mensageiro não iria querer bisbilhotar uma dama que dorme. Acabou de acontecer e seu corpo ainda é quente, morno. Suas maçãs ainda vermelhas, roxas. Posso pedir um jantar para nós dois. Uma garrafa de champagne ou um drinque típico. Mas os drinques são todos iguais; hoje em dia, qualquer país serve uma caipirinha. Estou tão cansado...

Algo pinga no banheiro aceso. Quartos ao lado abrem suas portas, batem. Pessoas chegam e partem, seguem para os espetáculos da noite. Acho que hoje vou ficar por aqui. Já perambulei demais por essa cidade. Se eu quiser serviço de quarto, preciso pedir agora.

Pornô Fantasma

Ela pega o guardanapo e limpa a bebida que escorre da boca. "Destino? Que destino? Você nunca acreditou nessas coisas... Que papo louco é esse, Jeff? O que anda acontecendo com você?"

"Tenho pensado muito no Victor."

"Normal, natural. Seu filho morreu muito novo, é natural que se lembre dele. Eu sei como é triste. Mas esse Ben Foster..."

"Ben Ford."

"Esse Ben Ford não tem nada a ver com essa história. Essa é a doença."

Jefferson sacode a cabeça para continuar a argumentar, então vem o garçom com os pratos. Garçom bonito, pensa Jefferson. Lembra também um amigo de Victor, o Miguel — maldito Miguel. Jefferson agradece os pratos. Bianca começa imediatamente a comer. O garçom-Miguel parte.

"Eu acho que ele pode estar em perigo."

Bianca agora faz uma expressão de que prefere curtir seu linguine a continuar a conversa. "Se quer ajudar adolescentes problemáticos, Jeff, tem muitas maneiras melhores do que correr atrás de um ator pornô. Sei lá. Ligue para o Criança Esperança."

"Acho que posso fazer por ele o que não pude fazer pelo Victor."

Bianca agora tem de largar os talheres e encarar seu amigo. Tem vontade de gritar. Mas sussurra incisivamente. "Você está mesmo louco. Está projetando num ator pornô o seu filho morto. Não percebe quão doente é isso, Jeff? Você precisa se tratar... Sério. Não, sério, não estou falando para ser agressiva. É sério, Jeff, você precisa conversar com um psiquiatra sobre isso. Urgente!"

Jefferson tenta interrompê-la, estendendo a mão. Já previa aquele papo. Finalmente ela se silencia.

"Então o que é, Jeff?"

O olhar dele congela nela. Como ela pode pensar nisso? "Como pode pensar nisso? Eu..."

"Como descobriu esse menino?" Bianca pergunta, agora pegando um bolinho, dando um gole na caipirinha e ameaçando acender um cigarro, tudo ao mesmo tempo.

"Um site gay", Jefferson admite agressivamente.

"Exato, claro, isso, um site gay. Onde as pessoas assistem vídeos para se masturbar. Onde você procurou vídeos para isso também."

Jeff larga o bolinho que pegara e reclina na cadeira. "Eu não procurei meninos iguais ao Victor para me masturbar. Foi uma coincidência."

Bianca mantém o olhar firme. Mas suaviza. Sabe que não pode acusar seu amigo de desejar o filho morto. É muita doença. É muita doença, mas ela sabe que pode ser. Só não pode acusar. Não pode acusar. Suaviza.

"Desculpe... Olha, Jeff, este papo está muito mórbido..."

Ele se debruça novamente próximo a ela. "Bianca, você é minha melhor amiga. Eu precisava desabafar isso com você. Por favor. Se eu não posso desabafar contigo, com quem mais?"

Jefferson olha para os lados e percebe que o casal gay na mesa do lado também acompanha a discussão, agora talvez com interesse redobrado. Um deles veste regata, Jefferson repara. Diabos, o pessoal não tem o mínimo bom-senso para vestir uma regata num restaurante, Jefferson pensa. Recosta-se novamente na cadeira e abaixa o tom de voz.

"Eu quero ir atrás desse menino."

Bianca engasga na caipirinha — ou no bolinho de arroz? "Atrás desse menino? Você está louco?!"

"Eu sinto que é o destino."

Jefferson então se exaspera e debruça-se mais perto de Bianca. Pega um bolinho da travessa. "Escuta, eu sei que é doença. Mas você sabe pelo que eu passei. Por isso tinha de te mostrar a foto. Não se parece com ele? Me diz. Não parece?"

Ele tira novamente a foto e estica ostensivamente para Bianca. Relutante, ela a pega, dobra ao meio e olha apenas o rosto.

As mesas daquele restaurante são coladas demais. Cada refeição é uma vitrine e ela acha que Jefferson está se excedendo naquele ambiente em que todos os olhos são invasivos. Casais gays ao lado. Uma jornalista lésbica atrás. Jesus, naquele restaurante cada refeição é um outdoor, e ela não acha que está em condições de vender mercadoria alguma com aquela conversa, naquele clima.

Olha o rosto do menino.

Entrega a foto de volta para Jefferson. Não está impressionada. "Parece. Não parece. Tanto faz. É um menino branco, de idade próxima, mesmo corte de cabelo, não há nada de especial. Pode parecer com qualquer um..."

"Diabos, Bianca..."

Ok, ela sabe que não é por aí.

"Desculpe, não digo que o Victor se parece com qualquer um. Digo esse menino aí. Esse..."

"Ben. Benjamin Ford."

"Benjamin Ford... Que nome."

"Provavelmente é pseudônimo. Todos na indústria pornô têm."

Bianca bebe sua caipirinha. "E provavelmente por ter essa cara comum é que faz sucesso na indústria pornô, porque se parece com qualquer menino, filho de qualquer um, se encaixa em qualquer fantasia."

A expressão de Jefferson agora está entre a indignação e o abandono. "Isso não é uma tara doentia minha..."

"Jesus, tire essa meleca de cima do meu bolinho de arroz", diz Bianca desviando o olhar da foto e pegando o frasco de molho inglês.

Jefferson puxa a foto de volta e a examina cuidadosamente, como se para tentar identificar o que nela poderia enojar aquela mulher num almoço de sábado. "Como você está pudica," diz ainda com a foto para si. "É só a foto de um menino nu."

"Exato. E de pau duro. Com pose de filme pornô de quinta. Não preciso ver essas coisas enquanto eu como."

Jefferson guarda a foto e abre um sorriso. "Não era para olhar para o pau. Contenha-se. Era só para ver o rosto. O rosto. Não se parece?"

Bianca morde o bolinho sem olhar para Jefferson, tentando não denunciar a ele que ainda está envergonhada. "Esse papo está meio doente, Jeff..."

"Eu sei o que parece, Bianca. Não estou louco, claro que não. E claro que descobri este menino porque entrei num site de putaria, queria bater uma punheta, sim, mas foi o que me acordou para minha consciência social."

Bianca ri em deboche. "E o que é a sua 'consciência social'?"

"Que muitos dos meninos que estão lá são reféns das drogas. E fazem qualquer coisa, *qualquer* coisa pela grana ou pela cocaína, pela heroína, pelo crack. É disso que se alimenta a indústria pornográfica, de garotos de família viciados, como o Victor. E nós estamos financiando..."

"Victor não era ator pornô."

Jefferson balança a cabeça como se não importasse. Olha então para seu hambúrguer, que esfria. "Não importa. Talvez tivesse chegado lá, se não tivesse morrido antes. Talvez morresse logo em seguida, como esse Ben Ford."

"Ben Ford morreu?"

Jefferson então empurra o prato como se já tivesse terminado de comer. "Não... que eu saiba. Ele ainda está vivo. Eles postam vídeos novos dele toda sexta..."

"Você vê essas porcarias toda sexta?"

"Eu vejo essas porcarias *todos os dias*, Bianca. Todos os dias. E todos os dias me preocupo. Todos os dias penso que esse menino, que parece tanto o Victor, está com os dias contados. E todas as sextas ele parece mais cansado, mais exausto, mais perdido, um dia a menos de vida. Diabos, Bianca, você sabe que sou gay, sabe que depois que me separei nunca mais... Mas isso não me excita, te juro. Não me excita. E eu acho sim que isso é doente. Toda sexta ele está de volta e mais perto da morte. Não sei como alguém pode se masturbar com esse menino com o olhar tão perdido. Ele nem sabe onde está, nem sabe o que está fazendo, é só um menino..."

Bianca então o interrompe. "Ele é maior de idade? Digo, esse Ben Ford?"

Jefferson dá de ombros. "Deve ser, para fazer esses filmes. Deve ter pouco mais de dezoito."

"Você precisa ter certeza, Jeff, ficar vendo essas coisas com menor de idade já é crime em si..."

Ele balança a cabeça. "Não, não. É um site confiável. Paguei com cartão de crédito."

Bianca se espanta. "Você PAGA para ver isso?"

Jefferson estende as mãos em obviedade. "Achou que seria de graça?"

Bianca volta a seu linguine. "Por mais que eu queira, nunca vou entender vocês gays."

"Nós homens, Bianca. Pornografia é coisa de homem. Qualquer homem pagaria."

Ela engole e o incentiva, para acabar logo com essa história. "Tá. E daí?"

Ele pega da caipirinha dela. Bebe. Já não há muito além de gelo. Acena para o garçom, "traz mais uma?", e continua: "Daí que quero sua ajuda."

"Ai...", diz ela.

"É. 'Ai.' Quero sua ajuda. Quero que descubra onde gravam esses vídeos. Para você não é difícil. O site não tem muitas informações, mas você não teria dificuldade em descobrir. Quero saber a cidade, o endereço, quero ir atrás desse menino. Vou pagar o que for preciso para tirá-lo disso. Pagar para o que ele quiser fazer e o que for preciso para o livrar do vício. Ele não deve ter um pai que se importe, assim como eu não me importei o suficiente quando o Victor estava em perigo. Eu preciso fazer isso. Quero ajudar esse menino, Bianca. Me ajude a encontrar esse Benjamin Ford. Ou quem quer que ele seja."

* * *

Jefferson para seu carro na entrada da cidade. Não tem certeza de que não é a saída. Parece ser a mesma coisa. Parece que, se avançar mais cinco minutos, estará no meio do cerrado novamente e não haverá mais casa nenhuma, nenhuma construção, nada para chamar de Faroleiro Oeste.

É lá. Ele está lá. Na cidade que Bianca lhe passou, e não lhe parece nada mais do que uma cidade-fantasma. Jefferson para seu carro na entrada da cidade, na entrada de um posto de gasolina, e caminha para o que parece ser uma loja de conveniência.

"Tarde."

"Tarde", Jefferson responde. Um caipira de idade talvez próxima à dele sai caminhando de dentro da loja. Não há muito movimento por lá, isso é claro. "Acho que a gente pode conversar lá dentro", Jefferson diz, entrando.

Lá dentro, ele tenta localizar as trufas, smirnoff ice, as balas de gelatina. "Você tem aquelas balas em formato de minhoca?", pensa em pedir. Pensa em pedir: "você tem aquelas balas em formato de dentadura?", mas não pede. Vê balas de leite. Amendoim. É algo como uma loja de conveniência, sim, embora não com as marcas *major* com as quais ele foi criado, com as quais está acostumado, os corantes alimentícios que sempre o envenenaram. O atendente caipira vem logo atrás.

"Você não quer abastecer?"

Jefferson sacode a cabeça. Não. Não quer abastecer. O carro está bem abastecido. Ele chegou àquele fim de mundo, mas o carro ainda tem combustível. Ele queria mesmo era umas boas balas de goma. Não tem aquelas balas de minhoca? Pensa em pedir. Pega uma mariola genérica e joga sobre o balcão.

O caipira olha para ele de cima a baixo, e diz em tom confidencial:

"A sua filha está aqui, não está?"

Só então Jefferson desprende os olhos da mariola. "Minha filha?"

O atendente tira um maço de Eight de trás do balcão e estende para Jefferson. "É cinco e vinte", diz.

Jefferson pensa se deve dizer que não fuma. Não pediu cigarro. Não importa. Tira o dinheiro. Pergunta: "E a mariola?"

"Que mariola?"

Jefferson aponta com a cabeça para o doce no balcão. "A mariola."

"Sua filha se chama Mariola?", pergunta o caipira.

Jefferson pega o doce e pergunta pausadamente. "Quero saber quanto custa a mariola."

O atendente caipira puxa o doce da mão dele. "Você não veio aqui para comer isso. Estraga os dentes. Não veio procurar sua filha?!"

A mariola é arremessada com descaso para os fundos da loja. Jefferson encara o atendente com receio. Seria um louco? Decide continuar o jogo, então pergunta:

"O que sabe sobre minha filha?"

O atendente balança a cabeça. "Não sei de nada. Nada mesmo. Nem toquei nela. Só imaginei. Não seria o primeiro. Não é o primeiro. Pegue seu cigarro e vá para o hotel. Você trouxe dinheiro suficiente, não trouxe?"

Jefferson assente. Mas... hotel? Ele parece se perguntar. O atendente aponta através da vitrine. É fácil ver. A cidade é tão pequena que o luminoso apagado do hotel é visível a poucos metros, perto da saída da cidade. Jefferson caminha para lá. Não. Antes, assente, agradece, sai da loja e caminha para lá.

* * *

A rua e a cidade e a estrada agora parecem ainda mais com um deserto. Jefferson tem medo de pisar numa cascavel. O chocalho é permanente em seus ouvidos. Ele então pisa na madeira seca do balcão do hotel e para dentro, para dentro...

Sinos tocam sobre a porta.

Jefferson vê meia dúzia de gatas e meninas, meninas e gatas, meninas com gatas no colo, todas um pouco gordas, todas ruminantemente um pouco bovinas. Algumas olham para ele com sorriso nos lábios, e Jefferson pensa que não são apenas deveres de ofício, mas regozijo em ver que o ofício do dia será com um homem limpo, branco, com todos os dentes incisivos. Sente-se um pouco culpado em pensar nisso. Mas senta-se na primeira poltrona vazia de frente para uma menina. Não. Levanta-se. Ela caminha até ele e ele segue ao balcão da recepção.

A cafetina que lhe atende não precisa nem ser descrita.

"Cliente?", ela pergunta. E Jefferson jura poder ouvir "ou pai" ecoando pela sala, no ar, na boca das outras putas.

"Cliente", ele diz, pensando que não deveria levantar suspeitas. (Como não levantar suspeitas? Ele, limpo, branco, com todos os dentes incisivos naquele cômodo. Os dentes do siso. Jefferson sente um grão de milho na boca e tenta se lembrar de onde veio.)

"Cinquenta. Até amanhã", diz ela, estendendo uma chave e nenhum formulário. Jefferson dá mais uma olhada ao redor e uma das putas rechonchudas acredita que ele depositou o olhar especialmente nela. Ela se aproxima e pega a chave. Parte. A recepcionista-cafetina o encara como que dizendo: "Vá em frente."

* * *

A puta rechonchuda está deitada nua na cama, de barriga para cima. Lembra a Jefferson um porco. Uma porca. Ele indaga a si mesmo se esse não é um pensamento viciado por uma vida de homossexualidades. As pessoas gostam de porcos. As pessoas transam com cabras. Por que ele então não conseguiria se excitar com aquela mulher diante dele? Os homens pagam por isso.

A puta nem olha para ele. Com toda a paciência do mundo, espera que ele faça o que quiser fazer, quando quiser fazer. Com toda a paciência do mundo. Quantos anos deve ter? Vinte no máximo. E também deve ser refém das drogas, como Ben, como Victor. Ou refém de um bom prato de comida — hehehe — pensa Jefferson. Refém de arroz com feijão, farofa, linguiça. Todos os dias. Antes e depois do serviço. Jefferson imagina um panelão fumegando lá embaixo, na cozinha, aguardando as meninas após a labuta...

Ele se aproxima da puta e desiste de vez de tentar fazer o que esperariam que ele fizesse.

"Conhece Ben Ford?"

A puta vira o olhar para ele como se acordasse de um sonho. Sua expressão é de equívoco.

"Este menino." Jefferson estende a foto de Ben Ford nu para a prostituta olhar.

Ela levanta, se senta, olha a foto, percebendo qual é a real motivação de seu cliente. Meninos... Ben Ford? Ela devolve a foto para ele, balançando a cabeça.

"Tem certeza?", ele pergunta. Pensa em completar, "ele é uma celebridade desta cidade", mas percebe que naquela cidade não há celebridade alguma. Só então ocorre a ele que talvez tenha sido engano. Que talvez aquela Faroleiro Oeste não tenha nada a ver com Ben Ford ou qualquer outro menino drogado, perdido, pornograficado. Talvez ele tenha pegado a estrada errada.

"Aqui é Faroleiro Oeste?"

A puta assente.

"É aqui que fazem aqueles filmes pornôs?"

A puta não responde. Suspira. O que quer dizer aquele suspiro? Que sim? Que não? "O que quer dizer com isso?", ele pergunta.

O que quer dizer com o quê? Ela só dá de ombros.

Jefferson se irrita e se aproxima ainda mais da menina, com a foto de Ben Ford estendida. "Quero saber deste menino! Onde ele está! E os outros! Onde estão os outros! Onde fazem aqueles filmes pornôs! Eu sei que é aqui nesta cidade!"

A puta rechonchuda se levanta assustada. Faz menção de sair. Jefferson a segura pelo braço.

"Escute! Seu panelão de linguiça pode esperar!"

A puta se desvencilha e atravessa a porta correndo, nua pelo corredor. Jefferson arremete atrás. Ela grita. Jefferson se assusta ainda mais do que ela. Não era para tanto. Ele só queria umas informações. Tenta alcançá-la e logo dá com a cafetina na beira da escada.

"O senhor está com problemas?"

Jefferson não tem certeza de localizar a interrogação na frase acima. Está com problemas? Talvez ela esteja afirmando. Pensa então que está mesmo com problemas. A puta rechonchuda passa pela cafetina e desce as escadas correndo, provavelmente para se vestir e afundar no panelão.

Jefferson fica sem graça, olha para a cafetina, suspira...

"Eu só queria saber deste menino, Ben Ford", Jefferson insiste e estende a foto, tentando explicar. Percebe a porta de um dos quartos ao lado aberta, outra puta e outro cliente espiam. Quando o cliente vê a foto do menino nu na mão de Jefferson, fecha a porta com o enojado olhar do desdém. Jefferson volta-se novamente para a cafetina. "Estou procurando este menino."

A cafetina balança a cabeça, irritada. "Devia ter dito desde o começo. Não trabalhamos com meninos aqui."

"Aqui, na cidade?"

"No hotel."

"Na cidade?"

"No hotel." Ela pausa com olhar de tigre para ele. Mas Jefferson não vai ceder. Sabe que pode sustentar o olhar mais alguns segundos, alguns segundos a mais do que ela, quem sabe, tirar alguma informação a mais.

"Se quer meninos, vá à confeitaria", completa a cafetina. E faz um sinal com a cabeça, para ele sair.

* * *

A confeitaria fica logo em frente. Basta Jefferson avançar para a próxima casa. Ele se sente num jogo, num video game, se pergunta se estará preparado para o chefe de fase. Checa seus bolsos, sua carteira. Nenhuma arma. Apenas dinheiro. E poucas notas. Se pergunta se não foi um pouco ingênuo em chegar numa cidade-fantasma querendo comprar a liberdade de um escravo sexual apenas com cheques e cartão de crédito. O que ele está querendo, realmente? No que ele estava pensando?

Caminha até um telefone público e liga para Bianca.

"Jefferson? Onde você está?"

"Em Faroleiro Oeste."

Ouve um suspiro do outro lado da linha. "Então foi mesmo praí... O que está havendo?"

Jefferson dá de ombros. "Não muito. Ainda não localizei o menino. Isso aqui parece com Silent Hill."

"O que é Silent Hill?"

Jefferson olha ao redor. "Não importa. Parece uma cidade-fantasma. Tem certeza de que é aqui mesmo?"

O suspiro de Bianca é ainda mais alto. "Você não se certificou antes? Não tentou ligar para a produtora antes de chegar aí?"

"Não queria que eles se preparassem."

"Não queria que eles se preparassem para o quê? Pensou em chegar aí e só raptar esse Trent Ford?"

"Ben Ford...", Jefferson responde; então enrola o fio do telefone e pensa melhor sobre a questão. "Bianca, você procurou pelo nome certo?"

"Sim. Sim." Ela pausa. Está fumando, ele pode notar. "É aí mesmo, confirmei até com um amigo do ramo."

Jefferson está intrigado. "De que ramo?"

Bianca traga. Então solta. "Olha, você está em Faroleiro Oeste, não é? Esses vídeos foram feitos aí, pode ter certeza."

"Pode ser só o endereço da razão social da produtora."

"Como?"

"Pode ser que eles tenham registrado aqui só para pagar menos imposto. Pode ser um endereço-fantasma, como tudo aqui."

"Não, não, a cidade toda vive disso. Foi construída no meio do cerrado para ser um centro de diversões, uma Las Vegas subdesenvolvida da pornografia. Você não conhecia?"

"Conhecia o quê?"

"Faroleiro Oeste."

"Não", Jefferson admite. "Claro que não."

Bianca também nunca tinha ouvido falar, na verdade. Preocupa-se com ele. "Você devia ter ligado antes para a produtora, de qualquer forma..."

Jefferson reflete sobre isso. Olha novamente ao redor. Vê ao longe um menino cutucando um tatu — aquilo é um tatu? O que aquele menino está cutucando? — perto do posto de gasolina. Pensa que talvez pudesse ir até lá e perguntar ao menino se conhece Ben Ford; quem sabe um irmão? Não, melhor focar.

"Jeff?", pergunta Bianca do outro lado da linha.

Ele desperta. "Desculpe. É que as coisas estão bem paradas aqui..."

"Deve ser porque são três da tarde, não é?" Bianca retruca. "E ainda é dia de semana. As coisas devem esquentar um pouco de noite."

"Pode ser... Olha, tudo bem, te ligo quando tiver novidades."

"Está ligando de telefone público?"

"Sim."

"Imagino que seu celular não funcione aí?"

Só então Jefferson saca o celular do bolso. Testa. "Sim, funciona... Haha... Acho que eu só quis dar mais teatralidade, sabe? Ligar de um telefone de rua. Achei que combinava mais..."

Bianca pausa, preocupada. "Jefferson, tome cuidado. Acho que está levando essa fantasia longe demais..."

"Não se preocupe..." Olha à frente. O menino e o tatu sumiram. Vê isso como um mau presságio. Hora de entrar na confeitaria.

"Te ligo depois. Beijos."

Desliga antes de poder ouvir novos sermões da amiga.

* * *

Jefferson entra na confeitaria. Sinos tocam novamente sobre sua cabeça e ele pensa se eles têm alguma serventia, qualquer serventia, se promovem qualquer mudança, sendo que ninguém surge atrás do balcão, não há doces no balcão, e ele ouve ao longe o som de um rádio ligado.

Um folhado indefinido. Um tartelete de nozes. Uma bomba de chocolate. Isso é o que Jefferson consegue identificar na vitrine empoeirada da confeitaria. Nada apetitoso. Nada especial. Ele até se pergunta se não são de plástico; lembra-se dos sushis sintéticos que via nas vitrines dos restaurantes da Liberdade, na infância, que pareciam sempre mais inodoramente promissores do que a comida japonesa em si, a que os pais lhe levavam, quando comida japonesa ainda era um prato exótico. Jefferson bem que se afundaria num bom pastel de Belém, se houvesse algum por ali. Sozinho na confeitaria, pigarreia.

Surge um menino nos seus dezesseis anos, magro, loiro, platinado, sobrancelhas escuras, uniforme de confeiteiro, do outro lado do balcão. "Pois não, senhor?"

A garganta de Jefferson trava por um instante.

"Errr..."

O menino o incentiva com a cabeça como se já estivesse acostumado com tal reação dos clientes, e como se não fosse ter misericórdia perante clientes indecisos.

"Esses doces são de plástico?" Jefferson finalmente pergunta.

"Qual é o problema?"

O problema? Jefferson encara o menino para entender a pergunta. Dá com maçãs do rosto salientes, uma leve olheira, então prefere desviar o olhar. "O problema de eles serem de plástico? Eu não vou comer..."

O menino se afasta e Jefferson percebe o quanto estava sendo ingênuo. É claro que não iria comer. Ele sabe. O menino sabe. Ele está lá por outra coisa. E por outra coisa entram os clientes por lá.

"Quero dizer, o que servem aqui...?", Jefferson pergunta. Já meio arrependido. Essa questão é direta e ameaçadora demais. E inútil. Se ele não sabe, não devia ter entrado. O menino responde com a pergunta que pode usar como resposta. "O que o senhor deseja?"

* * *

Jefferson já está do outro lado do balcão. Acompanha o menino para um pequeno quarto. Não, não há cozinha, não há forno, não há massas de biscoito. Jefferson deveria ter imaginado. Só há um pequeno quarto, menor e mais precário do que aquele em que estava há apenas alguns minutos, com a puta rechonchuda. Compreensível. Os negócios daquela cidade parecem bem parados, não é apenas questão da hora do dia, do dia da semana ou da época do ano. Parece que há meses — anos? — o movimento anda devagar.

"O movimento anda devagar?"

O menino assente, tirando o avental. "Mas preciso deixar a porta aberta. Pode entrar alguém na confeitaria, e sou o único hoje aqui."

Jefferson não entende. "De porta aberta? Mas se estiver atendendo a mim..."

O menino tira a camisa, parece um pouco irritado. "Não se preocupe, ok? O movimento anda devagar. Mas preciso deixar a porta aberta, só por precaução."

Com o menino começando a se despir, Jefferson pensa em pará-lo. Não quer realmente aquilo. Ou quer? Queria saber de Ben Ford. Ou não apenas isso? Antes que possa tomar uma decisão sobre o que fazer com aquele menino, repara em sua pele, em seu peito, em suas costas...

Ele tem um problema de pele? Jefferson pensa consigo mesmo. Pensa em perguntar. Quase pergunta. Questiona-se se não deixou a pergunta escapar, assim, como um pensamento. Sua pele é coberta de manchas, brotoejas, marcas. Talvez espinhas? Escamas? Sarna? Ele pode ter afinal uma crise intensa de adolescência. Ou doença? O menino está quase nu, e sua magreza ressalta uma protuberância polpuda sobre o tecido encardido da cueca. Quando Jefferson capta o rosto do menino novamente, percebe que ele o encara impaciente, ansioso pela decisão do cliente; se iria ser aceito daquela maneira ou reprovado por suas questões cutâneas. Questões subcutâneas.

"Você..." Jefferson começa a formular a pergunta. Espera que o menino a complete espontaneamente. Ele não completa. Jefferson então prossegue de outra maneira. "Você... conhece Ben Ford?"

O menino dá as costas, suspira e começa a se vestir novamente. "Não."

"Não?", Jefferson se incomoda. Com o menino voltando a se vestir, sua pele fora de alcance, ele pensa novamente se não seria capaz de ir em frente, realizar o que iria realizar com o menino, qualquer que fosse seu problema de pele. Ele é apenas um menino, como Ben Ford. Sim, como Ben Ford. São até parecidos. Talvez irmãos? Talvez o problema de pele dele seja reação às drogas? Talvez ele viva o mesmo drama? Talvez ele também possa ser salvo?

"Como é seu nome?"

O menino coloca a calça e sai do quarto vestindo o resto do uniforme. "Olha, não posso conversar mais. Preciso cuidar da loja. Há outro quarto lá nos fundos, se o senhor quiser apenas dormir. Até o final da semana não deve chegar mais nenhum outro menino. Sou apenas eu."

"Então virão outros?", Jefferson pergunta com um resto de esperança, esperança de nem sabe o quê.

"Um ou outro. Quando vier, eu me vou", o menino completa com certa ansiedade.

E Ben Ford? Será que ele também já viera e se fora? Jefferson pergunta.

"Eles vêm e vão?"

"Eles vêm e eu vou."

"Eles vêm e vão?", Jefferson recoloca.

"Eles vêm e eu vou", o menino reitera.

Jefferson o encara e deseja poder examinar mais detidamente seus traços nas costas, suas marcas no rosto, na pele, deseja espremer mais lentamente sua doença. Pergunta:

"Escute... Vocês gravam vídeos aqui?"

"Aqui não", o menino responde, acendendo um cigarro.

O que ele quer dizer? Aqui não, na confeitaria? Não na cidade?

"Onde?"

"Na locadora aí em frente. Mas a televisão daqui não está funcionando. Não sei onde você pode assistir."

Jefferson novamente questiona o sentido da resposta. Aquela conversa não está levando a nada, nada. Caminha para fora do quarto, então percebe a calça em seus tornozelos. Havia começado a se despir sem nem se dar conta.

* * *

Jefferson olha ao redor, procurando mais algum tatu na rua. Algum menino. Só há a poeira de um dia quente, e nuvens se acumulando ao longe. "Vai chover", ele pensa. E pensa se terá de voltar pela estrada no meio de um temporal. Besteira. Ele não conseguirá sair de lá tão cedo, sabe. Se encontrar Ben Ford, terá trabalho para tirar o menino de lá. E se não encontrar, o que é o mais provável, passará ainda um bom tempo procurando...

Enquanto pensa nisso, um velho se aproxima. Apenas quando está à distância de um toque é que capta a primeira atenção de Jefferson.

"Você está procurando sua filha?"

"Meu filho. Ben Ford," Jefferson diz sem pestanejar. A mentira já foi longe demais. Que ao menos seja preciso no sexo do objeto. "Meu filho," Jefferson repete, como se absolvendo-se de qualquer pecado.

O velho assente. Então faz sinal para Jefferson segui-lo.

Ele sabe do que eu estou falando? Pensa. Ou é apenas um velho genérico a lhe oferecer novos meninos? Quando percebe que o velho caminha em direção à próxima casa, a locadora de vídeo, decide acompanhá-lo.

* * *

Do meio das árvores secas de uma floresta escura emerge um maníaco com máscara de pele humana. Motosserra em mãos, desce entre as pernas de um paraplégico, cortando-o ao meio, assim como à sua cadeira de rodas....

Jefferson desvia o olhar. Previsível. O filme na TV da locadora é dos mais escabrosos e ele não se espanta que assim seja. Combina com a aura texana-fantasma daquele lugar, mas talvez qualquer coisa combinasse. Talvez, se estivesse passando um musical da Broadway, fosse igualmente macabro, pelo contexto e pelo cenário. Jefferson dá uma olhada nas prateleiras, nos títulos dos filmes, e pensa o que poderia se encaixar especialmente naquela situação: *Bambi*, *Braddock*, *Mistérios e paixões*, tudo em fitas de vídeo tão velhas, com capas tão desbotadas, que ele se reassegura de que aquela locadora é apenas uma fachada...

"Ele veio procurar o filho...", diz o velho num tom débil.

Há um gordo careca atrás do balcão, que combina bem com aquele vídeo e aquela situação. Um nerd sádico, pensa Jefferson. Previsível. Deve viver da exploração de meninos. Decide inflar o peito e mostrar decisão, para conseguir obter dele o que veio buscar naquela cidade.

O gordo não se intimida. Sai de trás do balcão e vem até ele de barriga estufada. A barriga dele se impõe mais do que o peito de Jefferson, não adianta. Passo tanto sofrimento numa academia por nada, Jefferson pensa. Mas sustenta a firmeza.

"Então veio procurar seu filho, é? Como ele é, loiro, moreno, japonês?"

"Ben Ford. Estou procurando o Ben Ford", Jefferson diz com firmeza.

O gordo balança a cabeça. "Desculpe, colega, mas são muitos. Não dá pra lembrar do nome." Tira uma fita de *Velozes e furiosos* da prateleira. "Japinha na manteiga?"

Jefferson olha enojado para o balconista. O que ele está pensando? O que ele está vendo naquela locadora? Então pensa melhor e responde: "Quero dar uma olhada."

* * *

Um garoto japonês é jogado nu numa enorme chapa amanteigada. A chapa está ligada, obviamente, e o garoto não deve ter mais de treze, dezesseis, vinte... Quantos anos têm esses orientais, afinal? Um círculo de barbudos caucasianos se masturba ao redor da chapa. O esperma frita como clara de ovo para um bacon asiático...

Jefferson vira o rosto. Aquilo não pode ser verdade. Ele não quer continuar vendo. "Este não é o Ben", diz, enfático.

O gordo aperta o pause com um sorriso. Não, não um pause, um *slow motion*, e a cena apenas acontece mais lenta, lerda, saboreada aos poucos...

O gordo também diz lentamente. "Como vou saber qual desses é Ben Ford? Como vou saber qual desses é seu filho? Sabe quantas fitas tenho aqui? Você vai ter de procurar uma por uma para encontrar..."

Jefferson balança incisivo a cabeça. "Estou procurando meu filho. Não estou procurando uma fita."

O gordo balança a pança e dá de ombros. "Dá na mesma. Como eu vou saber?", e faz sinal novamente para a quantidade de fitas da locadora.

"Estão todos aí. Dentro de cada uma dessas capas, nossos queridos filhos," o gordo sorri asqueroso.

Jefferson espia, atrás dele, no escritório, nos fundos, quem sabe, em algum canto dali eles gravam as fitas, não é? Em algum lugar daquele mundo seu filho está escondido.

Peraí...

"Como chama meu filho?"

O gordo o encara com olhar zombeteiro. "Ben Ford?"

"Exato. Como sabe?"

A zombaria se esvai num olhar de leve incredulidade. Esse homem está louco? "Você acabou de dizer..."

"Sim. Mas como guardou?"

Jefferson está certo. Disse o nome apenas uma vez. Um nome assim, tão volátil, poderia ser qualquer um. Como o gordo registrou? "Eu disse apenas uma vez."

O gordo agora parece incomodado. "Não, você disse várias vezes: Ben Ford, Ben Ford, estou procurando meu filho Ben Ford." Olha para o velho a fim de legitimar sua colocação. O velho confirma. "Sim, ele disse, disse Bell Ford."

Jefferson aponta o dedo. "Olha só! O velho disse 'Bell Ford', ele não se lembrou do nome. Como você decorou assim, tão facilmente?"

"Meu amigo", o gordo bufa cansado, "você quer uma fita ou não?".

* * *

Jefferson se agita do lado de fora da locadora. O velho tenta acalmá-lo.

"Nós vamos encontrar seu filho, não se preocupe. Eu vou ajudá-lo."

Jefferson tem vontade de surrá-lo, mas sabe que é apenas um velho louco que não sabe de nada e que está apenas tentando faturar algum conduzindo os turistas por aquele purgatório pornográfico.

Que merda é aquela naquelas prateleiras. Todos aqueles vídeos. Aquilo tudo não pode ter sido produzido naquela cidade. Aquilo tudo não pode nem ser verdade. Onde está o menino que ele acompanhava de casa, todas as semanas, todas as sextas, cada vez mais perdido?

O céu carregado acima dele ruge como um estômago vazio. Jefferson percebe que não comeu. Jefferson levanta o olhar. As nuvens são densas, negras, vai chover? "Vai chover?", ele pergunta. Vai chover?, ele pensa em perguntar. "Vai chover?" Então olha novamente para o chão, e vê como a rua de terra batida é seca, rachada. Pensa que há muito não deve chover naquele lugar, e que deve ser apenas seu estômago vazio; as nuvens devem ser apenas intimidação, ou então um verdadeiro acontecimento, uma verdadeira tempestade. De repente aquele acúmulo de umidade foi ele que trouxe em seu carro, em seus pulmões, dentro de si.

"Vamos, vamos, não fique assim, vamos encontrar seu filho. Olhe, já está anoitecendo. Venha, vou arrumar um lugar para o senhor dormir. Venha, vou arrumar um lugar para o senhor dormir."

Desgraça de velho. Jefferson se deixa conduzir. O velho o puxa de volta para a confeitaria. Jefferson não protesta. Eles entram e o velho o apresenta novamente ao menino.

"Este aqui é meu amigo... Veio procurar o filho..."

Atrás do balcão, o menino confeiteiro com problemas de pele silencia o velho com um aceno. "Já o conheço."

"Ele é meu amigo. Está comigo. Eu o trouxe", o velho insiste.

"Ele já veio aqui, Barrabás, eu o conheço."

O velho se cala. Abaixa a cabeça, então volta o olhar um tanto quanto rancoroso para Jefferson.

"Você é amigo dele?"

Jefferson encara o velho de novo, sem saber o que dizer. Dá de ombros. O velho sustenta o olhar. Jefferson percebe a necessidade de verbalizar: "Sim, somos amigos."

O velho então desvia o olhar e sai pela porta.

Que coisa.

Com o velho longe, o menino se explica. "Ele quer porcentagem. Acha que devo pagá-lo por trazer... turistas."

Jefferson olha para o menino ponderando. O que deve dizer? Não é um turista, ou é?

"Então o senhor vai ficar para a noite?"

Jefferson encara o menino um pouco envergonhado E assente.

* * *

Jefferson não consegue dormir. Tenta se desculpar dizendo a si mesmo que é porque há barulho lá fora, mas há muita tensão em si e, além disso, são apenas dez horas da noite. "São só dez horas da noite", ele pensa, tentando convencer a si mesmo, olhando pela janela do quarto, ouvindo o barulho que o menino da confeitaria faz com as garotas do hotel, sentados na sarjeta em frente.

Ainda não choveu. Jefferson está naquele quarto dos fundos. Seu anfitrião está logo abaixo de sua janela, bebendo com prostitutas, conversando alto, rindo. Jefferson tem raiva. Pensa por que o menino não poderia se abrir com ele daquela maneira. Não poderia conversar com ele novamente, dizer o que ele quer saber, ao menos dar-lhe um pouco de atenção? Não, apenas ao que ele poderia pagar. Jefferson guarda rancor. E olha pela janela incomodando-se com o barulho que o menino faz lá fora com as prostitutas. Ele não está pagando? Ele não vai pagar por aquele quarto? Em que diabos o menino-gigolô-concierge está pensando ao tratá-lo assim, com esse desdém?

Faz muito calor.

O quarto tem um cheiro oleoso que persiste na boca de Jefferson. Cordeiro. Os ossos persistem no chão do quarto, num prato. O menino lhe trouxe quando ele disse que precisava comer. "Estou com fome. Sabe onde tem algum restaurante por aqui?" O menino disse que, naquela hora, naquele dia, naquela época do ano, os restaurantes estavam fechados, mas poderia pedir algo lá no hotel, nas putas. "Um belo prato de feijão", pensou Jefferson.

"Então, o que vai ser?", perguntou o menino tirando o avental e se dirigindo à porta.

Jefferson franziu a testa e ponderou o que queria dizer, mas percebeu que já estava cansado de questionar qualquer subtom ou intertexto daquela cidade e daquele menino, e respondeu ao que havia entendido. "Sei lá; um hambúrguer, um sanduíche, qualquer coisa assim."

O menino trouxera o cordeiro que estava no chão. Com arroz de brócolis. Alho frito. Tudo bem gorduroso. Ficaria impregnado nos lençóis e nas cortinas sintéticas daquele quarto para sempre. Para sempre. Ou talvez os tecidos já estivessem impregnados de antemão, anteriormente, previamente, para sempre.

Jefferson pensa quais gorduras e quais cordeiros já deglutidos naquele quarto... Mas faz calor demais. Não é hora de refletir, digerir nem regurgitar. Jefferson escuta a risada desafinada de uma adolescência ainda não consumada sob sua janela, do lado de fora, e decide que precisa sair.

***

Jefferson caminha até os fundos do balcão, entrada da confeitaria, vazia. Seria hora de ele passear. Seria hora de ele estar de banho tomado, penteado, procurando um bom espetáculo típico-turístico daquela cidade, se ele fosse um turista — será que ele encontraria alguma coisa dessas por ali? Ele pega o telefone da confeitaria atrás do balcão — que se lixe, não tem ninguém aqui — e liga para sua amiga.

Bianca atende com sons de festa ao fundo.

"Jefferson? Não te escuto muito bem."

Silêncio total no background do lado de cá. "Sou eu. Desculpe, não conseguia dormir."

Barulho. "Oi?"

Silêncio. "Não conseguia dormir."

Barulho. "Jeff... Estou num jantar e está meio tumultuado... Está tudo bem?"

Silêncio. "Está. Desculpe. Não conseguia dormir."

Barulho. "Que horas são aí?"

Silêncio. "Dez."

Barulho. "..." Barulho "...Jeff, ainda é cedo. São dez horas aqui. Que horas são aí?"

"..."

Barulho. "Olha, vai dormir. Me ligue amanhã, tá? Não estou conseguindo te ouvir."

Jefferson desliga. Queria ter gastado mais o telefone da confeitaria. Olha os doces de plástico. Sai de trás do balcão e caminha até a porta da frente. Para fora na rua.

O ar lá fora está carregado, vai chover. Vai chover? Faz tempo que parece. O ar se adensa, se adensa e nada despenca. Jefferson olha novamente para o céu, para o solo, a rua de terra-batida-seca-rachada, vai chover agora? Nessas horas ele gostaria de fumar um cigarro.

À sua frente há néons acesos, o hotel, a locadora, uma fraca música caipira. Mas bem longe de ser uma Las Vegas do cerrado. Tudo bem tímido. Jefferson tem certeza de que não efervescerá nas próximas horas. Desgraça. Qual é o sentido de um lugar desses?

O menino confeiteiro passa na frente dele, ao lado de uma das putas. Surpreende-se, virando o olhar.

"Oh... O senhor... Precisa de alguma coisa?"

Jefferson não responde. Sustenta o olhar. Quer emitir um desconforto com aquele silêncio lacônico. O menino nem nota. Na ausência de uma resposta, desvia o olhar novamente e segue em frente com a puta, sem se despedir de Jefferson.

Jefferson os vê se afastando e decide bancar o psicótico. Decide segui-los, com um passo decidido.

* * *

Dá-se que a música caipira vem de uma quermesse, ou uma festa junina. Em que mês estamos? Jefferson olha no relógio. Ainda dez e quinze. Mas em que mês estamos? Ainda dez e quinze. Ele olha para salsichas afervantadas, o vermelho desprendendo-se do porco; em que mês estamos?

Bandeirinhas juninas — isso é certo. A música caipira. Jefferson olha a quermesse e acha quase divertido, acha quase pitoresco. Só não se entrega totalmente porque sabe que nessa aventura lhe foi reservado sempre algo mais sórdido — sempre algo mais sórdido — ainda há algo mais sórdido lá por ser descoberto.

Caminhando pelas barracas, estão quase tão vazias quanto todo o resto da cidade, mas nem tanto. Nem tanto porque ainda há as barracas, os vendedores, e as salsichas aferventando, embora haja poucos, poucos, muito poucos foliões a consumi-las. Uma festa morna quase congelando. Jefferson caminha entre as barracas — morangos no chocolate amanhecido, paçocas de rolha carcomidas, gordura vegetal hidrogenada — pede um quentão e bebe no copo plástico. Desce quente, grosso e doce demais, como um xarope.

"Ainda não encontrou o que procura?"

Jefferson se vira e vê o gordo da locadora, sorrindo com uma garrafa de cerveja.

"Está ficando tarde, viu, colega? É melhor se apressar. A festa logo acaba, as barracas são desmontadas, os meninos vão para dentro e você vai ficar aí a ver coiotes." O gordo ri para si mesmo.

Jefferson não responde. É verdade. Naquele clima, a festa deve logo acabar. Mas começara realmente? Já estão montadas todas as barracas para ele escolher?

"Onde estão todos os meninos?"

O gordo bebe. Arrota. "Precisa de todos? Não basta um?"

"Sabe quem eu estou procurando", Jefferson desafia.

"Seu filho", responde o gordo.

"Ben Ford."

"Ben Ford", o gordo assente. "Ele não está aqui..."

Jefferson não tem certeza se o gordo acentuou a última frase afirmativamente. Pode ser uma pergunta. Jefferson olha ao redor. "Não, ele não está aqui. O que sabe dele?"

O gordo dá um novo gole, faz um largo aceno ao redor, então prossegue: "A cidade toda não está aqui. A cidade se pulverizou. Quando chegamos, era uma cidade de velhos, gente aposentada, com antigos armazéns, antigos bares, entre os quais nossa gente se espalhou. Mas os velhos foram morrendo — sempre morrem — os nativos foram acabando. E nós ficamos dispersos, sem os antigos moradores entre nós, uma boca desdentada. Agora estamos todos distantes uns dos outros. Um punhado de casas distantes quilômetros umas das outras. Não podemos nem chamar isso de centro."

Faz sentido. Então Ben Ford ainda está em Faroleiro Oeste, mas a quilômetros dali, ilhado. Como ele poderia encontrá-lo?

"Volte para a confeitaria", o gordo continua. "As pessoas já estão voltando para casa com os seus. Cada um se tranca com suas próprias companhias. Daqui a pouco só estará você aí ao relento, a ver coiotes."

* * *

Jefferson ainda escuta uma risada ao longe, acha. Jefferson acha que ainda escuta passos. A quermesse já está sendo desmontada e Jefferson caminha de volta para a confeitaria; fim de festa.

O terceiro copo de quentão está frio e, no fim, ele pensa se não poderia pegar mais um. De repente a barraca ainda está armada. De repente, estão encerrando as atividades. Do fundo da panela, podem lhe servir um último quentão? Uma última dose? Raspar o tacho e catar os cravos? Os últimos graus para ele inclinar de vez e conseguir dormir? Jefferson escuta uma risada ao longe; pensa se não é um coiote.

O copo de quentão se preenche com gotas grossas.

A chuva começa a cair pesada sobre Faroleiro Oeste.

Jefferson está na porta da confeitaria. Porta fechada. Luzes apagadas. Jefferson terá de apertar a campainha e esperar que o menino esteja lá e disposto a abrir. Sabe que não será fácil.

Sabe que não será tranquilo. Sabe que será um acontecimento que ele terá de refletir sobre e que terá de ser narrado com implicações implícitas, e já se cansa. Ele suspira olhando ao lado e vê uma robusta silhueta arrastando-se no crepúsculo do fim de noite.

É o gordo da locadora, arrastando uma barraca de festa junina.

Jefferson reflete por alguns segundos, e dá uma corridinha até lá.

"Quer uma ajuda?"

O gordo levanta o olhar, olha para ele e ri. "Rá!"

"Rá o quê?", pensa em perguntar Jefferson, que segue o gordo, que segue andando.

"Estou bem, não se preocupe", responde o gordo.

Não, não está, está visivelmente entornado, e não foi isso que Jefferson perguntou. Ele se adianta e pega parte das panelas que fazem o carregamento de rodinhas do gordo e as leva nos ombros. Aparentemente, o gordo está levando a barraca de milho verde.

"Milho?", pergunta Jefferson.

O gordo assente.

Jefferson segue com ele, tentando prolongar a noite. O gordo está longe de ser o que ele chamaria de camarada, mas o deserto da ocasião — o efeito dos quentões — o faz querer estreitar.

"Comer milho verde na praia era sempre um acontecimento pra mim na infância, mas não sei por que nunca se sedimentou como algo costumeiro na minha vida adulta. Nunca fiz milho em casa. Acho que é um daqueles prazeres só daqueles momentos..."

Bobagem. Está falando demais. Jefferson engole envergonhado as reticências, achando que nem deveria tê-las recheado de aspas, não é papo para aquele homem, aquela hora; a língua solta por poucos quentões — pelas risadas dos coiotes — o fez falar.

"Há mesmo coiotes por aqui?"

* * *

Roletas, jurados e travestis. Jefferson olha para a televisão e pensa se não viajou também no tempo, num antigo programa de calouros, numa tela arredondada, de volta aos primórdios daqueles anos niilistas que fizeram sua adolescência. O gordo da locadora agora está quieto ao seu lado, bebendo cerveja, olhando perdido a TV — parece que vai dormir. Eles chegaram à casa dele, sentaram-se, beberam e trocaram frases esparsas por pouco mais de uma hora — uma década, alguns minutos — depois o gordo se calou.

Estão na casa dele, na casa do gordo, do outro lado da cidade, no meio do deserto, abandonados. Jefferson caminhou com ele até lá. O gordo fez sinal para ele entrar. Descarregou a barraca de milho verde. Aceitou uma cerveja. Sentaram-se em frente à TV.

O gordo da locadora agora está quieto, parece que vai dormir, e Jefferson se levanta e dá uma olhada ao redor.

Aquele gordo não pode morar ali. A casa é pouco mais do que uma cabana, uma choupana, um pouco menos. Uma casca frágil de paredes estremecidas pelo vento, um quarto, uma sala, cozinha, com pouco mais para rechear. Ninguém pode morar lá. Onde estão os móveis? Onde estão seus pertences? Onde está toda a pornografia e a doença que o gordo parecia cultivar nas prateleiras daquela locadora, no estômago, dentro da própria barriga?

"Aquilo é trabalho, trabalho, não faz parte da minha vida", Jefferson imagina-o dizendo. Mas são apenas os coiotes. O gordo está quieto. E se fosse apenas trabalho, trabalho, não haveria mais nada na vida daquele gordo, pelo que Jefferson percebe daquela casa vazia. Apenas uma casca vazia.

O gordo vacila.

O gordo quase fecha os olhos na frente da TV, vacila, o apresentador de sempre e os jurados de uma década perdida. Jefferson olha para ele e tem pena. E tem pena de si mesmo. E se ajoelha.

Entre as pernas abertas do gordo semiconsciente, Jefferson se ajoelha e abre a braguilha.

Caralho...

* * *

A casa é quente, a luz queima, os mosquitos fogem da chuva e a chuva cai lá fora estremecendo em zumbidos as paredes da casa. A casa é quente, a luz queima, uma gota de suor escorre pela testa de Jefferson enquanto os mosquitos fogem da chuva lá fora, estremecendo em zumbidos as paredes da casa.

Jefferson engole amargo o que restou do sêmen na garganta.

Agora o gordo dorme, ronca, sentado em frente à TV. A boca aberta, cabeça inclinada para cima, cerveja ainda em mãos, braguilha aberta com um pênis semi-intumescido.

Jefferson engole.

Olha para fora — a chuva — abana os mosquitos e pensa no que fazer. Para se ater à sua investigação, poderia vasculhar a casa e tentar achar pistas sobre seu filho, Ben Ford, onde ele está? Mas a casa é só uma casca — cabana, choupana, chalé, barraco — e não há quase nada a recheá-la. Jefferson olha para fora — a chuva, o deserto — e se prepara para voltar para seu quarto, para a confeitaria, ou pegar o carro e ir embora. Ou pegar o carro e ir embora. E nunca mais voltar...

Jefferson olha a chuva lá fora, pensa nos coiotes, pensa no longo caminho de volta à confeitaria — ele poderá acertar o caminho? Claro que pode, aquilo é um deserto, é só um longo vazio a percorrer. Um longo vazio na chuva. Mas a confeitaria estará aberta? Ele poderá entrar? O menino-michê-confeiteiro o devolverá a seu quarto e, quem sabe, poderá lhe oferecer pastéis de plástico?

Jefferson agora adoraria mais do que nunca um pastelzinho de Belém.

Então se volta para dentro da cabana; vai para o quarto. Deita-se sozinho na cama. O gordo está dormindo na sala. O gordo está roncando ainda mais alto do que o ruído da chuva — ou talvez seja o rosnado dos coiotes? Jefferson imagina os coiotes lá fora, ele lá dentro, e deseja dormir imediatamente.

Ele consegue.

Acorda poucas horas — minutos — depois, com o gordo entrando no quarto. Entra fungando, tossindo. A chuva ainda cai lá fora. Mosquitos zumbem em seus ouvidos. É só o gordo entrar no quarto que ele sente o ambiente todo instantaneamente se esquentando. O gordo deita-se ao seu lado e ele sente a cama toda se envergando. Calor demais... e agora esse gordo aqui. Agora esse gordo ao meu lado. O gordo funga e pigarreia mais um pouco, e logo volta a dormir. Jefferson ouve seu ronco. Jefferson sente seu calor. Jefferson sente o cheiro de suor, de pizza, de milho, e esperma-aguarrás-cachaça. Os zumbidos dos mosquitos. Jefferson quer dormir imediatamente.

Ele consegue.

* * *

No sonho, Jefferson sai de madrugada da cabana. Não chove mais e a lua cheia é tão clara que ele tem a impressão de que caminha por um campo fosforescente. Não há ninguém ao redor. O centro da cidade parece tão distante que ele nem tem certeza se aquela silhueta negra em formato de casas ao longe é realmente aonde ele deve chegar.

Ainda assim, o ar está fresco, Jefferson está disposto, sabe que é tudo um sonho e sente prazer em caminhar.

Então para.

Se é tudo um sonho, como pode sentir o ar fresco, sentir-se tão disposto; como o calor, o suor e a ressaca que lhe incomodavam naquela cabana não lhe acompanham em seus sonhos?

Jefferson vira-se para trás, para olhar a cabana. Vê um cachorro atrás de si. Ou é um coiote?

Jefferson tenta se lembrar de como são os coiotes — são aqueles lobos de filmes americanos? Algo como um husky? Este parece mais com uma raposa. Ou é um lobo-guará? Jefferson tenta se lembrar de como são os lobos-guarás. Então se abaixa, bate no chão, assobia para o animal. O lobo-husky-raposa-guará vacila, avança um passo e para. Tem medo. Então se aproxima. Caminha até Jefferson e se deixa ser acariciado. Jefferson faz carinho em seu pescoço. Dá tapinhas em sua cara. O coiote mordisca seus dedos de leve, brincando.

Jefferson escuta um arrastar de pés atrás de si e se vira. Vê que é o gurizinho que chutava o tatu lá na cidade. Está nu. Não tem mais de nove anos e observa Jefferson brincando com o lobo. O lobo ainda lhe mordisca os dedos.

"Isso é um coiote?", pergunta Jefferson.

"O Luque?", responde o menino.

"Luque, é o nome dele?"

Jefferson não tem certeza de que o menino assentiu. Então sente as mordidas de Luque mais fortes em sua mão. O lobo ainda parece estar brincando, mas dos dedos de Jefferson começa a pingar sangue.

"Ai!"

Jefferson acorda.

* * *

O sol parece entrar por frestas em todo o quarto. Vem das paredes, do teto e até mesmo do chão. Jefferson levanta a cabeça para constatar que está mesmo naquela cabana-choupana-chalé, que aquela parte da noite em si não fora um sonho. Infelizmente. Jefferson prefere o sonho do coiote. Jefferson preferia que aquele sonho tivesse sido real. Em vez disso, o gordo está ao seu lado, de cueca — será que é só isso a que ele tem direito agora, como turista, na sua idade? A visita a uma cidade nova não traz nenhuma aventura mais esguia ou nenhuma possibilidade de salvação?

"Bom dia...", o gordo diz numa voz áspera, rouca, ronronando e virando-se na cama, esfregando os olhos.

"Bom dia", Jefferson diz, ele próprio com uma voz mais áspera do que esperaria. Dor de cabeça. Engole. Ainda sente o gosto acre-ocre-ácido-amargo do esperma em sua boca — de fato está lá. Jefferson esfrega os olhos, a boca, e até pondera se aquelas remelas não são de esperma ressecado.

Ele sai da casa, olhando a vastidão do deserto. Continua vasto. Mas agora não tão vazio quanto se imaginava de noite. Cruzam carros. Burros de carga. Crianças com mães caminham na direção da escola, da lavoura, do trabalho.

Jefferson repara no solo, seco, rachado, tão sedento como ontem — a chuva fora parte do sonho ou o solo já estava tão árido que nem mesmo uma tempestade daria conta de amaciá-lo?

Jefferson sente os lábios rachados. O gordo surge por trás com uma xícara de café.

"Vou passar na padaria, comprar umas broas", diz.

Jefferson aceita o café. Precisa enxaguar a boca. Dá um gole e percebe que não vai conseguir engolir — enxaguar para dentro de si — cospe. O gordo abaixa os olhos, magoado.

"Obrigado, mas preciso mesmo ir andando...", Jefferson diz estendendo a xícara de volta.

"Encontrar seu filho...", o gordo pega a xícara e diz num tom que denuncia a mágoa.

"Sim, encontrar meu filho", Jefferson sustenta. "Ben, Benjamin. Benjamin Ford." Jefferson já disse aquele nome tantas vezes que se torna impossível não repetir, mas nem se lembra conscientemente de que é aquele nome, seu filho, não tem certeza.

O gordo entra na cabana e Jefferson ouve lá de dentro. "Pois foram pais como você que acabaram com este lugar. Nosso sucesso também foi nossa perdição."

Jefferson não entende o que ele está dizendo, vira-se para dentro da cabana. "O que está dizendo?"

O gordo está na cozinha, Jefferson ouve barulhos de prato, de pia, água escorrendo pelo ralo. Acha um milagre aquele barraco ter água encanada, a água chegar até ali, civilização.

"Muitos pais vinham aqui, turistas, fãs", diz o gordo. "Levaram os meninos embora. Ofereceram mais para eles trabalharem em outros lugares. Já foi famosa a produção de Faroleiro Oeste, mas a gente não tinha estrutura... Quando a coisa começou a dar certo, o pessoal foi levando os meninos, as meninas, para outros lugares..."

Jefferson entra mais na casa em busca do gordo. "Está dizendo que Ben já foi levado embora?"

O gordo dá de ombros. "Provavelmente. Poucos ficaram. Eu fiquei. Não tinha para onde voltar."

"Você não se lembra dele? Não gravou esses filmes? Ben Ford é um dos astros..."

"São pseudônimos, você sabe. E não é a gente que escolhe. São os distribuidores. Os vídeos em si não mencionam nome algum, aqui é apenas um celeiro... Você pode até assistir como Ben Ford num motel, encontrar como Michael Alguma Coisa numa locadora..."

"Na internet, vi os vídeos na internet", Jefferson diz exasperado.

"Na internet é novidade."

Jefferson está confuso. "Há quanto tempo esses vídeos foram gravados?"

O gordo começa a lavar os panelões de milho verde. "A maioria... há mais de uma década. Eu mesmo posso ter sido esse tal de Ben Ford."

Haha! Jefferson engole um sorriso de ultraje. O sorriso desce com os restos do esperma. Não... Não pode... Jefferson o encara.

Talvez já tivesse visto aquele gordo mesmo. Talvez aquele rosto fosse familiar, com outra constituição, em outra vida, talvez um coadjuvante... Jefferson tenta encaixar aquela gordura num rosto gemendo — Michael, Justin, Seth — Jefferson tenta encaixar aquele pau. Pode ser. Pode ter sido qualquer outro, mas aquele gordo não poderia ser o Ben. Nem em dez anos, nem em toda uma vida.

"Faz tanto tempo assim?" Jefferson pergunta, decepcionado.

O gordo assente. "Meu amigo, o tempo passa..." E acrescenta: "Você também está longe de ainda ser um menino."

* * *

Jefferson está de volta à cidade. Não, não pode ser, não pode ser tanto tempo assim. Aqueles vídeos pareciam tão contemporâneos... Quem sabe ele não passou anos perdido, anos em Faroleiro Oeste, passou anos no deserto, naquele barraco, dormindo com um menino que foi engordando, engordando ao uivo dos coiotes.

Jefferson caminha em direção ao seu carro.

Besteira.

Provavelmente tudo mentira. Claro, apenas histórias do gordo para o despistar. Ou um equívoco. Faroleiro Oeste deve ter visto dias melhores, isso é certo. O gordo pode ter visto melhores dias, ter gravado vídeos, ser um dos meninos, mas isso faz muito tempo. E os vídeos de Ben Ford estavam sendo gravados agora, agora, postados toda sexta. Pode ser um dos poucos sobreviventes da crise de produção da cidade — Jefferson ainda poderia salvá-lo.

Ao longe, Jefferson vê novamente o gurizinho chutando o tatu. O piá de não mais de nove anos. Por que fica chutando esse animal? O ódio e o desamparo crescem em Jefferson. Ele corre até ele.

Agarra o menino pelo colarinho e o sacode. "O que pensa que está fazendo?"

O guri guincha e o tatu escapa correndo. O menino olha para ele frustrado. "Você espantou meu tatu."

Jefferson o sacode com mais força. "Então trate melhor o seu tatu! Diabos, o que se passa nesta cidade, hein? Que porra está acontecendo por aqui!"

O menino começa a choramingar.

"E não me venha com choramingas!", Jefferson está farto de surrealidades. "Eu quero saber de Ben Ford, onde ele está? Onde está meu filho? Desembucha, moleque!"

"Solte o menino."

Jefferson escuta uma grave voz masculina, e levanta o olhar. O caipira do posto de gasolina está diante dele. Jefferson solta o menino, mas se vê na obrigação de sustentar a exasperação. "Ele estava maltratando um animal..."

O caipira apenas acena em desdém. Dá de costas e caminha de volta até o posto de gasolina, dizendo: "Deixe o moleque, ele não tem nem idade para ter conhecido seu filho."

Jefferson permanece parado, pensativo. "Você o conheceu?!" grita às costas. O caipira entra na loja de conveniência. Jefferson pensa mais alguns instantes e corre atrás.

* * *

"O que sabe sobre Ben Ford?", Jefferson entra na loja já perguntando.

"Dia. Não quer abastecer?"

"Não, não quero abastecer. Ben Ford."

O caipira dá de ombros atrás do balcão. "É só um pseudônimo. Isso aqui é só um celeiro..."

Jefferson o interrompe com a mão. "Já ouvi essa história. E... como sabe que é um pseudônimo?"

"Hum... obviamente que não é um nome daqui."

Jefferson se irrita com a conversa cíclica. "Você conhece ou não esse menino?"

"Ben Ford?", pergunta com um olhar de ponderação que a Jefferson parece indubitavelmente forjado.

"Ben Ford."

O caipira abaixa-se no balcão procurando algo. "Ah... Não se pode dizer que ainda seja um menino..."

"Então você o conhece", Jefferson reafirma, rígido.

O caipira levanta-se detrás do balcão. Tira um pacote de mariola. "Você esqueceu seu doce."

Jefferson pega a mariola com raiva e a arremessa em direção ao caipira, que se esquiva rindo. "Haha, tenha senso de humor, Jeff."

Jefferson está farto. O que é aquilo, uma brincadeira?

Seu celular toca. Bianca. Ela faz parte disso? Como não o avisou que os vídeos foram feitos há anos, décadas, uma vida atrás? Jefferson então percebe o que o caipira acabara de dizer. Fora isso mesmo que ouvira? "Jeff?" "Que merda é essa? Como sabe meu nome?"

O caipira olha para ele com um olhar cínico. Cínico? "Você me disse no começo do conto..."

"Não, eu não disse!"

Jefferson não está certo. O telefone ainda toca.

"Eu sei que há um complô nesta cidade. E quero saber agora o que vocês fizeram com o meu filho..." Jefferson tenta soar decidido enquanto seu celular ainda o cutuca. Ele atende Bianca.

"Jeff, ainda está em Faroleiro Oeste?"

"Sim."

Do outro lado, um suspiro nervoso. "Meu Deus, Jeff, saia daí..."

"Bianca, o que..."

Jefferson então repara melhor no balconista caipira. O caipira ainda sorri. Parece familiar aquele sorriso. Parece com quem? Com uma vida passada, até parece com seu filho. Com seu filho? Jefferson tenta encaixar aquele sorriso em outra vida, outros gemidos.

"Jeff, está me ouvindo? Saia agora, saia já daí..."

A voz de Bianca é uma cigarra distante. Jefferson encara o caipira e o caipira o encara sorrindo. Ele sabe. Ele sabe. Ele sabe de alguma coisa. De tudo o que eu preciso saber. O que é? Quem é ele? O que faz aqui?

"Quem é você?", Jefferson balbucia.

Lá fora, o garotinho volta a chutar o tatu. O gordo se aproxima do posto. Bianca insiste no telefone.

"Jeff, Jefferson, vá embora. Saia já daí..."

A Mulher Barbada

Por Paulo Roberto Pires

Não consigo dormir. Os pensamentos desta pousada rangem pelo chão, atravessam paredes, sacodem minha cama e me mantêm acordada pelos dias e pelas noites. Poderia até ser bonito, para você funcionaria como inspiração, um estalo, mas para mim são apenas devaneios, o dia inteiro, em olhos pregados.

Tenho medo de que seja você chamando por mim, tenho medo de que não seja ninguém mais. Tento não prestar atenção, escutar apenas as batidas do meu coração, o ar assobiando lá fora, dentro do meu pulmão. Não me diz nada.

Não digo nada a ninguém, não faço sentido, carrego tudo comigo, como sempre carreguei, até aqui, até você. Até a dona da pousada pergunta o que há de errado comigo, pergunta como se eu não estivesse bem. Respondo que sim. Não digo nada. Não nego. Não reclamo do assoalho, das paredes, de nada rangendo. Não reclamo de você, nem de mim, nem de nós dois. Não reclamo da vida porque acho que não há muito mais a reclamar. Não há muito de mim, quanto tantos pensamentos a pesar. Inspirações.

Poetas, escritores, artistas. Eles vêm aos milhares, eles se trancam como você. Eles trancam a mim, suas esposas, seus amores, num quarto abafado. E quem somos nós para nos queixar, Paulo Roberto, quem sou eu? O que você espera de mim neste quarto de hotel? Inspiração.

Bem sei que fui eu quem quis. Fui eu que fiz questão. Eu acreditei como numa lua de mel e me arrastei para cá com você. Pedi um tempo. Vinte dias. Pedi um tempo juntos, em Paraty. Você nunca me disse não. Nunca me contrariou. Seria bom para meus pulmões, tocaria meu coração, mas você não teria muito tempo para o amor. Você buscava inspiração.

Sei bem o que você buscava, Paulo Roberto, sei bem o que buscou em mim. Arrancou-me o que pulsava em suas teclas, com suas próprias mãos. Tirou o ar do meu peito e chamou de inspiração. Tirou o sangue da minha boca e derramou pelo chão.

Pálida. Eu sou a sua Lívia. Mesmo que meu verdadeiro nome... você nunca respeitou. Você nunca buscou o que eu era, o que eu sou, o que me restou? Eu nunca entendi. Eu não resisti. Caí ao chão e você me levou ao altar. Chamei você pelo nome, você me chamou de amor.

Agora não faz mais diferença, não quero reclamar. Nem de você, nem de mim mesma. Nem da viagem, nem das teclas batendo, nem de pensamentos rangendo, eu também quero escrever. Eu quero só escrever minha história, minha própria, para você.

Faço uma força tremenda para organizar as ideias. Me esforço para acertar os dedos nas teclas. Peço silêncio, mas ninguém me escuta. Pensam em voz alta, seus colegas. São rimas e metáforas, algumas tão gastas. Já ouvi tantas dessas, nesse tempo todo que estive aqui. E assim como eles, você também nunca pensou que estivesse errado.

Eu bem queria que o mundo externo não interferisse. Queria que nada se metesse entre nós dois. Não me importa o vento, o mar, as crianças. Nem reparo nos preços, nas crises, na fome. O que me incomoda são os pensamentos. Me perturbam tantos devaneios. Se as coisas continuarem assim, nem sei como eu vou terminar...

Como tudo terminou? Não importa. Se desde o começo tudo estava fora de lugar. No começo, você não estava lá. No começo, você não teve nada com isso. Mas eu bem achei que você poderia consertar...

Para começar, meu nome é Luziânia. Assim, como a cidade, ou todo um estado. Meu pai veio de lá, um turista como os outros, e me entregou pra minha mãe, que nem sabia o que fazer comigo. Como me chamar. Fui batizada assim.

Filha única e sem filhos. Filha única e sem irmãos. Esperando a vida toda para um homem voltar, assim como a minha mãe. Pelo menos eu esperei no colégio. Minha mãe esperava em casa. Cresci assim, esperando por algo, e me acostumei a esperar.

Esperei minha vez, achei que viria com você. Achei que viria com meu homem, minha vida, meu amor. Achei que me salvaria. Nunca construí nada mais. Nunca tive más companhias. As crianças não me incomodavam, brincavam lá fora. Sozinha, esperei o que você me traria. Apenas um amor, seria o bastante. A vida me trouxe a adolescência e minha juventude ficou para trás.

Todo o resto é verdade. O resto você bem sabe. Meu corpo magro e curvo, minha pele branca e fina, meus olhos grandes e negros, tudo o que você sempre pôde chamar de Lívia, sua aluna. Eu era a heroína perfeita. Era jovem e estava sozinha. Era triste e melancólica, era sua. Inspiração.

Você me pegou no colo e me ensinou tudo. Me ensinou tudo o que eu sei. E o que eu sei? Me disse uma porção de coisas e eu acreditei no que estava dentro de mim. Acreditei no que você poderia completar. Eu era um vaso vazio para você plantar.

O que você representou para mim eu nem sei. Talvez uma busca paterna. Um abrigo, uma volta a Luziânia, embora cada dia mais lívida. Você se sentiria muito masculino a pesar sobre mim. Eu me sentiria protegida, apesar dos pesares. E em seus dedos me sentiria mais consciente do que eu poderia ser. Embora eu nunca quisesse...

Nunca quis contrariar você, Paulo Roberto. Nunca quis dizer o contrário. Nunca quis dizer em voz alta, para não atrapalhar o seu trabalho. Sua inspiração. Bastava eu sentada na sala. Bastava eu no canto do quarto. Bastava desviar o olhar quando você me buscava. A mim só bastavam nós dois. Mas não era o bastante.

Era lindo, meu suspiro na mesa. Eram livros empoeirados na estante. Você perguntando o que se passava, me consolando, com braços pesados e dedos compridos. Sua barba crescia sobre mim. Seu corpo envergava o meu. Nossos filhos fariam jus, mas eu nunca dei à luz. A luz que eu tinha você tomou.

Nem me formei. E acho que nunca me formarei mulher. Tinha meu próprio professor em casa, você me ensinaria, era tudo o que eu precisava saber. Você escrevia meus próprios livros. Me tomaria as lições. E se eu errasse e se eu acertasse, não faria a menor diferença.

Infância é algo que não me perturba. Nem o acuso de invadir minha adolescência. Queria logo pular para a idade adulta, com a sua maturidade. Eu esperava me tornar mulher, com a sua ajuda. Mas o que você considerava feminino era apenas a ausência, ausência de um homem.

Por isso me tornei cada vez menos. Me tornei cada dia mais magra. Faltaram-me seios e talvez beijos. Curvas. Segui reto na direção errada. Fui passada para suas mãos. Passada em branco. Entregue por minha mãe, estava aprovada. Achei que seria feliz. Achei que era o começo. Mas nunca nada não começou. Desde o começo terminaríamos assim.

Sempre fui fraca. E a cada dia me tornava mais. Cada dia me tornava menos, menos mulher. O efeito dos anos e dos hormônios, o efeito do amor e dos ânimos, foi tudo seco entre páginas de livros. Empoeirados. Talvez fosse isso mesmo, a poeira, a poeira que acabou comigo.

Anos após anos, após meses, que completaram anos, você me via adoecer. Você me via adoçar, em voz baixa, seus longos tratados sobre literatura. Eu marcava as páginas, eu não entendia. Lia apenas na cama, antes de dormir. E embora passasse cada vez mais tempo deitada, nunca poderia alcançá-lo.

De pé, com a mão na minha testa, tirando minha febre, com um sorriso no rosto. "Que fragilidade, minha querida." Eu sorria de volta. Você me trazia um copo d'água. Tomaria minhas últimas gotas, você, e esperaria contrair a doença.

Mas em seu corpo era apenas poesia, você bem sabe, Paulo Roberto. Em seu grande corpo era apenas coceira nas mãos. Vírus e bactérias. Vento e transpiração. Alergia. Dava-me um lenço e espirrava-se sobre o teclado. Bem sabemos nós, foi você quem me contaminou.

Afinal, o que mais poderia ser o amor? Ou o que poderia ser minha ilusão? Talvez fosse apenas depressão, você nunca acreditou. Me daria remédios e injeções. Me cobriria de beijos e de boas intenções, mas não deixaria entrarem na minha cabeça. Não deixaria interferir no meu sorriso. No meu sorriso, que você descrevia tão bem.

Eu mesma nunca vi, meu sorriso, na frente do espelho, depois do amor. Confiava em você, que parecia tão bem. E não é assim que os apaixonados veem a si mesmos? Eu olhava pra você.

Talvez por isso eu tenha decidido estudar fotografia. Me faria bem, distrações. Me olhar de fora, por trás de uma lente, longe de você, eu me fotografaria. Sei que você não se animou. Tinha medo do que eu poderia ver, com um outro professor. Um clique e tudo se revelaria. Eu veria meu próprio rosto de um outro ângulo. Mas não cheguei muito longe, não tinha jeito, perdi o foco e minha vista escureceu.

Quantos fracassos irei narrar aqui? Mas esses fracassos não são apenas meus. Não. Esses fracassos foram o que você esperava de mim, Paulo Roberto. Sua vitória. Entrego em mãos.

Entrego por escrito. Uma carta para você. Li um pouco de tudo. Aprendi algumas coisas. Alguns truques na manga, nada nesta mão. Truques atravessam paredes, rangem pelo chão. Seus truques me iludiram por anos e anos, e eu achei que era poesia.

Impressionante como escrever nos dá poder. Vejo meu próprio sorriso de satisfação. Cato-o com as mãos. Viro-me para a janela e não temo mais o vento que entra. Temo apenas que me sugue para fora, como um avião. Oh, Paulo Roberto, que viagem linda que é a literatura...

Nunca pude discordar. Quando você me falava. Não apenas pelo meu papel de esposa, mas pelo que você tinha em mãos, seus ensaios, seu trabalho. Não apenas pelo seu respeito e responsabilidade, eu realmente acreditava. No seu tom de voz doce e instrutivo, no seu jeito veemente e apaixonado. Quem poderia não acreditar no que você dizia? Eu tinha certeza de que era tudo verdade.

Agora nem sei, olhando pela janela, vendo o vento entrar. Ouvindo pensamentos rangerem, tantos deles, como os seus, mas onde os meus, onde os meus estavam?

A vida é tão mais do que isso. Minha vida é tão mais do que você pôde carregar em seus braços. Escorre por entre os dedos, escapa por acidente. Pena que eu nunca pude carregar você. Eu não aguentaria o peso. Muito menos você.

Você sabe o que é ser mulher? Eu sei, você tem a sua. Mas eu tenho milhares, todos os meses, todos os dias. Derramada no vaso, na cama, na rua. Pulsando, palpitando, reagindo, rejeitando tudo o que poderia chamar de masculino. É assim, o que não cresce sobre mim. O que eu não deixo embrutecer me faz mais mulher.

O que então eu poderia escrever a respeito? Como então eu poderia contar minha história? O que eu poderia roubar deles, de vocês, escritores, de volta às minhas mãos? Talvez eu precise de distanciamento. Talvez eu precise me afastar para me entender. Talvez eu precise me afastar de você. Me afastar, mergulhar, mergulhei, mas nunca me senti segura.

Seguro de si era você. Quanta segurança sobre duas pernas. Quanta vida em seu grande corpo, querido, quantos sonhos para alimentar. Até fugiam de sua boca, se dormia aberta, roncava, rangia, seu discurso noturno era eu quem escutava. Durante o dia o levava para fora. Durante o dia, a vida o levava. Você tinha a sua vida e nós tínhamos a nossa. E a minha, a minha, onde é que foi parar?

Em suas aulas e em suas palestras. Em seus livros e em seus lançamentos. Da sua vida a que eu não pertencia, da qual eu esperava pacientemente você voltar. Eu esperava arrumando os livros todos no lugar. Fazia o almoço, o jantar, esquentava e requentava o café. E via meu amor a cada dia esfriar.

Nunca quis me queixar a respeito, para não parecer que era inveja. Mas seu amor à literatura era maior, talvez, do que meu amor por você. Menor do que minha pena por mim mesma, no entanto. Minha pena em suas mãos. Era maior do que todo o resto. E no fim, talvez, seu saldo fosse mais positivo do que o meu.

Só que você não se contentava. Você queria mais e melhor. Abria janelas, saía pela porta. Buscava livros, riscos e vírus, trazia para a nossa cama e para a minha vida. Você queria me matar.

"Estou fazendo literatura", me revelou você um dia, num sorriso misterioso. Partia para o outro lado, criava. Eu dei minha aprovação, num sorriso sem emoção. Você faria o bolo com sua própria receita. Pedia que eu experimentasse o recheio. Talvez eu o tenha decepcionado. Eu não dominava o entusiasmo. Então você me pegou nos braços e me amou, achando mesmo que minha obrigação era apenas suspirar.

O que eu poderia entender de literatura, além daquilo que eu podia ler? Além da pena por mim mesma, o que mais eu poderia carregar? Lia apenas antes de dormir... O que poderia além de inspirar?

Você poderia tudo comigo ao seu lado, foi você quem me disse. Você é quem me disse que eu era a poesia em sua vida. Mas se você a trancava em páginas não lidas, o que sobrava na minha? Minha pena, inspiração.

Fiquei feliz em poder ajudar, de verdade, fiquei feliz de completar minha função. Apesar de nessa época descobrir meu mal. Apesar de nessa época desistir de vez de tentar. Os parasitas já me atacavam os pulmões, me faziam tossir, que fosse baixo, para você não se desconcentrar. Eu suspirava. Eu me carregava. Eu me jogava na cama, sempre, com um livro em mãos.

De lá tirei muitas destas frases. De colegas de infância e amigos seus. Me deitei com eles, toquei em suas feridas, masturbei suas mulheres, de leve, para não amassar página alguma. Ouvi novas versões, se você não me contava a sua. Se você não me contava a sua, como eu poderia saber? Como eu poderia entender de literatura, se não poderia me distanciar de mim mesma?

Não poderia deixar você se distanciar de mim, isso me disse o médico, isso ele disse a você. Eu precisava de muitos cuidados. Não me deixe cair ao chão. Não me quebre no meio. Tome cuidado com sua inspiração, minha pena, feche a janela para o vento não levar. Tão frágil que até meus pensamentos me fugiam, não conseguia encontrar palavras. Como não consigo encontrar agora, tirei muitas de seus amigos.

Alguns deles vinham me visitar, a mim mesma, acreditou que era a você? Deviam estar buscando o mesmo que você, em meus grandes olhos, em meu corpo magro, queriam pesar sobre mim. Sugavam o ar dos meus pulmões, rompiam a pele fina que levava ao meu coração, mas ele não, ele sempre pulsou apenas por você.

Eu nunca pulsei por mim mesma, se não fossem seus braços, eu teria caído para sempre. Eu teria me entregado, se não fosse por você. Achei que valia a pena dar o ar que eu respirava, achei que valia a pena esquentar seu colchão. Requentar o café antes de você chegar. Suspirar como inspiração.

Não valeu? Mostre me, Paulo Roberto, o que foi que você fez de mim? Onde estão meus olhos, meus beijos, seus prêmios? Onde está a poesia que me levou ao fim? Nunca vi seus escritos. Nunca pus vírgulas em seus longos parágrafos. Nunca questionei. E onde está a vida que você me roubou?

Ficção. É preciso muita criatividade para compor algo assim. Você me disse que não, que era apenas olhar para mim.

Você disse que era apenas olhar pela janela, para os pedestres, para o mar, e acreditar, e acreditar que tudo aquilo era verdade. Depois organizar em palavras que eu não poderia saber, eu só lia na cama, de janelas fechadas. Depois me organizava em arquivos, Lívia 1, Lívia 2, e nenhuma Luziânia. "Acha mesmo interessante escrever sobre mim?" Você me beijava e dizia que sim. Dizia que não, que não era sobre mim realmente, era tudo ficção. Eu só completava os espaços em branco. Eu só acentuava as proparoxítonas. Eu só sorria de volta e nunca podia ver se era verdade.

A verdade é que eu sempre me preocupei tanto com você... bem mais do que você se preocupou comigo. Veja bem, Paulo Roberto, quem é que estava doente. Se era eu que o alimentava. Era eu que o protegia do frio. Eu fechava as janelas, as portas, para o vento não levar seus papéis. Eu é que me matei para cuidar de você, para cuidar da doença que você me transmitiu.

Talvez você sentisse isso. E talvez por isso precisasse ventilar. Talvez por isso quisesse ver outros lugares, outras pessoas, talvez quisesse ver outras mulheres, como vou saber? Antes de morrer... Você me dizia que buscava inspiração. Dizia. E que com o quarto assim, tão fechado, não conseguia escrever.

Quem poderia, Paulo Roberto, como pode? Ideias não são como essas, que entram pela janela. Pensamentos não atravessam paredes, como esses, é preciso viver. É preciso ver além e sorrir de verdade. É preciso molhar os pés e enxugar entre os dedos. Enxugar. Se eu nunca pude, o mofo é que levaria a mim...

Outras mulheres não pensavam assim. Outras mulheres duelavam com você, cortavam sua garganta, perfuravam seu coração, do alto de seus cavalos. Você se queixaria a mim e diria que elas não faziam jus a seus seios. Bem sabia eu que você queria saltar sobre os delas, sugá-los, alimentar-se, arrancar de volta a vida em que as mulheres ainda insistiam. Que egoísmo...

Pensa que eu não via seus olhos nelas? Pensa que eu não via você tentando roubá-los? Cegar suas companheiras femininas, sugar-lhes os seios e quebrar-lhes os dedos. O que teria feito se eu mesma tentasse? O que teria feito se eu mesma tentasse descrever? O que faria se eu mesma descrevesse a sua inveja, publicasse em livro e traduzisse para todos os idiomas e hemisférios?

Mas eu só lia na cama. E suspirava na mesa. Esperava por você, requentava o café. Não imaginava nada além do que você poderia estar fazendo. Imaginava o que não faria comigo, se eu tentasse... Imaginava o que não fazia. Imaginava por que não fazíamos sexo há mais de um mês, por que não, se a doente era eu? A doente era eu e eu ainda tinha, eu ainda imaginava. Queria seu peso sobre mim, sua barba em meu rosto, meu corpo magro envergando, mais feminino, sob seus pelos e seu gosto.

Eu imaginava todas as noites, na cama. Imaginava todas as noites com livros na mão. Masturbava as mulheres de seus amigos e tomava cuidado para não amassar as páginas. Sonhava em vão, nunca poderia alcançá-lo.

Você permanecia de pé, me dava um beijo na testa. "Você precisa dormir, querida", e tirava o livro das minhas mãos. Você apagava a luz e fechava a porta. Você se trancava de volta no escritório. Você me imaginava viva e acordada, mas não me sacudia, para ver se eu ainda respirava.

Por que será que não, se eu ainda esquentava o seu colchão? Por que não se esquentava comigo, Paulo Roberto, por que nunca fez questão? Talvez porque esperasse mesmo que eu esfriasse. Grande necrófilo, talvez você me roubasse o calor. Talvez tudo isso lhe bastasse, em vez do sexo, se satisfazia com meu amor. Não iria amassar minhas páginas, não iria dobrar minha capa. Não iria envergar minha coluna, minha cama, não queria pesar sobre meus sonhos.

Sublimava meu sexo imaginando minha morte, eu sei. Era sobre isso o que você escrevia. Ficção, nada sobre minha vida. Mas com certeza sobre minha morte, você me esperava esfriar. E eu que requentava o café, eu que esquentava o colchão, esperava sozinha, em vão.

Não posso acusá-lo de não ser homem, Paulo Roberto, apenas de não me permitir ser mulher. Talvez você também quisesse ser, mas falhou, falhou tanto quanto eu, não posso acusá-lo de não ser homem. Eu era sua, faria o que quisesses comigo. Passada das mãos de meu pai para minha mãe e de minha mãe para as suas. Rebatizada. Eu deveria ter andado com minhas próprias pernas. Seguido minhas próprias curvas, eu deveria ter escrito minha própria história. Fiquei esperando ser passada a limpo, publicada. Mas ainda é tempo, aqui estou eu.

Será que agora eu também ranjo pelo chão? Será que também mantenho você acordado? Será que você pensa em mim, quente, fria, no seu colchão? Será que você me masturba de noite na cama e amassa minhas intenções? Tenho ouvido tão pouco de você, querido Paulo Roberto, logo você, que era tão promissor...

Escritores, poetas, artistas. Todos olham por essa janela para ver o sol se pôr. Todos olham por essa janela para ver o mar parado, as ondas quietas, o ruído de seus próprios pensamentos, que egocentrismo. Fogem de casa, da cidade, fogem de suas esposas e se trancam para olhar para si mesmos. Mentira. Dizem que olham para a cidade. Dizem que olham para o mar. Dizem que se afogam nessas ondas, mas é mentira, eu já estive lá. Boiam na superfície calma de seus pensamentos.

Eu me afogo nos meus próprios, não percebe? Eu me sufoco com eles. Deve ser falta de costume. Deve ser falta de forma. Deve ser falta de vírgulas, de acentos, em palavras proparoxítonas.

Eu não sou escritora, Paulo Roberto, sou apenas mulher. Sou o bastante e estou viva, finalmente, posso contar minha história. Posso vivê-la intensamente, em páginas amassadas, em papel de pão. Posso deixar a barba crescer sobre o meu rosto e o peso do corpo envergar minhas costas. Minha cama. E enquanto eu tiver esses dedos, enquanto eu tiver vontades, você vai ter de me ouvir.

Onde estão seus olhos? Onde estava você quando eu lhe perguntava? Você não me respondia. Se perdia ao longe, pensando, imaginando, criando sua própria história. Dispersiva, sua alma de escritor. Tudo era trabalho, você me dizia, estava sempre trabalhando. Quando jantávamos num "insuportável restaurante burguês", quando sentávamos num boteco com o povo. Quando tirávamos férias, era tudo trabalho. Tudo era inspiração, cada momento e cada gota.

Eu, que o dispersava, tinha de pedir desculpas. Eu é que tinha de me sentir culpada. Vazia. Superficial. Boiando com minha fome no mar dos seus pensamentos. Tinha de engolir em seco. Sufocar-me com meus próprios. Tinha de guardar para mim e voltar para cama, voltar para dentro, fechar a porta.

Seu livro não avançava. E confesso que até cheguei a me sentir culpada. Quando você colocava a mão em sua própria testa. Quando você olhava pela janela fechada. Tinha medo de estar sufocando-o comigo. "Vou tomar um ar", você me dizia. Eu não perguntava nada. Ficava quieta. Vazia. Lia em minha cama e esquentava, esperava, requentava minha febre.

Quando terminaria? Quando terminaríamos nós dois? Tinha medo de que nós terminássemos antes do seu livro. Tinha medo de terminar com ele. Tinha medo do final, triste, dramático. Minha morte em suas mãos, Paulo Roberto, por que você não me salvou? Entravam as férias e você ainda trabalhava. Entravam as férias e você ainda se perdia. Olhava no mapa, procurava inspiração, olhava no Atlas e escolhia Paraty, Paraty, para ninguém mais.

Nessa época eu já mal respirava. Eu não dizia nada. Olhava para suas resoluções entusiasmadas e mal conseguia sorrir. Você percebia. Sorria em dobro. Me pegava a mão e dizia que era por pouco tempo. Me pegava a mão e dizia que precisava trabalhar, levava meu coração. Eu sufocava e tossia, com meus próprios pensamentos, e você segurava as minhas mãos. Eu tossia então em seu rosto, pedia desculpas, e a minha culpa era sentida em você.

Joguei na sua cara, deixei transbordar, perder a culpa e sentir a pena, a pena em mim mesma, "me deixe ir com você".

Nunca pedi nada, Paulo Roberto, nunca invadi seus pensamentos. Mas eu estava doente e precisava da sua companhia. Eu precisava do mar, do céu, da janela aberta. Eu precisava do vento para ventilar minhas ideias ou então me levar embora de vez. Ou então me carregar em seus braços.

Você entendia, doía em seu próprio egoísmo, culpava-se de seus próprios métodos, seu descaso, roía-se porque eu ainda vivia. Eu ainda vivia e você me carregava. Você teria de me carregar viva para esquentar sua cama. Para esperar suas ideias. Para fazer silêncio, enquanto eu cantava na sua mente. Você olharia para o lado e eu estaria lá, entre você e o mar. A janela aberta a me chamar...

Eu sei que você não queria aprontar. Acredito em suas intenções, imersões, mergulhar. Não havia mais espaço para mulheres em sua vida, pelo menos não para aquelas que ainda viviam. Duelavam com seus ideais, perfuravam seu coração, derramavam seu sangue e tomavam, tomavam de volta a poesia que você roubou.

Eu não tinha ciúmes, não competia com elas, nem com ninguém, não competia com você. Por isso mesmo queria ir, por isso mesmo queria inspirar. Queria jogar-lhe a lança, prepará-lo para a batalha, esperar pelo seu regresso, vitorioso, no alto do seu cavalo.

Achei que eu poderia ter essa função, apesar de querer antes de tudo ajudar a mim mesma. Achei que poderia ajudar você. O médico também achou. O médico achou que faria bem a mim, trocar de ares, andar na praia, olhar o mar. Constantemente ele me culpava de alimentar essa doença e recomendava a você que não me deixasse continuar assim. Recomendou a você que me levasse junto para a viagem. Que tomasse conta de mim, que me desse inspiração. Eu e ele nem pensávamos que você só terminaria de me terminar. Eu e ele nem pensávamos que o melhor seria deixar você partir.

Você olhou para mim e para a foto em sua carteira. Mais bagagem do que você pensava, mais espaço dentro do seu quarto. Alguns trocados a mais, mas isso não era problema. O problema era comigo e por isso mesmo você não podia me negar.

Sem insistências nem discussões, você acabou tendo de me deixar vir. Constrangido. Não ficaria bem negar-me esse último sopro. Por algum tempo achei que aquela era a sua grande demonstração de generosidade. Só depois percebi que você seria mais generoso se dissesse não.

Você livrou-me da prisão domiciliar e me trancou numa ilha, numa baía. Num quarto de hotel, nesta pousada, na praia, aonde eu quisesse andar. Você me deixou continuar alimentando e alimentando a si mesmo, minha doença, me deixava sufocar. Assistia-me de perto, com o canto dos olhos, no canto do quarto, fingindo escrever. Eu reclamava do calor e dos pernilongos. Eu reclamava do frio e do barulho da rua. Reclamava da janela aberta, dos pensamentos, agora não quero mais reclamar.

Mas entre o que eu quero e o que eu consigo existem tantos parágrafos... entre o que eu quero e o que eu consigo existem tantas palavras a acentuar. Dores demais. Muitos pensamentos. Muitos ideais, meus, seus, restos no banheiro.

Acordei vomitando e disse que era pelo movimento do mar. "Que bobagem, querida, nós estamos em solo firme." Como você sabia? Como poderia saber o que eu sentia? Como poderia saber se meu solo era firme, e se não era o mar que estava parado nesta baía.

Você mesmo perceberia, se tomasse um gole ou dois. Se bebesse um pouco mais e caminhasse por essas ruas de pedra, essas pedras desiguais, sentiria movimentar. Seguraria minha mão e eu o carregaria no colo. Iríamos mais devagar. Mas talvez você continuasse achando que era você quem me carregava, que era eu quem poderia cair.

Eu quase caía, quando andava por essas ruas. Quando sentia o movimento, as ondas, o vento querendo me levar. Me sentia enjoada, não gostava do cheiro do mar. Era enjoo da minha parte, mas eu me esforçava, eu me esforçava para conseguir e continuar. Você dizia que o melhor era eu ficar sentada. O melhor era eu deitar no quarto. O melhor era eu fechar a janela e nem olhar.

Você queria pagar um barco e navegar pela costa. Você queria conhecer outras praias. Sabia que eu não poderia, nem ousava me propor. Eu esperaria em sua terra firme, na pousada, com seus olhos me espiando, me espiando positivamente. Eu esperaria pacientemente em minha cama, sim, minha, porque a sua estava logo ao lado.

Você pediu duas camas de solteiro, eu sei, você não queria me acordar. Não adiantava dizer que a pousada se enganou, você nunca pediu uma troca. Você achava melhor assim, dormir longe de mim, talvez por medo de acordar comigo morta ao seu lado. Medo de acordar comigo morta em seus braços. Me carregaria até o barco, me jogaria no mar, escreveria poemas sobre isso e esperaria reconhecimento, esperaria que ninguém desconfiasse...

Todos admiravam você. E todos admiravam sua preocupação. Solidarizavam com sua simpatia e o cumprimentavam pelo nome. Eu era apenas a sua esposa doente, eu era a sua esposa indisposta. Você sorria por nós dois e agradecia em meu nome. Você agradecia em nome de Lívia e eu só esperava que revelasse nossa história...

Paulo Roberto, onde estão seus pensamentos agora? Onde está você? Não ouvi comentário nenhum a respeito. Não li uma linha sequer nos jornais. Tanto esforço, Paulo Roberto, tanta poesia. Tanto sangue derramado e nenhuma gota pra mim. Tantas páginas tingidas e nenhuma vez o seu nome. Nenhuma vez o meu, Luziânia, Luziânia, meu nome, Paulo Roberto, nenhuma vez nós dois.

No outro dia em que fui ao banheiro, era sangue derramado no vaso. Menstruação. Olhei com misto de alegria e preocupação. Eu ovulava, Paulo Roberto, ovulava novamente. Poderia dar mais filhos do que frutos, mais formas do que inspirações. Poderia dar à luz, Paulo Roberto, personagens que fossem meus. Você não precisaria escrever a respeito. Você não precisaria soprar-me a vida. Eu só precisaria de você realmente, um homem dentro de mim.

Mas você me levou correndo ao hospital. Aquilo não poderia estar certo. Você me levou correndo para que nenhuma gota mais escorresse. Nenhuma linha a respeito. Eu mais pálida, eu mais Lívia, não podia sustentar nem as minhas próprias costas, quanto mais uma criança. E na próxima menstruação sem esperança, eu perderia o suficiente para partir de vez. Você é que teria de apertar a descarga.

Fui formando um rastro vermelho pelas ruas de pedra. Logo elas, que nunca tiveram cores tão vivas. Mancharia sua história melancólica, pálida, lívida. "Luziânia", tive de insistir no hospital. Você nem lembrava do meu verdadeiro nome, me registrava como um título.

Não era nada. Apenas uma pequena infecção, mas garantiria de vez que você não estaria dentro de mim, confirmaria de vez que havia um problema comigo, deixaria claro que nós não poderíamos mesmo ter filhos.

Você beijou minha boca e insistiu que se preocupava muito comigo. Garantiu que não deixaria nada de mau me acontecer. Eu agradeci e voltei para o quarto. Levei um livro para a cama. Apaguei a luz.

Será que o problema era só meu? Será que você também não era incapaz de criar? Nunca vi seus personagens, Paulo Roberto, nem crianças correndo pelos seus pensamentos. Conformava-se com a minha esterilidade e se satisfazia em me descrever. Por que será que nós dois juntos não pudemos dar vida a nada?

Agora eu sorrio sozinha, você nem me vê. Agora nem vejo se sorrio, sozinha, você não está aqui. Agora eu me vejo sozinha, você nem sorri. Nem sorrio, agora, sozinha, nem vejo você.

Em que estação estamos? Passei um longo inverno trancada. A luz do sol me cega como o escuro. Não posso olhar você lá fora. Espirro em seu verão, me intoxico com a sua primavera. Caio como o outono, fecho os olhos, e tento ler o frio em braile.

O tempo é ruim, longo, não passa. Pensamentos vão e vêm, voltam, e deixam marcas. A preguiça nunca é o bastante para vencer o tédio. O tédio é constante e completa parágrafos. O tédio é constante e completa parágrafos. O tédio é constante e completa parágrafos.

Como combater aqueles dias que se arrastavam para mim? Como combater aqueles dias em que eu me arrastava para a cama? Você se bronzeava cada vez mais, queimava, e esquentava-se sozinho em seu colchão. Você me trazia conchinhas da praia, estrelas do mar, me trazia até comida no quarto, pratos leves, para eu não pesar...

Quanto faltava para terminar seu livro? Eu torcia para que pudéssemos voltar logo pra casa. Eu torcia para que pudéssemos terminar logo com aquilo. Você precisava ir ainda mais longe. Você precisava mergulhar mais fundo.

Colocou a mão na minha testa. Eu já não esquentava tanto. Sem febre e com meu apetite cada vez maior, você decidiu pegar seu barco por alguns dias. Você esquentava, se bronzeava e fugia da minha palidez. Fingia não ver que era a morte que me esfriava. Não percebia que era a desnutrição que me abria o apetite. Abria o seu. Sua mulher doente, pálida a esperar.

Eu nunca quis navegar, Paulo Roberto, só queria um porto seguro ao seu lado. Não podia evitar que você fosse, nem que me levasse, nem que levasse meu coração, em suas mãos, para dar de alimento aos peixes. Alimentou você mesmo, por dias e dias, de arte e poesia. Mas por que deixar essa carcaça vazia, ocupando um quarto de hotel? Por que deixar meu fantasma sozinho, vagando pela pousada? Por que me deixar afogar em meus próprios pensamentos, meu tédio, minha melancolia? Por que não me sacudiu para ver se eu ainda vivia? Por que não me sacudiu, não me masturbou, e me deu a luz, ao menos uma luz, uma luz de cabeceira?

Fiquei tão sozinha. Me senti no escuro. Senti o calor me queimando e todo o resto tão frio. A conversa com a minha mãe. O telefone tocando de tarde. As crianças brincando lá fora e o tédio completando parágrafos...

Agora escritores, poetas, artistas querem conversar comigo. E nenhum deles pergunta de você. Me perguntam coisas muito mais importantes, como se eu soubesse. Masturbamo-nos mutuamente. Contam histórias, antes de dormir, antes de apagar a luz. Na minha cabeça, ela nunca se apaga. Dia e noite, sou invadida de inspiração. Me chamam no quarto, batem na minha porta, gritam pela janela e querem conversar comigo. O que eu poderia dizer?

Não digo nada. Não tenho nada a dizer. Não tenho olhos nem ouvidos, só dedos para escrever.

Não quero reclamar. Não quero dizer nada a ninguém. Só quero escrever minha história, minha própria, mesmo que eu não seja uma escritora. Eu entendo os acentos. Eu domino as vírgulas. Eu fui alfabetizada e conheço muitas proparoxítonas. Será que você leria até o fim?

Esperei tempo demais. Esperei muito tempo por você. Muito tempo por mim mesma, me cansei de esperar. E contei cada ruga na parede. Contei cada pernilongo ao meu redor. Ensaiei meu sorriso no espelho, para quando você chegasse, para quando olhasse pra mim. Procurei as palavras certas, saudades, procurei por você.

Abri a janela para o sol me cegar. As crianças do lado de fora me olhavam de volta e se assustavam com minha palidez. Eu deveria sorrir, como uma mulher sorri para uma criança. Apenas passei por elas, venci o sol e procurei o meu amor.

Olhei pela janela e atravessei o mar. Vi você no oceano, onde estava? Chamei você de volta para mim. Estava cansada e queria ir embora. Não aguentava mais os vinte dias, nem cinco, nenhum a mais. De nada adiantava eu ter vindo pra cá, se só conseguia olhar para dentro de minhas próprias misérias. Se eu não conseguia enxergar as cores das casas, do céu, ouvir o barulho do mar. Quieto.

Ouvia mesmo a pousada rangendo, a desmontar sobre mim. Ouvia meu estômago roncando, a torneira pingando, nenhuma lágrima a mais. Ouvia tudo o que eu deveria deixar para trás, meu nome. Me contaminava com tudo o que havia ao meu redor. Ah... que fragilidade...

À esquerda da rodoviária. Na primeira rua à direita. Seguindo pela igreja à esquerda e reto, toda vida, toda vida, até a rua de trás. Virando na rua do fogo toda vida, até a igreja de trás. E reto. E reto. Até nunca mais.

Resolvi andar pela beira da praia e pensar. Resolvi deixar de lado minha agorafobia e molhar os pés. Poderiam crescer novos fungos, mas espantariam as teias de aranha, refrescariam os meus dias, minha vida, me levariam embora.

Já era final de tarde. A chuva caía fina. A praia estava deserta, sem alma, somente eu a vagar.

Vi as conchas que foram suas, com meus próprios olhos, o que você me trouxe. Me trouxeram as ondas do mar, as estrelas, com meus próprios olhos, chamei você. Senti a água entre os meus dedos. O frio que era real. Tudo era tão lindo e agora é tão meu...

Não fui muito longe. Me sentia cansada. Me sentia enjoada com o balanço da praia. Me sentei junto às conchas, com os pés n'água, olhei para as estrelas, o sol sobre mim, minha pele branca queimando, derretendo, desmanchando.

Deitei com a cabeça na areia e imaginei mergulhar. Imaginei mergulhar no céu, sobre mim, e me afogar. As ondas vinham e me buscavam. As ondas brincavam com os meus pés. Eu fluía e escorria, menstruava, uma vez mais.

O sangue era lento, leve e cristalino, como a água do mar. Era quente, salgado, como a vida, a vida a me levar. E as ondas levavam minha vida até você, eu me misturava a elas, ia gota a gota me tornando menos mulher. Fluindo, diluindo, dissolvendo, eu olhava para o céu e entrava na água. Escorria pelas minhas pernas, nascia de mim mesma, alimentava os peixes, as estrelas, sobravam minhas unhas como conchas, conchinhas para você catar.

A vida é linda, descobri quando me desmanchei nela. Deixei de ser eu mesma para ser muito mais. Fiz parte de um grande plano, nem seu, nem meu, não fiz mais planos nem continuei a esperar. Não durou muito tempo, claro, voltei para o quarto ensopada. Mas teve seu efeito em meu cérebro e me fez olhar para mim mesma. Antes disso, até que me diverti. Olhei os peixinhos no fundo do mar...

Quem sabe você não se serve? Quem sabe não servem o peixe que se alimentou de mim? Numa cadeia alimentar, você está no topo. Eu sou a base, a base que sustenta você. Mas cuidado para não se engasgar com as espinhas...

As ondas são assim, não têm pena nem raiva de mim. Trazem peixes, levam conchas, não é lindo, Paulo Roberto? Por que não entra na água?

Não é lindo, Paulo Roberto? Não dá uma história para você? Daria uma história para qualquer um desses poetas, desses artistas, a história da minha vida, nos meus últimos dias...

Entregaria de presente, se eles me deixassem dormir. Entregaria em suas mãos, para eles me deixarem em paz. Entregaria por escrito, Paulo Roberto, para eles levarem até você.

Assim deixariam de ranger. Assim eu deixaria de reclamar. Assim ficaríamos todos satisfeitos, poéticos, vivos, fortes e imortais. O que poderíamos querer mais?

O que quer mais de mim? Por que não larga minha mão? Livra-me da minha pena, deixe-me em paz. Por que me assombra e me perturba, insiste, agora que não há nada mais? Por que não leva esta minha carta, Paulo Roberto, por que não entrega ao seu editor? Por que não a toma como sua literatura, ficção, a falsa vida da mulher que você nunca teve? Publique com seu nome, Paulo Roberto, se nem mais se lembra do meu. Publique com seu sorriso, se eu nunca pude fotografar o meu.

E talvez todos esses poetas e escritores pensem que você é realmente um artista. Talvez todos eles me vejam como inspiração. Talvez eles pensem que há uma mulher dentro de você, se você nunca esteve dentro de mim. Milhares delas, acentuadas, pontuadas, caracteres. Por que não tinge minhas páginas em branco, Paulo Roberto?

Você se senta em frente a esta página esperando uma resposta. Assim como eu esperei tantas vezes por você. Talvez agora se arrependa de não ter me visto melhor. Pode ter se arrependido de não me ter visto mais uma vez. Percebe o quanto era mesmo falso o meu sorriso e como é curta minha história com você. Nunca soube do antes. Nunca soube do antes de nós dois. Nunca me perguntou de onde eu vim, pra onde eu ia, aonde eu queria, pra onde eu iria depois.

Eu também queria sentir o frio nos pés, com a água do mar. Queria sentir o frio na barriga, num beijo, seu calor, querido, o calor que você não me deu. Eu queria a sensação da barba no meu rosto, Paulo Roberto, seus pensamentos em mim. Será que ainda pensa... como eu penso em você? Eu o organizo em palavras e tento fazer sentido. Organizo o seu sorriso e tento me encontrar. Pensamentos são tudo o que me resta. E ainda penso em você.

Apesar de tudo, saudades. A vida é mais fria sem você para eu aquecer. O vento faz mais sentido quando você não está comigo, faz mais estrago. Amor. Me leva para longe, à procura de você. Quero sentir o frio nos pés, e mergulhar ao seu lado.

Não via nada, com seus dedos em meus olhos. Não vi nada mais, com seus olhos nos meus. Com seus dedos em meus olhos, não vi nada mais. Não via nada, com meus olhos nos seus. Com meus olhos em seus dedos, não vi nada mais. Não vi os meus olhos, com seus dedos nos meus. Com meus dedos nos seus, não vi mais os seus olhos. Não vi coisa alguma.

É só estalar e eu estarei aqui. Rangendo. Toda vez que tocar no assunto. Toda vez que tocar nessas teclas, meu amor, eu estarei com você.

Agora quero beijar suas mãos. Agora quero deixá-las correr. Agora domino suas mãos de escritor, Paulo Roberto, seja lá quem você for. Agora domino suas mãos. Agora domino suas mãos de editor. Agora domino suas mãos, querido, agora domino suas mãos de escritor. Domino suas mãos, querido, agora domino suas mãos de editor. Agora domino suas mãos, Paulo Roberto, agora domino suas mãos de escritor. Agora domino suas mãos de escritor, Paulo Roberto, domino suas queridas mãos. Agora domino suas mãos de Paulo Roberto, querido, agora domino suas mãos de editor. Agora domino suas mãos de escritor. Agora domino suas mãos. Agora domino suas mãos de escritor, qual é mesmo o seu nome?

"Todas as Cabeças
No Chão,
menos a Minha!"

I

"O Príncipe caminhava mancando sobre poças de sangue. Lágrimas nos olhos, suor e cansaço, todos os seus soldados estavam mortos. Ele nunca devia ter ido junto, alertara a seu pai, tornava a batalha injusta. Mas o Rei dizia que aquilo não era um jogo, não era questão de justiça, ele era Príncipe, era superior, seus inimigos mereciam apenas a morte, e tudo aquilo era o natural. O Príncipe perguntara então por que não ia sozinho, carregava sua espada, sabia que com ela qualquer batalha seria ganha, e que qualquer soldado acompanhando-o só o acompanharia para morrer. O Rei dizia que não tinha importância, os soldados eram feitos para isso. E ele não deixaria seu filho seguir sozinho para o campo de batalha, mesmo sendo um Príncipe, mesmo empunhando aquela espada. O Príncipe chorava porque seu escudeiro estava morto. Assim como o seu cavalo. Todos num raio de quilômetros estavam decapitados e o Príncipe tinha de seguir a pé pelo campo porque não sobrara nem um cavalo para montar. O Príncipe mancava. Estava cansado. Estava sujo. Seu ombro doía e ele chorava de cansaço e tristeza por seus homens e seu cavalo. Não podia nem carregar mantimentos, seguindo a pé. Então se cansou também de chorar. Uma sensação prazerosa de pós-esforço físico se apoderou dele. Até que tinha sido um espetáculo bonito. Ele empunhara a espada com maestria e a segurara firme enquanto ela cortava sozinha todas as cabeças à vista. Era como montar num garanhão selvagem. A espada o puxava forte e o Príncipe tinha de acompanhar correndo e saltando, saboreando o momento. Por isso torcera o pé. Por isso destroncara o ombro. Agora seu corpo todo doía, mas ele aproveitava o cansaço de um trabalho bem-feito. Todos os inimigos mortos. Assim como seus homens, é verdade, mas, segundo seu pai, eles foram feitos para isso. O Príncipe até alertou seu escudeiro que, no momento em que sacasse a espada e falasse as palavras mágicas, a batalha seria decidida, todos iriam ao chão. O escudeiro manteve-se resoluto. Quando o momento chegou, ele apenas assentiu para Sua Alteza. O Príncipe tirou a espada e se despediu. Já estavam mesmo no campo havia vários dias. Enfrentaram algumas dúzias de inimigos sem que ele derramasse uma gota de suor. Seus homens no campo, batendo espada em espada. Enfrentando machados, flechas, bisarmas, derrubando os inimigos com um tremendo esforço. O Príncipe aguardava bocejando. Poderia acabar com aquilo quando quisesse, ele sabia. Mas acabar com aquilo também significaria o fim de seus homens. E ele assistia preguiçosamente os homens lutando, com seu escudeiro ao lado. Será que eu não poderia apenas tirar a espada e lutar sem dizer as palavras mágicas? Ele perguntava. O escudeiro dizia que não, não era recomendado. Veja aquele lá, dizia o Príncipe, aquele me parece um pouco lerdo, eu poderia enfrentá-lo apenas com minha técnica, apenas para praticar. O escudeiro não recomendava. E o Príncipe assistira às batalhas com o escudeiro ao lado, sem nenhum inimigo nem chegar perto o bastante para ele precisar se preocupar. Quando seus homens terminavam o trabalho, seguiam pelos campos em seus cavalos; seu cavalo cheirando e comendo o capim encharcado de sangue. Deixe de nojeira, cavalo burro, ele puxava o animal, que tinha aquele péssimo hábito, para prosseguir na jornada. Agora até o cavalo burro estava morto. Ele sentia falta. Com certeza o cavalo se refestelaria naquele pasto de sangue. Foram inimigos demais. Quando chegaram àquele campo aberto, e viram os homens galopando lá longe, vindo lá de trás, e vindo da frente, então de todos os lados, o Príncipe começou a se preocupar. Viu homens e homens chegando e viu que aqueles eram demais. Seus homens não seriam bastante para dar conta. Olhou para o escudeiro e o escudeiro viu o mesmo. Sabia que aquela quantidade de inimigos por todos os lados não poderia nem ser freada antes de chegar até seu Príncipe. Ele estava lá para isso. Estava lá para defender seu Príncipe e assegurar a ele a hora certa de usar a espada. Então ele assentiu. O Príncipe olhou para ele e colocou a mão no cabo da espada. Esperou mais alguns instantes para tentar poupar seus homens e seu cavalo. Esperou quase o suficiente para que o escudeiro verbalizasse: vamos, agora é a hora, não pestaneje, você sabe o que deve fazer — mas não foi necessário. O Príncipe puxou a espada da bainha e disse as palavras mágicas. A espada o puxou para fora do cavalo. Ele foi voando com a espada, de homem em homem, entre os seus e entre os deles, cortando as cabeças, até dos cavalos. Tinha de segurar firme, senão sua cabeça também poderia ser cortada. Ele segurava a espada por ser o Príncipe, mas o feitiço funcionava em qualquer mão, para qualquer um. Ao menos era isso o que seu pai dizia. Ele perguntara se não podia alterar um pouco, substituir algumas palavras, poupando mais de seus homens, tornando a espada mais direcionada. Ou quem sabe segurar a espada em conjunto? Pedir para que seu escudeiro também segurasse o cabo. Mas o Rei disse para ele deixar de bobagem, que aqueles homens estavam lá para isso. E para aquilo servia a espada. Então o Príncipe deixou de discutir, porque sabia que, antes de ser seu pai, o Rei era rei. Então fez o que fora ordenado. E quando chegou a hora, tirou a espada, disse as palavras mágicas, e correu pelo campo cortando cabeças de homens e cavalos. Cortar cabeças é uma atividade bastante surreal, ele pensava. Os corpos levavam um tempo para cair. Os corpos levavam um tempo para saber o que fazer. Cambaleavam indecisos de um lado, as cabeças piscavam ainda vivas do outro. Deviam estar vendo o próprio corpo decapitado, sacudindo as mãos por um segundo, antes de tombar. Esguichavam sangue violentamente das artérias. Banhavam o Príncipe num borrifo fúcsia que até o fazia engasgar. Todas as cabeças vindo ao chão. Quando restou só a sua, a espada sossegou; e o Príncipe tombava pelo impulso de a espada ter sossegado. Deu com a cara numa poça de lama e sangue. Esfolou a testa. Tossiu e cuspiu. Depois sentou-se na grama, recuperando o fôlego. Levantou-se. Pôs-se a caminhar. E viu a cabeça cortada de seu cavalo, seu escudeiro ao lado, todos aqueles homens mortos no campo e ele sozinho. Caminhou e começou a mancar. Torcera seu pé. Seu ombro doía. Estava sujo, suado e cansado, seus cabelos loiros empastelados do sangue de homens e animais. Começou a chorar. Chorou alto e sincero, pois não poderia mesmo ser ouvido. As lágrimas limpavam um pouco a face. Depois olhou cauteloso em volta, para se certificar de que nenhuma cabeça ainda piscava. O Príncipe caminhava e mancava e chorava e planejava pedir a seu pai um novo cavalo. Um novo cavalo só seu, que ele visse crescer desde filhote, como aquele, mas que ele não levaria mais para a batalha, não deixaria morrer. Seu pai teria de lhe dar. E muito mais. O Príncipe ficou pensando em tudo o que pediria quando voltasse para casa. Mas sabia que sua batalha ainda não estava terminada. Ele teria de cruzar o campo todo, atravessar a floresta, a vila, chegar a um outro palácio. Teria de buscar a Princesa com a qual iria se casar. E teria de buscá-la à força, essa era a tradição. Invadir um reino vizinho, matar todos que encontrasse no caminho e roubar a Princesa, para dar prosseguimento a uma dinastia e ampliar suas fronteiras.

II

Quando o Príncipe chegou à Floresta já não mais chorava, nem estava eufórico, nem aproveitava a sensação agradável pós-esforço físico; ele estava apenas cansado. E também tinha fome; cansado e com fome, pensava que deveria caçar. Quando viu um coelho, optou pelo modo mais fácil, desembainhou a espada e gritou as palavras mágicas, mas se arrependeu disso quase antes de terminar a frase. A espada puxou-o entre os arbustos, espinhos, subindo pelas árvores, degolando o coelho, um sapo, um casal de morcegos. O Príncipe até suspirou aliviado ao ver que a espada não seguira pela Floresta inteira, degolando formigas, cigarras, e todos os seres vivos. Ele não sabia mesmo como aquela coisa funcionava. Provavelmente eram apenas os seres visíveis. E ele agora via os bichos mortos e não sabia o que fazer com aquilo. Até o coelho degolado o enojava. Ele pegou a carcaça, tentou separar os pelos da pele, retirar a carne, mas o bicho foi se tornando uma massa sangrenta que ele jamais iria comer. Jogou-o ao chão. Melhor seguir até encontrar alguma fruta. O Príncipe deu um gole d'água em seu cantil e seguiu decidido que não poderia matar para comer.

Pouco à frente, encontrou um velho e uma fogueira. O velho assara algo no forno e ainda havia um cheiro prazeroso de comida no ar. Prazeroso apenas por ser cheiro de comida; mesmo com toda aquela fome, o Príncipe percebia que não era um prato como os que estava habituado a comer; mas serviria, serviria. Ficou um pouco ressabiado ao ver o velho, teria de matá-lo? Bem, era apenas um velho, o Príncipe se aproximou. Oh, aí vem um soldado? O velho questionou. O Príncipe balançou a cabeça. Então reparou que o homem era cego. Seus olhos brancos e vazios como as lichias do pomar do Palácio. Explicou que era o Príncipe do reino ao lado, que não lhe faria mal, queria apenas um pouco de comida. O velho sorriu e disse que já não tinha ideologias políticas. Sirva-se, não sobrou muito, mas tudo o que resta é seu. O velho também se desculpou por tê-lo confundido com um soldado. Minha visão não é a mesma, meu ouvido também não anda lá muito bom, mas meu faro é excepcional — ele riu. E com certeza você cheira a alguém que voltou de uma longa batalha. O Príncipe se entristeceu. De uma longa batalha, sim. Pensava se nem alguém com um faro excepcional poderia mais detectar seu sangue azul. Remexeu na panela. Sobrara pouco de um guisado. O Príncipe conseguiu retirar apenas pedaços de ossos de porco e gordura. Sugou-os mesmo assim. Ouviu o pio das corujas. O velho disse para ele não se assustar. O Príncipe disse que não se assustara, eram apenas corujas. Ele poderia matá-las apenas dizendo as palavras mágicas, mas isso ele não disse ao velho. O velho disse que não eram apenas corujas. Era a Floresta inteira. E que era bom ele manter o juízo, não se deixar levar. Que a Floresta identificava a presença de seres humanos — e certamente com o odor que o Príncipe exalava a Floresta não deixaria de notar. Que a Floresta se alimentava dessas coisas, se alimentava deles, de seu sangue e de seu suor. E que, às vezes, de noite, em noites como aquela, a Floresta podia ludibriar. Um canto de coruja aqui, a luz do fogo-fátuo lá, e os viajantes começavam a ver coisas. A Floresta agia na mente. A Floresta seduzia e fazia o viajante se perder. Ele era atraído por algo que via apenas em sua mente — o pio de coruja transformado num canto, a luz do fogo-fátuo parecendo um corpo — e o viajante se embrenhava no mato, se perdia, e a Floresta ia se alimentando de seu suor e seu cansaço. Galhos e cipós iam prendendo seu corpo. O viajante terminava como matéria orgânica, adubando o solo e germinando cogumelos. O Príncipe riu, aquela era uma bela história para ser contada à lareira. Mas o velho manteve-se sério. Ele já era velho, era cego e não ouvia lá muito bem. A Floresta já não o podia mais seduzir. Mas um jovem daqueles. Um Príncipe em plena adolescência. A Floresta sorveria com ardor. O Príncipe sorriu mais um pouco, então parou de sorrir porque lembrou de como ainda estava com fome. E o pio da coruja lhe pareceu estranhamente com um canto. E os galhos balançando pareciam estranhamente vivos. E as folhas pareciam com braços. E quando uma chama azulada se pronunciou na mata ele pôde ver nitidamente um corpo de mulher. Veio caminhando até ele. Pôs-se a dançar atrás do velho. Dançava nua, insinuante, embora seu corpo ainda fosse feito de luz e o Príncipe não conseguisse ver com definição suas partes íntimas. Parecia querer atrair também a atenção do velho, mas logo percebeu que o velho era cego — e era apenas um velho — a figura se adiantou para a frente do fogo e continuou a dançar. Às vezes se confundia com as chamas. Fazia parte delas. O Príncipe percebeu que a figura o queria atrair para o fogo, para que ele se queimasse. Está vendo alguma coisa? Perguntava o velho. É apenas a Floresta, não se deixe levar. Mas o Príncipe não se deixava. Era atraente e sedutora, mas o Príncipe não se deixava levar. Apenas se lembrava de que isso também fazia falta — além do cansaço, do desânimo, da fome e as juntas doídas, aquilo também fazia falta — afinal, ele estava em plena adolescência. A figura também lhe parecia uma adolescente, da sua idade. Ele a olhava, se intumescia, mas não deixava de achar que era tudo uma ilusão. Então viu outra figura se formar. Com o coaxar dos sapos, o sopro da brisa, uma segunda figura se formou e veio até a fogueira dançar. Também estava nua, mas era pouco mais que uma criança. Com seios ligeiramente formados, um rosto de quem ainda brinca de boneca. O Príncipe tentou olhar suas partes íntimas para ver se já tinham pelos, mas, como a outra, suas partes também eram indefinidas pela luminosidade e por seus movimentos. O velho mantinha aquele olhar vidrado, mas parecia tudo perceber. Está vendo, meu Príncipe? Está vendo? Oh, sorte a minha que eu não posso mais ver. Não se deixe levar por elas — é apenas a Floresta — não se deixe levar. Então uma terceira forma surgiu atrás do Príncipe, passou por ele e se juntou às demais. Essa já era de uma mulher feita, e linda como as irmãs. Tinha seios fartos, e a penumbra que se formava entre suas pernas só deixava espaço para imaginar. De qualquer forma, o Príncipe estava consciente e não se deixaria ser levado até o fogo. Ficar sentado assistindo àquela dança já era bom demais. Mas as mulheres começaram a se afastar. Carregavam um pouco das chamas nos próprios braços e se dirigiam entre os arbustos. O Príncipe se viu levantando para espiar melhor até onde elas iam. O velho pareceu notar. Não se deixe levar, meu Príncipe, não se deixe levar. O Príncipe viu as mulheres se embrenhando na mata e sentiu a curiosidade lhe atiçar com mais força. Para onde elas iam? No que se transformariam? Como eram suas partes íntimas que o Príncipe não conseguira visualizar com nitidez? O Príncipe levantou-se e deu alguns passos. Não se preocupe, disse ao velho, só estou espiando para onde elas vão.

O velho balançou a cabeça. Não se deixe, meu Príncipe, não se deixe. Mas o Príncipe se percebia indo à margem da clareira, colocando um pé na mata, seguindo as irmãs para ver aonde elas iam. É apenas a Floresta, meu Príncipe, o velho alertava. Veja, é o pio das corujas, o sopro da brisa. Eu, que já não enxergo, posso notar. Eu, que não escuto tão bem, posso ouvir. E com o alerta do velho o Príncipe ouviu o canto da coruja, viu o sopro do vento, mas bastou piscar os olhos para as irmãs estarem lá novamente, logo em frente, entre a folhagem. Acenavam para ele, dançavam e cantavam. Agora o Príncipe achou que quase podia ver suas partes íntimas. O Príncipe achava que poderia ver se chegasse mais perto. Vamos lá, só um pouco, mais um pouco, só para matar minha curiosidade. Mas o velho continuava. É apenas a Floresta, meu Príncipe, não há nada de especial para se ver. Não há mulher, menina, nem mesmo fantasma, seja lá o que você esteja vendo, é só a Floresta a lhe seduzir. E o Príncipe novamente ouviu o pio da coruja, o coaxar do sapo, o fogo-fátuo que se pronunciava lá longe, com uma forma que poderia ser de mulher. Então ele fez questão de ver, queria ver as irmãs. Ouvia o coaxar do sapo, sentia o sopro do vento, mas não conseguia mais perceber as mulheres com nitidez. É apenas a Floresta, meu Príncipe, o velho repetia seguidamente logo atrás. As mulheres quase se formavam novamente, então esvaeciam em coaxares, pios de coruja. O Príncipe mantinha o olhar fixo para ver se agora poderia avistar suas partes íntimas, mas elas desapareciam. O canto da coruja era mais alto, o vento parecia soprar mais firme. Folhas e galhos balançavam e o Príncipe já se encontrava com saudades das três irmãs. Sente-se aqui comigo, meu Príncipe, volte aqui ao fogo, o velho pedia. Mas o Príncipe queria ter mais uma visão das irmãs, avistava-as, e as perdia, então queria mais uma. O canto da coruja, o coaxar do sapo, galhos e folhas foram se tornando opressores. Se tudo aquilo era a Floresta, melhor que ela tomasse mesmo formas femininas. Meu Príncipe, seja forte. Sente-se aqui comigo. O que aquele velho queria afinal? O Príncipe colocou a mão na bainha. A coruja piava, brilhava o fogo-fátuo, as meninas quase se formavam — uma centelha — então desapareciam. Cansado daquele espetáculo, o Príncipe desembainhou a espada e gritou as palavras mágicas. A espada o levou pela Floresta, entre galhos e arbustos, e voltou até a fogueira, cortando a cabeça do velho.

A espada então sossegou.

O Príncipe então sossegou.

Olhou ao redor e viu animais mortos, o velho, a coruja, uma rã, até uma corça. Aquilo era a Floresta, aquilo formara as três irmãs. Resgatou a compostura e sentou-se novamente diante do fogo. Lamentou a morte do velho. Mas aquela era sua justiça — e aquilo era natural. Talvez, se o velho não tivesse começado com aquela conversa de floresta sedutora, o Príncipe não tivesse visto nada. Talvez pudesse ter poupado uma vida, mas agora era tarde para lamentar. O Príncipe aqueceu-se triste, até cair no sono. Dormiu ao pé da fogueira, sem nem mais ouvir os pios e coaxares por todos os lados.

III

O Príncipe despertou picado de formigas, com dor no pescoço, e um gosto oleoso na boca. Os restos do jantar do velho cheiravam mal e pareciam rançosos. Buscou água e percebeu que não havia mais em seu cantil. Precisava encontrar um riacho. Levantou-se daquela clareira, estalou os ossos, e pôs-se novamente a caminhar. Assim, de manhã, a Floresta nem parecia ter espaço para mistérios. Na verdade, assim, de manhã, a Floresta parecia apenas um bosque. O Príncipe encontrou algumas amoras, comeu, e sentiu-se mais otimista, mais esperançoso, mais alegre e jovial. Afinal, ele estava vivo e tudo estava indo bem — como não iria? Ele tinha a espada, ele era o Príncipe. E todos que morressem, todos que cruzassem o seu caminho, todos que atrapalhassem estariam apenas encontrando o seu destino. O destino dele era triunfar. Então a Floresta-bosque logo terminou e o Príncipe seguiu por uma estrada. Sabia que, mais cedo ou mais tarde, chegaria a uma vila. Que vila seria? Ele sabia que seria uma vila inimiga. Tinha uma vaga ideia de qual vila seria. Sabia com certeza que seria uma vila inimiga. Aquele não era seu reino. E como era difícil ser um príncipe assim, num reino sem amigos. Ele com aquela espada na bainha, a apenas um toque de decapitar. Sabendo que não poderia confiar em ninguém, aproximar-se de ninguém, esperar que ninguém se aproximasse dele com boas intenções. Seu poder era apenas o de condenar. Ele encontrou um riacho e agradeceu por poder matar sua sede. Bebeu. Aquilo pareceu abastecer novamente seu otimismo. Ele se olhou no espelho d'água. Ainda era bonito. Sim, ainda era bonito, apesar do rosto sujo; o Príncipe esfregou o rosto. Bastava uma boa noite de sono, bastava uma boa alimentação e ele estaria como novo. Havia também algo de nobre em estar assim, tão desgastado, não havia? Ele pensava. Aquela vida toda no Palácio também o aborrecia. Aqueles dias no campo, aquelas mortes todas adelgaram seus músculos e esculpiram seu rosto. Olheiras profundas. Ele olhou o reflexo na água e achou até que era bonito. Até que era interessante. Aquele antigo rosto saudável e nobre de sempre às vezes se tornava muito insosso. Agora sim, ele parecia um guerreiro. Agora sim, ele parecia um homem. Notou pelos ralos nascendo no queixo e sobre os lábios. Veja só, crescia sua barba. O Príncipe pensou até que seria bacana se ele pudesse conquistar uma pequena cicatriz, quem sabe um corte na sobrancelha ou um pequeno talho no canto do lábio.

O Príncipe seguiu pela estrada e logo ela foi ficando mais movimentada. Camponeses com cavalos. Charretes e carruagens. Ele assentia em cumprimento e desviava o olhar. Os viajantes o olhavam feio. Ele sabia que ainda carregava marcas de batalha e que, mesmo carregando marcas de batalha, ainda parecia um Príncipe, ainda parecia inimigo. Seu cabelo loiro um pouco comprido demais. Sua armadura dourada. Suas vestes sujas, mas ainda um tanto extravagantes, ele sabia que destoava. Então afastava o olhar para não ter que desembainhar sua espada e dizer as palavras mágicas novamente. Ele sabia que não poderia conquistar uma amizade. Foi cruzando com mais e mais pessoas na estrada e logo avistou ao longe as casas. Ele chegaria a uma vila, e imaginava que desembainhar sua espada seria inevitável.

O Príncipe chegou à vila no final da tarde. Estava cansado e faminto e conseguiu deslizar direto para uma taberna sem travar muito contato com os aldeões na rua. Na taberna, todos silenciaram quando ele entrou. Um sujeito grandalhão colocou a mão no cabo da espada e foi detido por seu companheiro de mesa. As prostitutas em uma mesa o olharam com um misto de desejo e zombaria. O garçom era um adolescente de idade próxima à do Príncipe, e lhe lançou um olhar ultrajado, mas o dono do estabelecimento atrás do balcão lhe sorriu, assentiu e fez sinal para o Príncipe se aproximar. É uma honra tê-lo aqui, Alteza, sou seu súdito e teria muito prazer em servi-lo, mas creio que os demais fregueses não compartilham da minha posição. Talvez este estabelecimento não seja o mais recomendado para Sua Alteza cear. O Príncipe olhou curioso para ele por alguns instantes, então levantou as mãos e dirigiu-se aos fregueses. Boa noite. Creio que seja desnecessário apresentações. Minha reputação me precede e tenho certeza de que sabem com qual intuito faço a minha viagem. Também devem saber que minha espada é feroz, e uma vez desembainhada, não pode mais ser contida. Não é essa a minha intenção. Estou cansado, com fome e só desejo comer e beber como todos vocês. Não peço honrarias, nem mesmo que cedam uma mesa a mim. Continuem em suas conversas e refeições, finjam que eu nem estou aqui. O Príncipe então olhou ao redor e percebeu que não havia uma única mesa vaga. Procurou a mesa mais vazia e só encontrou uma em que um sujeito magrelo, de pele cinzenta, bebia sozinho. Puxou uma cadeira e fez menção de se sentar. Me sentarei aqui, anunciou, continuem o que estavam fazendo. Mas os aldeões mantiveram os olhos pousados nele, alguns cochichando entre si com expressões de ódio. O proprietário fez um sinal para o garçom adolescente, que queria dizer: vá servi-lo, mas o adolescente olhou de volta como se jamais fosse fazer aquilo. O Príncipe percebeu que a relação deles não era a costumeira entre patrão e empregado, provavelmente pai e filho. O Príncipe sorriu para o menino, mas o menino continuou a olhar de cara feia. Provavelmente o pai saiu há muitos anos do meu reino, o Príncipe pensou, estabeleceu-se aqui, casou-se com uma mulher local, teve filhos, e esses filhos não reconhecem seu antigo reino, meu reino, como merecedor de respeito. O Príncipe então continuou a sorrir para o menino e decidiu fazer logo o pedido, mesmo sem ele se aproximar. Uma caneca de cerveja e um assado, pode ser? Qualquer coisa que tenham, a especialidade da casa. Então o Príncipe sentiu algo batendo em sua bota e viu que era uma criança pequena, uma criança de colo, brincando embaixo da mesa, empurrando uma carrocinha de madeira. Meu Santo Deus, ele refletiu, que povo é esse que traz uma criança para brincar numa taberna. Olhou para o homem magrelo sentado em sua mesa e pensou que provavelmente a mulher estava cuidando das tarefas domésticas e pedira ao marido para cuidar do pequeno. O marido não pôde resistir ao desejo de ir à taberna e levou o filho consigo. Que povo bárbaro, o Príncipe pensou, não terei remorso se tiver de desembainhar a minha espada. Mas então olhou novamente para a criança embaixo da mesa e achou melhor conter seus instintos. Ele viera aqui para beber e comer, descansar. Não ia desgastar-se numa chacina de aldeões. O Príncipe então notou o garçom adolescente e seu pai discutindo num canto atrás do balcão. O menino recusava-se a servi-lo. O pai insistia e levantava-lhe a mão: ou servia o Príncipe ou ia apanhar. O menino então tirou o avental, e saiu pela porta batendo o pé. O pai cruzou olhares com o Príncipe e lhe sorriu, desconcertado, dirigiu-se ele mesmo à Sua Alteza Real carregando uma caneca de cerveja. Sabe como é, adolescente, o pai se desculpou, mas então ficou um pouco envergonhado, pois lembrou que o Príncipe não deveria ser muito mais velho que seu filho. A criança embaixo da mesa bateu novamente o brinquedo em seu pé. O Príncipe agradeceu ao dono da taberna, levantou a caneca e brindou sozinho, então sentiu uma mão tocar-lhe o cabo da espada. Eeeeeei!, disse severo com sua voz mais grave possível, era a criança embaixo da mesa que se divertia o provocando. Os homens no salão ficaram alertas. Como ele ousava falar ríspido assim com um de seus filhos? O Príncipe continuou a beber e sentiu novamente a mão do menino na espada. Ei! Já mandei parar! Ele gritou, e a criança apenas riu. Mas vários homens se levantaram, e o sujeito grandalhão veio se aproximando com a mão na bainha, em direção ao Príncipe. Ah, meu bom Deus, o Príncipe pensou. E conseguiu dar mais dois goles na cerveja, antes de ver que era inevitável que ele sacasse sua própria espada e dissesse as palavras mágicas.

ções. Minha reputação me precede e tenho certeza de que sabem com qual intuito faço a minha viagem. Também devem saber que minha espada é feroz, e uma vez desembainhada, não pode mais ser contida. Não é essa a minha intenção. Estou cansado, com fome e só desejo comer e beber como todos vocês. Não peço honrarias, nem mesmo que cedam uma mesa a mim. Continuem em suas conversas e refeições, finjam que eu nem estou aqui. O Príncipe então olhou ao redor e percebeu que não havia uma única mesa vaga. Procurou a mesa mais vazia e só encontrou uma em que um sujeito magrelo, de pele cinzenta, bebia sozinho. Puxou uma cadeira e fez menção de se sentar. Me sentarei aqui, anunciou, continuem o que estavam fazendo. Mas os aldeões mantiveram os olhos pousados nele, alguns cochichando entre si com expressões de ódio. O proprietário fez um sinal para o garçom adolescente, que queria dizer: vá servi-lo, mas o adolescente olhou de volta como se jamais fosse fazer aquilo. O Príncipe percebeu que a relação deles não era a costumeira entre patrão e empregado, provavelmente pai e filho. O Príncipe sorriu para o menino, mas o menino continuou a olhar de cara feia. Provavelmente o pai saiu há muitos anos do meu reino, o Príncipe pensou, estabeleceu-se aqui, casou-se com uma mulher local, teve filhos, e esses filhos não reconhecem seu antigo reino, meu reino, como merecedor de respeito. O Príncipe então continuou a sorrir para o menino e decidiu fazer logo o pedido, mesmo sem ele se aproximar. Uma caneca de cerveja e um assado, pode ser? Qualquer coisa que tenham, a especialidade da casa. Então o Príncipe sentiu algo batendo em sua bota e viu que era uma criança pequena, uma criança de colo, brincando embaixo da mesa, empurrando uma carrocinha de madeira. Meu Santo Deus, ele refletiu, que povo é esse que traz uma criança para brincar numa taberna. Olhou para o homem magrelo sentado em sua mesa e pensou que provavelmente a mulher estava cuidando das tarefas domésticas e pedira ao marido para cuidar do pequeno. O marido não pôde resistir ao desejo de ir à taberna e levou o filho consigo. Que povo bárbaro, o Príncipe pensou, não terei remorso se tiver de desembainhar a minha espada. Mas então olhou novamente para a criança embaixo da mesa e achou melhor conter seus instintos. Ele viera aqui para beber e comer, descansar. Não ia desgastar-se numa chacina de aldeões. O Príncipe então notou o garçom adolescente e seu pai discutindo num canto atrás do balcão. O menino recusava-se a servi-lo. O pai insistia e levantava-lhe a mão: ou servia o Príncipe ou ia apanhar. O menino então tirou o avental, e saiu pela porta batendo o pé. O pai cruzou olhares com o Príncipe e lhe sorriu, desconcertado, dirigiu-se ele mesmo à Sua Alteza Real carregando uma caneca de cerveja. Sabe como é, adolescente, o pai se desculpou, mas então ficou um pouco envergonhado, pois lembrou que o Príncipe não deveria ser muito mais velho que seu filho. A criança embaixo da mesa bateu novamente o brinquedo em seu pé. O Príncipe agradeceu ao dono da taberna, levantou a caneca e brindou sozinho, então sentiu uma mão tocar-lhe o cabo da espada. Eeeeeei!, disse severo com sua voz mais grave possível, era a criança embaixo da mesa que se divertia o provocando. Os homens no salão ficaram alertas. Como ele ousava falar ríspido assim com um de seus filhos? O Príncipe continuou a beber e sentiu novamente a mão do menino na espada. Ei! Já mandei parar! Ele gritou, e a criança apenas riu. Mas vários homens se levantaram, e o sujeito grandalhão veio se aproximando com a mão na bainha, em direção ao Príncipe. Ah, meu bom Deus, o Príncipe pensou. E conseguiu dar mais dois goles na cerveja, antes de ver que era inevitável que ele sacasse sua própria espada e dissesse as palavras mágicas.

Quando terminou e sentou-se novamente, a taberna estava um nojo. Sangue havia espirrado por todo lado. Até sua cerveja estava mais vermelha. Talvez aqueles bárbaros se regozijassem brindando e bebendo o sangue dos inimigos, mas não era esse o seu caso. Tudo o que ele queria era pedir uma nova caneca, uma mesa limpa, que lhe passassem um bom pano na mesa, lhe servissem uma nova caneca e lhe trouxessem logo o assado, que estava demorando demais. Mas a cabeça do dono do bar também estava no chão. Assim como estavam as cabeças de todos. Até a cabeça da irritante criança, claro, o Príncipe a cutucou com o pé, depois chutou-a, rolando para longe. O Príncipe percebeu que teria ele mesmo de ir à cozinha, se servir. A cozinha estava vazia. Os empregados deviam ter ouvido a algazarra no salão e fugido pelos fundos. O Príncipe revirou panelas, travessas, mas tudo ainda estava cru, por preparar. Encontrou um barril grande de cerveja e se serviu. Acho que ficarei sem o assado. Bebericou na cozinha, pensando no que fazer. Ouvia uma algazarra lá fora e sabia que a taberna estava cercada. Que o povo devia ter se preparado para linchá-lo quando ele saísse. O Príncipe bebeu sem pressa, pois ao sair teria de novamente sacar a espada e dizer as palavras mágicas.

IV

Quando o Príncipe voltou o olhar, a vila já estava distante. Ele gostaria de pensar que o tom vermelho dela era devido aos lampiões, mas sabia que as luzes iluminavam poças de sangue, paredes e muros borrifados, a morte de *todos* os aldeões. O Príncipe afastou o olhar, não era sua culpa. Melhor concentrar-se no caminho à frente e no que estava por vir. Já estava tarde, ele ainda com fome. Não conseguira comer naquela taberna ensanguentada, nem procurar abrigo entre as casas do vilarejo. Quando ele desembainhou novamente sua espada, os cadáveres foram se somando, somando e parecia que nunca iriam acabar. Ele gritava para os moradores ficarem em suas casas, mas eles espiavam pelas janelas apavorados, saíam pelas ruas gritando, e a espada não cessava de cortar cabeças, invadir residências, buscar cada alma que lhe aparecia. Quando o Príncipe achava que ia parar, surgia mais uma, e mais outra, nem ele nem a espada tinham descanso. Deus do Céu, que presente seu pai lhe dera. Quando ela finalmente sossegou, o Príncipe saiu correndo, com medo de que outro aldeão irrompesse em sua frente e a espada prosseguisse em sua sede de sangue. Agora ele se perguntava aonde dormir. O que iria fazer. Como poderia comer e descansar decentemente, se estava num reino inimigo e ninguém lhe poderia ajudar. Pois que despenquem as cabeças, ele pensou. Na próxima casa que encontrar, dormirei, colchão encharcado de sangue ou não.

Não demorou muito para avistar uma casa ao longe, no meio de um campo, afastada da estrada. Deve ser de um ermitão, ele supôs, quem sabe não é outro apolítico de alma generosa que lhe oferece uma sopa e um lugar para se deitar. Se não oferecer, corto-lhe a cabeça! Mas ao chegar perto da casa, viu que o dono estava do lado de fora, bem ao lado, cortando lenha. Tinha o corpo coberto de pelos, exceto no cocoruto careca, uma barba comprida. Um ogro, o Príncipe pensou, e colocou a mão no cabo da espada. O ogro logo percebeu sua aproximação e, ao avistá-lo, largou o machado, tirou a lenha que cortava sobre o toco da árvore e a substituiu com a sua cabeça. O que ele está fazendo? O Príncipe se indagou. Chegou até lá. Ficou parado diante do ogro, o ogro parado com cabeça no toco. Ficaram se olhando intrigados, até que o ogro finalmente falou: Vamos, pode ir em frente, corte-me a cabeça, sei que é isso o que veio fazer. Não vou oferecer resistência, se é assim que tem de ser. Já esperava mesmo por isso, há muito tempo, um príncipe para me cortar a cabeça. Até que demorou. E o Príncipe tirou imediatamente a mão da arma, abrindo um sorriso de espanto. Levante a cabeça, criatura! Que falta de dignidade é essa? Não vim aqui para matá-lo. Não vacilarei em fazê-lo se for necessário, mas acredite, este não é meu desejo de coração. Vim apenas buscar abrigo. E o ogro pareceu ponderar por mais alguns instantes, então tirou a cabeça do tronco e se aproximou do Príncipe com as costas curvas. Me perdoe, são muitos anos vivendo sozinho aqui neste campo. Agora só posso esperar é pela morte, disse o ogro, estendendo-lhe a mão para cumprimentá-lo. O Príncipe não cumprimentou, não iria matar o ogro, mas lhe tocar também era demais, ele era um príncipe, não concedia tamanha intimidade. Apenas lançou ao monstro um aceno. Então, posso lhe oferecer abrigo? O ogro perguntou. O Príncipe não planejara dormir na casa de um ogro, mas no momento parecia que era a única opção, então assentiu. O ogro pôs-se a recolher lenha, dirigiu-se à porta, tomou o tom cerimonioso de quem não está preparado para receber visitas e quer servir bem. Me desculpe, meu Príncipe, não estava preparado para recebê-lo. Vou tentar arrumar-lhe uma cama o melhor possível. E lá dentro pôs-se a correr para atiçar o fogo, tirar pratos sujos da mesa, jogar migalhas para baixo de um tapete puído. A casa era pequena, suja, e ao vê-la o Príncipe perdeu imediatamente a fome. Apenas deitar-me e dormir, o Príncipe pensou. Amanhã continuo a viagem. O ogro arrumava as coisas esbaforido, enquanto continuava a tagarelar. Se me atrevo a dizer, meu Príncipe, sabe que eu mesmo já fui de sangue azul? Já fui príncipe também, pode acreditar! Sou filho do próprio Rei desta região. O Príncipe achava impossível de acreditar, claro, mas tomou aquilo como uma boa história para dormir. Sim, eu já fui um príncipe, um belo príncipe, o mais belo príncipe da região! O ogro riu. Na verdade, o único príncipe, mas belo o suficiente, pode acreditar. Porém você sabe como essa terra é cheia de feitiços, você sabe como é cheia de maldições. E deve saber que meu pai já enfureceu muitas bruxas, já deixou de oferecer gratidão a muitos magos, um deles deve ter jogado um feitiço sobre mim. Eu tinha pouco mais que a sua idade, sim, pouco mais que a sua idade, quando os pelos começaram a crescer sobre mim. Nas minhas costas, nos meus ombros, observava com horror a cada dia, no espelho do meu quarto. Tentei disfarçar o quanto pude, sabia que meu pai não teria piedade comigo. Mas com o tempo foi se tornando impossível, minhas mãos peludas nem sempre podiam ser escondidas debaixo de luvas. Minha barba escura já era visível, mesmo sob o corte da navalha e o pó de arroz. A careca se espalhava sob a coroa, e um dia meu pai puxou meus lençóis enquanto eu dormia, olhando com horror para meu corpo. Minha própria irmã, a Princesa, também me olhou com horror e se pôs a chorar, enquanto eu deixava o palácio. Fui banido na mesma hora, sem nem mesmo poder me vestir. Meu pai poderia ter tentado encontrar uma cura, um feitiço, contratar a melhor feiticeira para reverter a praga que se apoderara de mim, mas acho que não lhe interessava. Assim me estabeleci neste campo, com medo de ser novamente escorraçado se fosse até a vila. E assim estou há todos esses anos, esperando que algum dia um príncipe inimigo venha me matar.

Bela história, o Príncipe pensou. Mas não acreditava que era verdade. Dera-lhe sono, e ele bocejou. O ogro lhe fervia água no fogo, para ele se limpar. Meu Príncipe, se quiser usar o reservado lá fora, limpar suas feridas, preparo-te a cama enquanto isso. O Príncipe agradeceu. Foi fazer a toalete enquanto pensava na história do ogro. Sim, uma bela história para boi dormir.

Quando voltou, a cama já estava feita. A única cama. O ogro preparara para si um monte de palha no chão. Fique à vontade, meu Príncipe, espero que a cama esteja confortável. Os lençóis eram imundos e ásperos, o Príncipe testou o colchão. Nas poucas vezes que dormia fora de seu palácio, os anfitriões costumavam colocar uma pequena ervilha sobre o estrado, para comprovar que sua pele era nobre e sensível. Desta vez, não havia ervilha. Mas nem seria necessário, porque o próprio colchão já estava repleto de calombos, caroços e crostas. Que nojo. O Príncipe se perguntou se conseguiria dormir naquilo, com o ogro logo ao lado, todo aquele fedor. O ogro fedia a suor, assim como toda a cabana, mas o próprio Príncipe não cheirava muito melhor. Tinha encontrado grande dificuldade em se lavar no reservado, com a água da tina em si já tão turva, o trapo em que se esfregara mais manchado do que um pano de chão. Bem, bem, estou em campo de batalha, estou em missão de guerra, não posso ficar esperando o conforto que tenho em minha vida palacial. O ogro se desculpou por não ter roupas de dormir para lhe emprestar. Não uso muitas vestes, e temo que o manto que tenho não faça jus a um príncipe. O Príncipe agradeceu e disse para o ogro não se preocupar. Suas roupas estavam encardidas por tantas mutilações, mas a roupa de cama estava mais encardida ainda. O Príncipe também pensou na espada, na bainha, melhor dormir com ela. O ogro parecia ser confiável, era um ogro honrado, mas ainda era um ogro, e aquela espada era sua única segurança. Melhor dormir com ela presa na cintura, e a mão no cabo. Então o Príncipe deitou-se para dormir. Pensava na Princesa. Nem a conhecia. Só podia imaginá-la da melhor forma possível, torcer para que tudo aquilo valesse a pena. O Príncipe pensou então na história do ogro. Se aquilo fosse verdade, estava dormindo na casa de seu futuro cunhado. O Príncipe riu. Ficou pensando naquilo, na Princesa, em tantas cabeças decepadas durante o dia. Assim ficava difícil de dormir. Ele não conseguia relaxar. Fora um dia de emoções intensas, e o dia seguinte prometia ainda mais. Se ele estava certo em seu mapa e seus cálculos, não faltava muito para chegar ao palácio inimigo e à sua Princesa. Aquilo o deixava ansioso. E a cama era desconfortável. O Príncipe se revirava como se houvesse um prato inteiro de ervilhas sob seu colchão. Ouvia o farfalhar na palha ao lado da cama, tossidos; o ogro também não devia estar conseguindo dormir. Não é todo dia que ele tem um príncipe em sua casa, o Príncipe pensava. Devia deixá-lo tenso e entusiasmado. O Príncipe só queria que sua própria mente acompanhasse seu corpo cansado, precisava dormir. Então ouviu um farfalhar mais intenso e a sombra do ogro levantando-se do quarto. O que será que ele vai fazer? O ogro pareceu espiá-lo por alguns minutos. Deve estar só admirando minha figura real, pensou o Príncipe, não devo me preocupar. Mas o ogro permaneceu parado por mais alguns instantes, então se debruçou sobre a cama e colocou uma mão sobre o corpo do Príncipe. Ei! O Príncipe guinchou. O ogro tentou dizer com uma voz suave, não se preocupe, não vou lhe fazer mal, mas sua voz era áspera e rude, de todo modo. Sua mão insistiu sobre o corpo do Príncipe, que então desembainhou a espada e disse as palavras mágicas.

V

O Príncipe enfim chegava ao Palácio. Na tarde do dia seguinte. De banho tomado. Dormira até mais tarde. Estava descansado. Não comera muita coisa, mas trocara de vestimenta. Enfim, estava apresentável. Depois de cortar a cabeça do ogro, adormeceu imediatamente. Nem se preocupou com o sangue negro manchando-lhe o corpo, empestando os lençóis, não. Deixaria para o dia seguinte. Acordou para ver o sol brilhando, o cadáver do anfitrião a seus pés, então caminhou pela casa conferindo se não havia mesmo nenhuma muda de roupa para trocar. Ora, ora, que ogro mais egoísta era esse? — disse o Príncipe para si mesmo quando encontrou uma linda roupa principesca no armário. Será que o ogro falara a verdade sobre ter sido um príncipe expulso do Palácio? Não importava. O Príncipe pegou a roupa para se trocar, então avistou pela janela um lago nos fundos da casa. Desnudou-se, correu até lá, nadou e voltou para a casa limpo e fresco, pronto para recomeçar sua jornada.

Agora que ele chegava enfim ao Palácio, voltava a se preocupar. Tudo muito silencioso. Tudo fácil demais. Tudo bem que ele já enfrentara exércitos, a Floresta, uma vila inteira e um ogro, mas agora o Palácio parecia estranhamente convidativo. O Príncipe manteve-se alerta para alguma surpresa indesejável. Coçou o queixo. Sua barba rala. Pensava na Princesa, como será que era ela? O que acharia dele? Como se entrosariam? O Príncipe achava que seu Pai o preparara muito mal para a missão, dando-lhe apenas aquela espada. Havia tanto mais que ele precisava saber. Tanto mais que queria perguntar. Mas agora já estava lá no Palácio, e em breve iria descobrir. Caminhou até os portões abertos e entrou. No pátio e no salão. Nenhum guarda. Nenhum exército. Nem mesmo um valete, um vigia, aquilo estava estranhamente deserto. Isso só pode ser uma armadilha, pensou, o que será que prepararam para mim? Caminhou por longos corredores silenciosos, com apenas os ecos de seus passos. Pensou até em gritar. Tem alguém aí-aí-aí? Então ouviu uma música suave, baixa, vinha de algum canto daquele Palácio. O Príncipe foi seguindo seus ouvidos e avistou uma porta distante, no fundo do corredor. Nela havia um guarda — finalmente — alguém a guardava. O Príncipe caminhou até ela apressado, quase correndo, não conseguindo controlar a afobação. A música vinha de fato lá de trás. O guarda o viu se aproximando e se adiantou. Posso ajudá-lo? — então se interrompeu parecendo reconhecer o Príncipe. Desculpe, o senhor é aguardado. Abriu a porta fazendo sinal para o Príncipe entrar.

Lá dentro, a música estava alta. Animada. Centenas de pessoas dançavam, riam e bebiam num baile de máscaras. Que diabos está acontecendo aqui? O Príncipe caminhava entre elas, tentando entender. Era o único que não estava fantasiado. Parecia ser o único armado. Alguém logo o reconheceria como o Príncipe inimigo, e seriam mais centenas de cabeças a cortar. Ele mantinha a mão no cabo da espada. Examinava convidado a convidado. Será que algum desses era a Princesa? O Rei? Como ele poderia saber? Não tinha uma ideia exata do rosto de sua futura esposa, então examinava pela hierarquia, tentava notar se alguém lá parecia ser tratado com importância, uma reverência superior. Nada. Todos pareciam um bando de palhaços bêbados a se pavonear. Por favor, sabe onde encontro a Princesa? Ele decidiu perguntar. Os convidados riam e nem lhe dirigiam atenção. O Príncipe foi se irritando com aquilo e só não dizia logo as palavras mágicas porque tinha de se certificar antes de encontrar sua futura esposa. Então um sujeito gorducho olhou para ele. Ei, esse aí é aquele Príncipe ordinário que matou meus homens! Um magricelo ao lado voltou-lhe o olhar. Sim, é esse mesmo! Também mandei duas dezenas de meus melhores homens para defender nosso Rei, e esse lorpa degolou todos! O Príncipe não conseguiu conter um sorriso, orgulhoso de suas proezas. Sim, sou eu mesmo, disse todo coquete com as mãos na cintura. Desgraçado! Uma velha lhe apontava um dedo ossudo. Arrasou com todos na vila, não sabiam? E ainda tem a empáfia de aparecer por aqui! Alguém dê um jeito nele! A música parou e os homens o rodearam. Não estavam armados. O Príncipe poderia apenas desembai-

nhar sua espada e acabar com aquilo quando quisesse, mas estava de banho tomado, roupa nova, iria encontrar sua Princesa — precisava mesmo de mais derramamento de sangue? Gente, isso não é necessário. Vocês estão certos, sim, fiz tudo isso, era apenas meu dever. Fiz tudo isso e vocês sabem que poderia fazer muito mais. Alguém que acaba com um exército inteiro poderia acabar com a festa de vocês num piscar de olhos. Não é isso que eu quero. Então apenas me digam onde encontro a Princesa, que eu os deixo a se divertir. Mas os convidados não estavam dispostos a deixar aquilo barato. Apertaram o cerco contra o Príncipe prontos a trucidá-lo com as próprias mãos. Então o Príncipe não teve outra solução a não ser colocar sua espada novamente em movimento.

Saiu de volta ao corredor. Desgraçado, olhou feio para o guarda. Você disse que eu era esperado?! O guarda assentiu. Sim, senhor. O Príncipe então abriu os braços. Olhe só agora meu estado? Estava coberto de sangue, tripas, mais nojento do que antes. Como vou encontrar minha Princesa assim? O guarda apenas balançou a cabeça, indicando que ele não deveria se importar. O Rei e a Princesa esperam pelo senhor no alto da torre. No alto da torre?, perguntou o Príncipe. O guarda assentiu. O Príncipe então sacou a espada, disse as palavras mágicas e chutou a cabeça do guarda no chão. Por que não me disse antes?!!

VI

Quinhentos lances de escada. O Príncipe chegava lá em cima exausto, suado, ofegante, ainda mais com o ar rarefeito do topo da torre. É bom que essa Princesa valha muito a pena! — pensou. Encontrou-se diante de uma porta pesada de madeira e bateu enquanto tentava recuperar o fôlego. Esperou alguns instantes. Não ouviu resposta. Então bateu novamente com mais vigor. Está aberta! Uma voz masculina gritou lá de dentro, como se já tivesse respondido e não tivesse sido ouvida. O Príncipe empurrou a porta com um enorme esforço, e entrou. Lá dentro, era uma pequena câmara. Num trono sentava-se o Rei, tomando vinho. Logo ao seu lado, a Princesa. E numa mesa num canto havia uma velha. Não se fazem mais Príncipes como antigamente, disse a velha notando seu estado deplorável. O Príncipe levantou um dedo e buscou ar para tentar falar: Que palhaçada foi aquele baile lá embaixo? O Rei deu uma risada, bonachão. Divertiu-se? Foi um baile em sua homenagem. Um bando de puxa-sacos, te digo. Bajuladores, imprestáveis. Eu esperava que você me fizesse esse favor e desse um jeito neles. E, pelo que vejo, você não me decepcionou. O Príncipe fechou o rosto em ultraje. Então fora usado... Mas não importava. Não fora lá para discutir por isso. Adiantou-se. Olhou bem para a Princesa. Sem dúvida era bonita, sim. Mais velha do que ela imaginara — quantos anos tinha? Mais de trinta? Era um pouco velha para ele, com certeza, mas não podia negar que era bonita. A Princesa reparou em seu olhar e voltou-se ao Rei. Mas, papai, ele é um moleque! Não tem nem barba ainda na cara! O Príncipe se sentiu ofendido. Tinha barba sim, ela não via? Coçou seus três fiapos e colocou novamente a mão no cabo da espada. O Rei balançou a cabeça. Não, é um guerreiro, não vê? Esse aí já tem mais de mil mortes nas costas. A velha na mesa bufou: Para mim, ele tem algo de feminino. A Princesa concordou: É, parece uma mocinha. O Rei assentiu: Sim, mas isso não é exatamente um defeito, não é? E riu. O Príncipe examinou bem a fisionomia do Rei, sua barba negra. Até que parecia um pouco com o ogro, sim, poderia ser seu pai, só que muito mais bem tratado, maquiado, vestido e alimentado. O Príncipe então sacudiu as reflexões de lado. Deixemos de nhar sua espada e acabar com aquilo quando quisesse, mas estava de banho tomado, roupa nova, iria encontrar sua Princesa — precisava mesmo de mais derramamento de sangue? Gente, isso não é necessário. Vocês estão certos, sim, fiz tudo isso, era apenas meu dever. Fiz tudo isso e vocês sabem que poderia fazer muito mais. Alguém que acaba com um exército inteiro poderia acabar com a festa de vocês num piscar de olhos. Não é isso que eu quero. Então apenas me digam onde encontro a Princesa, que eu os deixo a se divertir. Mas os convidados não estavam dispostos a deixar aquilo barato. Apertaram o cerco contra o Príncipe prontos a trucidá-lo com as próprias mãos. Então o Príncipe não teve outra solução a não ser colocar sua espada novamente em movimento.

Saiu de volta ao corredor. Desgraçado, olhou feio para o guarda. Você disse que eu era esperado?! O guarda assentiu. Sim, senhor. O Príncipe então abriu os braços. Olhe só agora meu estado? Estava coberto de sangue, tripas, mais nojento do que antes. Como vou encontrar minha Princesa assim? O guarda apenas balançou a cabeça, indicando que ele não deveria se importar. O Rei e a Princesa esperam pelo senhor no alto da torre. No alto da torre?, perguntou o Príncipe. O guarda assentiu. O Príncipe então sacou a espada, disse as palavras mágicas e chutou a cabeça do guarda no chão. Por que não me disse antes?!!

VI

Quinhentos lances de escada. O Príncipe chegava lá em cima exausto, suado, ofegante, ainda mais com o ar rarefeito do topo da torre. É bom que essa Princesa valha muito a pena! — pensou. Encontrou-se diante de uma porta pesada de madeira e bateu enquanto tentava recuperar o fôlego. Esperou alguns instantes. Não ouviu resposta. Então bateu novamente com mais vigor. Está aberta! Uma voz masculina gritou lá de dentro, como se já tivesse respondido e não tivesse sido ouvida. O Príncipe empurrou a porta com um enorme esforço, e entrou. Lá dentro, era uma pequena câmara. Num trono sentava-se o Rei, tomando vinho. Logo ao seu lado, a Princesa. E numa mesa num canto havia uma velha. Não se fazem mais Príncipes como antigamente, disse a velha notando seu estado deplorável. O Príncipe levantou um dedo e buscou ar para tentar falar: Que palhaçada foi aquele baile lá embaixo? O Rei deu uma risada, bonachão. Divertiu-se? Foi um baile em sua homenagem. Um bando de puxa-sacos, te digo. Bajuladores, imprestáveis. Eu esperava que você me fizesse esse favor e desse um jeito neles. E, pelo que vejo, você não me decepcionou. O Príncipe fechou o rosto em ultraje. Então fora usado... Mas não importava. Não fora lá para discutir por isso. Adiantou-se. Olhou bem para a Princesa. Sem dúvida era bonita, sim. Mais velha do que ela imaginara — quantos anos tinha? Mais de trinta? Era um pouco velha para ele, com certeza, mas não podia negar que era bonita. A Princesa reparou em seu olhar e voltou-se ao Rei. Mas, papai, ele é um moleque! Não tem nem barba ainda na cara! O Príncipe se sentiu ofendido. Tinha barba sim, ela não via? Coçou seus três fiapos e colocou novamente a mão no cabo da espada. O Rei balançou a cabeça. Não, é um guerreiro, não vê? Esse aí já tem mais de mil mortes nas costas. A velha na mesa bufou: Para mim, ele tem algo de feminino. A Princesa concordou: É, parece uma mocinha. O Rei assentiu: Sim, mas isso não é exatamente um defeito, não é? E riu. O Príncipe examinou bem a fisionomia do Rei, sua barba negra. Até que parecia um pouco com o ogro, sim, poderia ser seu pai, só que muito mais bem tratado, maquiado, vestido e alimentado. O Príncipe então sacudiu as reflexões de lado. Deixemos de conversa, sabem por que vim aqui. O Rei assentiu novamente. Buscar minha filha. Veio buscar minha filha. Muito bem, pode levá-la. Apontou para a Princesa ao lado e ela suspirou. O Príncipe franziu a testa. Como é? O Rei levantou as mãos. Não quer levar minha filha, a Princesa? Pois tem minha bênção. Concedo-lhe sua mão. O Príncipe o examinou cuidadosamente. Seria fácil assim? Não era um truque? Pousou o olhar na velha, buscando alguma explicação adicional. A velha o olhava com o olhar malicioso das bruxas. Sim, sim, com certeza havia algo mais ali. Mas... O Rei acrescentou. Você deixa a Rafaella. Esse é o trato. O Príncipe franziu a testa. Quem? Rafaella? É essa velha aí? Disse apontando para a bruxa. O que eu iria querer com ela? O Rei, a Princesa e a bruxa riram. Gargalharam. Então o Rei buscou fôlego. Não, disse, Rafaella é a *espada*, claro! Essa é a troca. Você leva a princesa, me deixa a espada. O Príncipe recuou. Imaginara. Era um truque. Uma armadilha. Colocou novamente a mão no cabo da espada. Nunca! O Rei lhe mandou um aceno de desprezo. Deixe de bobagem, menino. Você não tem outra opção. Vai sacar Rafaella e dizer as palavras mágicas? Eu acho que não. Assim a cabeça da sua futura esposa também viria ao chão. E você sabe que eu não o deixarei sair daqui sem entregar a espada a mim. Então o único acerto que podemos fazer é esse. Você entrega a Rafaella e leva a minha filha. O Rei deu um longo gole em sua taça de vinho. O Príncipe estava confuso. O Rei estava certo, ele não poderia usar a espada, porque assim mataria também a Princesa. Mas não poderia se desarmar, entregar Rafaella, ou como quer que ela se chamasse. Aliás, que gente era aquela que dava nome a espadas? Acha que posso confiar em você? Eu te entrego Rafaella e você me corta a cabeça. O Rei balançou a sua. Não, não, claro que não. Assim eu estaria matando minha filha, sem falar numa valorosa feiticeira — ele apontou para a velha que agradeceu com uma reverência. Foi ela inclusive quem fez a espada, sabia? E foi *seu* pai quem a roubou de mim. A espada é minha de direito, e ainda estou lhe oferecendo uma troca. O Príncipe olhou ultrajado e a desembainhou. Você mente! O Rei fez sinal de negativo com um dedo. Roubou sim. E por que acha que ele o mandou aqui? Por que acha que lhe entregou Rafaella? Foi exatamente por isso. Ele sabia que seria a moeda de troca com minha filha. Vamos, menino, é isso que seu pai espera, não o decepcione. Ele espera que você troque Rafaella pela Princesa. Não percebe que é esse o acordo? O Príncipe manteve a espada estendida, apontava para o Rei, a bruxa, e pensava. Seu pai lhe dera a espada para isso? Não, seu pai lhe dera a espada para vencer! Não para negociar. E era sua única segurança. Porém o Rei tinha um bom argumento, ele não poderia usar a espada, as palavras mágicas, sem cortar a cabeça de sua futura esposa. O Príncipe também não se atreveria a entrar numa luta justa com aquele homem, ele não tinha como ganhar. Ficou parado com a espada estendida, sem saber o que fazer. Te digo uma coisa, lhe disse o rei. Você parece não conseguir decidir. Por que não se senta à mesa, descansa, e pensa melhor enquanto se alimenta? Você está com cara de fome. Aquela mesa lá — e apontou para a mesa com a bruxa — é a "põe-te mesa", sabe? Também basta falar palavras mágicas e ela se enche de mais guloseimas do que poderá comer. Vamos, sirva-se. Fique à vontade. É o mínimo que posso oferecer a meu futuro genro. E o Príncipe se aproximou da mesa desconfiado. "Põe-te mesa"? Lembrou-se daquela história. Não deram também um nome esdrúxulo à mesa, talvez Alessandra? — perguntou o Príncipe zombando. O Rei olhou para a bruxa intrigado, como se devessem ter pensado nisso antes. O Príncipe estava com fome. Mas não conseguiria comer sossegado enquanto não decidisse. Fora até lá para pegar a Princesa, isso é certo, mas ele queria se casar? Sabia que, se não a fizesse sua esposa, não teria importância, seu pai a tomaria para si. Era sempre assim. Seu pai lhe dava presentes dos quais ele mesmo é quem tirava proveito. Não fora assim com essa espada, que ganhara de aniversário de quinze anos? Quem sabe seu pai apenas não o usara para destruir o exército inimigo e buscar uma nova rainha? Aquela Princesa lá, linda ou não, certamente tinha idade mais próxima à de seu pai. E ele era muito novo para se casar. Então ele trocaria sua espada por aquilo? Trocaria Rafaella por uma madrasta?

O Príncipe deu um suspiro. Ufa, suspiro. Pensou em suspiros, marshmallows e morangos frescos. Hum, pediria isso à "põe-te mesa". (Quem sabe não poderia pedir aquelas balas em formato de minhoca?) Aliás, a mesa não poderia também ser sua? Sim, era só fazer a escolha certa. A mesa também poderia ser sua. Ficaria com uma mesa mágica, e uma espada invencível. Era aquilo. Aquilo fê-lo decidir. Ficaria com a mesa, e não abriria mão da espada. Não desejava de fato uma esposa.

Então levantou Rafaella e disse as palavras mágicas.

Notas e agradecimentos

- "Catorze anos de fome" teve sua primeira publicação, numa versão embrionária, na antologia O livro vermelho dos vampiros (Devir, 2009), organizada por Luiz Roberto Guedes.
- "Apocalipse silencioso" foi publicado originalmente em espanhol na antologia *Brasil — 90-200* (Coperu, Peru, 2009), organizada por Nelson de Oliveira e Maria Alzira Brun Lemos. Minha ideia era escrever uma peça de teatro, mas por absoluta falta de habilidade na dramaturgia, resolvi colocar no papel em formato de conto.
- "Eu sou a menina deste navio" foi publicado anteriormente na antologia *Geração Zero Zero* (Língua Geral, 2011), organizada por Nelson de Oliveira. A inspiração inicial veio tanto de *A tempestade* de Shakespeare quanto do jogo "The Legend of Zelda: The Phantom Hourglass" para o Nintendo DS.

— "As Vidas de Max" tem sua primeira publicação aqui, mas sua centelha vem de *Max e os felinos*, de Moacyr Scliar. Em 2009 avaliei para uma editora os originais de um romance de Yann Martel, e me recordei da polêmica em torno de seu romance *A vida de PI* (que se inspirava e trazia a mesma premissa do romance de Scliar — um garoto à deriva com um grande felino após um naufrágio). Após ler as duas obras, fui praticamente compelido a fazer a minha versão da história, principalmente porque a ideia me sugeria imediatamente uma alegoria sexual, que não havia sido explorada nas duas belas histórias anteriores. Completada minha versão, remeti-a ao pai original da ideia, Scliar, que generosamente me deu sua bênção.

— *Natrix natrix* é o nome científico de uma serpente que se finge de morta para enganar os predadores (como a que ilustra a capa deste livro). A história completa do conto me surgiu num sonho. A ideia inicial era transformá-la numa letra de música para o cantor Filipe Catto, mas achei que renderia também uma fábula clássica, com uma moral dúbia.

— "Piranhitas" teve sua publicação original em espanhol no livro *Bogotá 39* (Ediciones Colômbia, 2007) e se tornou meu "single" nos países de língua hispânica nos quais me apresentei desde então. Sua inspiração inicial vem muito de João Gilberto Noll e das fotografias de Sally Mann, mas sua presença aqui se deve à insistência de Marcelino Freire, que achou que o conto merecia uma publicação em português, apesar de ser curto para os padrões dos contos deste livro.

— "Trepadeira" faz sua primeira aparição aqui. Minha Sofia, seu primo Paulo e a prima Camila são minha versão adolescente-perversa para os personagens de *Os desastres*

de Sofia, da Condessa de Segur, o Monteiro Lobato da minha infância. A ideia me surgiu depois de uma bebedeira com o poeta Hugo Guimarães, então dedico o conto a ele.
- "Você é meu Cristo Redentor" teve sua primeira aparição em formato de literatura de cordel e foi distribuído para os participantes da primeira Freeporto, no Recife, em 2009. A primeira pessoa com quem discuti o conto foi meu amigo e tradutor Dani Umpi, numa noitada em Lima, no inverno de 2009; então dedico o conto a ele.
- A mulher barbada foi escrito especialmente para a coletânea *Paraty para mim* (Editora Planeta, 2003), organizada por Paulo Roberto Pires e lançada durante a primeira FLIP — Festa Literária Internacional de Paraty, cuja organização me convidou para a mesa de abertura.
- "Todas as cabeças no chão, menos a minha!" é um conto inédito. Seu título veio de uma frase de um conto de fadas da minha infância — "O rei da montanha de vidro", dos irmãos Grimm. O enredo é totalmente diferente, mas a espada é a mesma (embora "Rafaella" tenha sido um nome de batismo dado por mim).

Os demais contos também têm sua primeira publicação aqui — porém mais do que uma coletânea de textos, este livro foi pensado como um conceito, que acho que já fica suficientemente explicado por seu título.

Além dos amigos e autores já mencionados, quero agradecer a Fábio Polido, pela inspiração e dedicação; minha agente, Nicole Witt, e Jordi Roca; Elisa Nazarian; Alexandre Matos; os amigos do restaurante Feng Shui em Florianópolis — Sabrina e Renato Mazurek — que me acolheram com sushi e saquê em várias noites de leituras e revisões; Magu, meu professor de kitesurf (que foi praticamente um laboratório para aprender a manejar a "Rafaella"); Cesar Ferragi, que me acolheu em sua casa no Japão quando terminei o livro; as queridas da Editora Record, Ana Paula Costa e Ana Lima; Rogério Eduardo Alves e Débora Guterman, da Editora Planeta, que generosamente me liberaram os direitos de "A mulher barbada"; e Ida Andersen Locherbach, Taiya, Taro e Tryshia, minha familinha em Santa Catarina.

Este livro foi terminado em Florianópolis, minha casa, em setembro de 2010.

Este livro foi composto na tipologia Adobe Garamond Pro,
em corpo 12/15,4, impresso em papel off white 80g/m²,
no Sistema Cameron da Divisão Gráfica
da Distribuidora Record.